작은 돌

작은 돌

1판 1쇄 발행 2023년 7월 10일

지은이   **이용해**
발행인   **이선우**
펴낸곳   **도서출판 선우미디어**
　　　　　등록 | 1997. 8. 7 제305-2014-000020
　　　　　02643 서울시 동대문구 장한로12길 40, 101동 203호
　　　　　☎ 2272-3351, 3352 팩스: 2272-5540
　　　　　sunwoome@hanmail.net
　　　　　Printed in Korea ⓒ 2023. 이용해

값 15,000원

※ 잘못된 책은 바꿔 드립니다.
※ 저자와 협의하여 인지 생략합니다.

ISBN 978-89-5658-735-6 03810

작은 돌

재미 성형외과 전문의

이용해의 열일곱 번째 수필집

선우미디어 sunwoomedia

1

내 인생의 마디

여우굴 피하려다가 호랑이굴로

2017년 허리케인 어마(Irma)가 플로리다를 휩쓸고 갔을 때 우리는 애틀랜타로 피난 갔습니다. 일주일 후에 다시 돌아오면서 길가에 쓰러진 나무들과 전신주, 간판들을 보면서 전쟁터도 이렇게 심하게 파괴되지는 않았을 거라는 생각을 했습니다. 마을 사람들은 50년 만이네, 70년 만이네 하면서 우리 생애에는 이런 허리케인이 다시는 없을 거라고 하면서 쓰러진 나무들을 치우고 집을 정리했습니다.

5년이 지난 몇 주일 전에 다시 허리케인 Ina가 우리가 사는 도시를 휩쓸었습니다. 이번 일기 예보에서는 우리가 사는 마을은 비켜 갈 것이라고 예고했기 때문에 그리 심각하게 생각을 안 했습니다. 그런데 우리 마을을 비켜 갈 것이라던 허리케인의 방향이 조금씩 바뀌면서 그 붉은 색의 몽둥이가 우리 마을 쪽으로 들어오는 것이 아닙니까.

나는 초조하고 불안했습니다. 태풍이 불고 바다가 범람해서 파도가 쓰나미처럼 밀려오는데 높은 곳으로 피난을 가라는 방송이 들려오기 시작했습니다. 나는 이웃에 사는 이 박사에게 전화했습니다. 그는 자기는 피난을 안 간다면서 나더러 불안하면 피난을 가라는 것이었습니다. 우리 집은 바닷가에서 한 2마일이나 떨어지기는 했지만, 우리 바로 집 앞에 큰 호수가 있어서 마음이 놓이지 않았습니다. 전화에서는 계속해서 공동 대피소로 대피하라는 안내문이 떴습니다.

단층집인 우리 집에 물이 들어오면 큰일입니다. 그래서 고층 빌딩에 사는 선배네 집으로 피난을 가기로 했습니다. '바닷가지만 선배네 집이 8층이니 물이 거기까지야 안 들어차겠지.' 생각하고 아내와 의논했습니다. 선배도 "이럴 때 같이 모여 있으면 걱정도 덜 되고 하니 어서 오라."고 강권하여 선배네로 갔습니다. 자동차는 지하 주차장에 주차했습니다.

우리는 허리케인 방지 창문과 철창으로 무장한 선배네 집에서 그야말로 안전하게 허리케인이 지나가도록 커피를 마시면서 지냈습니다. 창밖으로 몰아치는 비바람과 거센 파도가 춤추는 것이 무섭기는 했지만 '우리는 괜찮겠지' 하면서 아침을 먹으면서도 평안했습니다. 바람이 몹시 불고 거세게 비바람이 몰아치면서 전기가 나갔습니다. 전기가 나가서 어두웠지만 낮이어서 견딜 만했습니다. 격랑의 파도로 바닷물이 거리로 밀려 들어와 저 아래 거리에 세워둔 자동차가 침수되는 것을 보면서 '저걸 어떻게 해.' 하면서도 정작 우리 차의 생각 꿈에도 안 했습니다. 이렇게 하루 낮이 지났습니다.

빗방울이 약해지고 거리에 물이 빠져나가고 있었는데 순간 '아차, 그럼 우리 차는 어떻게 되었을까?' 비로소 걱정되기 시작하는 게 아닙니까. 날이 밝고 비가 그치기를 기다려 서둘러 내려가 보니 주차장은 그야말로 빨래를 물에 담가 놓은 듯 검은색 자동차들이 물에 둥둥 떠다니고 있었습니다. 주차장에 들어찬 물이 빠지지 않았는데 마치도 영화를 보는 듯했습니다. 전기가 나가니 전화 배터리도 방전되기 직전인데다가 전기가 나가서 TV도 안 나오니 세상과의 소식도 뚝 끊겼습니다. 캄캄한 고층빌딩, 엘리베이터마저도 작동하지 않으니 8층에서 어두운 데를 오르내릴 수도 없었습니다. 물도 끊어지니 화장실도 마음대로 못 쓰고 그야말로 지옥이 따로 없었습니다.

우리는 밤을 지새우고 날이 밝은 다음, 짐을 끌고 더듬더듬 선배 집에서 내려와서 다시 지하 주차한 곳에 갔습니다. 그동안 주차장에 들어찬 물은 빠졌으나 우리 차는 지붕 꼭대기까지 물이 찼었는지 차창 안으로 들여다본 차 안은 아수라장이었습니다. 뒷좌석은 들떠 있다가 가라앉았는지 무너져 있었고, 차 안의 물건들이 마치 쓰레기장처럼 뒤엉켜 있었습니다. 택시회사에 전화해도 받지 않았고 우버 택시도 전화가 안 되었습니다. 아는 사람에게 전화해도 연락 두절이었습니다. 스마트 폰의 배터리도 이제는 곧 바닥이 날 것 같았습니다.

아마 전쟁이 나면 이럴 것이었습니다. 아침에 로비에 내려와서 몇 시간을 서성대며 안절부절못하였습니다. 차들이 모두 망가졌으니 누구도 도움을 줄 수가 없었습니다. 오후가 된 다음에야 이웃집의 이 박사와 전화가 연결되어 그의 도움으로 간신히 집으로 돌아왔습니다. 정말 이런 이웃이 있다는 게 얼마나 고마웠는지 모릅니다. 우리 차는 선배네 주차장에 그대로 둘 수밖에 별 도리가 없었습니다.

막상 도착한 우리 집은 마당에 나뭇가지가 몇 개가 떨어졌을 뿐 말짱했습니다. 집으로 오면서 이 박사는 "여우굴을 피해 간다고 호랑이 굴로 찾아 들어갔구먼."이라면서 웃었습니다. 그렇습니다. 집에 있었으면 안전했을 것을, 어찌하든 살겠다고 바닷가 고층빌딩을 찾아 들어

간 우리의 우매한 행동을 어떻게 변명할까요?

허리케인이 지나가고 교회에 가서 사람들의 이야기가 우리 동네에서 멀지 않은 Sanibel Island에는 허리케인이 몰려오기 전에 경찰이 강제로 주민을 피난시켰다는데 섬 전체에 물이 들어와 희생된 사람도 있다고 하며, 집들이 물에 잠겼다고 합니다. 그리고 물에 빠져 구조를 외치는 사람들을 헬리콥터로 구해 내느라고 구조원들도 많은 고생을 했다고 합니다. 이런 사람들을 비난하는 소리가 TV에서도 방송이 되었습니다.

시속 150마일이 되는 바람은 그 위력이 대단합니다. 집의 지붕이 날아가고 거리의 간판 신호등은 거의 모두 망가졌습니다. 태풍에 보트가 날아가 집들을 덮치고 보트가 고속도로에까지 날아갔다고 합니다. 섬 전체의 집이 망가지고 전기는 몇 개월이 지나도 복구가 안 되었다고 합니다. 만일 여기서 피난을 안 간다고 고집했다면 그야말로 바다귀신이 되었을 것 아닙니까. 그러니 피난을 간 것은 잘한 일이지요.

그러나 이 작은 머리로 생각하지 못한 것이 있습니다. 물이 들어올 것을 걱정하면서 지하 주차장에 차를 세우는 건 얼마나 무식한 일입니까? 높은 곳으로 피난 가면서 차를 지하 주차장에 세운 것은 어리석어도 한참 어리석은 행동이 아니었을까요? 그리고 그렇게 좋은 차들이 물에 한 번 잠기고 나면 완전히 폐차된다는 게 무슨 말일까요? 영화에서 차가 물이 있는 시내를 건너는 장면을 얼마나 많이 보는데 차가 물에 잠겼다고 폐차를 시킨다는 것이 이해되지 않았습니다. 아무리 대학을 나와도 학위가 있어도 이런 상식이 없이 호랑이굴로 찾아 들어가고 차를 지하 주차장에 주차한 나는 어떤 바보일까요?

페널티 킥

무슨 스포츠를 좋아하느냐고 물으면 사람들마다 차이가 있겠습니다만 나는 테니스를 좋아합니다. 그래서 테니스 채널을 많이 보는데 우리 집 애들은 테니스 게임만 보는 나를 싫어합니다.

사람들이 제일 많이 보는 스포츠 경기가 무엇일까요? 아마도 축구의 열기는 따르지 못할 것 같습니다. 2002년 한일 월드컵 경기 때 서울의 축구 열기는 대단했습니다. 시청 앞에는 수십만 아니 1백만이 넘는 인파가 모여서 '대 한 민 국'을 외치며 열광했고, 김대중 대통령은 한국의 해군 경비함이 북한군의 습격을 당해서 전사자들이 나왔는데도 월드컵 우승 경기를 보려고 일본으로 달려갔습니다.

언제인가는 축구 경기에서 벌어진 싸움이 국가 간의 전쟁으로 확대되어 엘살바도르와 온두라스가 전쟁을 치른 일도 있습니다. 얼마 전 중국과 일본의 대전에서는 중국 선수들의 거친 태클로 인하여 일본 선수 부상자들이 생겨서 국제적으로 말썽이 생긴 일도 있습니다.

4년마다 열리는 월드컵 경기는 하계 올림픽 경기보다도 더 많은 사람이 관전하고 응원한다고 합니다. 축구의 열기는 대단합니다. 그런데 축구에서 가장 긴장된 순간이 페널티 킥입니다. 축구 경기에서 페널티 킥은 정말 한 꼴을 주는 거나 다름이 없습니다. 그래서 페널티 킥을 할 때는 온 관중이 숨을 죽이고 장면을 지켜봅니다. 여기에서 성공하면 영웅이 될 수도 있고, 실패하면 역적이 될 수도 있습니다. 또 성공률이 80~90%가 된다고 하는 이 공을 막아내면 골키퍼는 영웅이 됩니다. 그런데 이런 페널티 킥을 가끔 실패하는 일을 봅니다.

2002년 월드컵 경기에서 한국과 이탈리아전이었습니다. 예상외로 선전하는 태극 팀을 보면서 국민 전원이 불같은 열기로 응원했습니다. 후반전에서 얻어낸 페널티 킥을 당시 한창 '반지의 제왕'이라고 칭송을 받던 안정환 선수가 공을 차게 되었습니다. 그런데 공이 들어가지 않은 것이었습니다. 온 천지가 '오~~' 하는 실망의 소리가 들렸고, 후에 안정환은 지옥에 떨어진 것 같았다고 술회했습니다. 다행히 안정환이 경기 마지막에 가서 어려운 공을 헤딩으로 넣어서 다시 국민의 영웅이 되었습니다.

페널티 킥은 골키퍼와 키커의 정신적인 싸움이라고 합니다. 2002년 한국과 스페인의 경기였습니다. 전후반에 승부가 나지 않고 연장전에서도 승부가 나지 않아서 페널티 킥으로 승부를 가리게 되었습니다. 당시 스페인은 축구 강국으로 이름을 날리고 있을 때였습니다. 그런데 스페인의 공을 이운재 키퍼가 막아냈습니다. 이운재 선수는 하루아침에 국민의 영웅이 되었고, 이후 누구도 국가 대표팀의 골키퍼 자리를 넘보지 못했습니다. 당시 김병기라는 우수한 골키퍼가 있었지만, 이때 영웅이 된 이운재 선수를 당해 낼 수 없었습니다.

그런데 공을 잘 차는 선수도 골키퍼의 앞에서 그와 눈싸움을 하면 긴장이 되고 경직되게 마련이고 골키퍼도 몸이 굳게 마련입니다. 오래 전 아르헨티나의 마틴 필레기로라는 선수는 한 경기에서 3번이나 얻은 페널티 킥을 3번이나 실축하고는 국가 대표팀에서 영원히 사라져 버렸습니다. 보통 경기장에서는 펄펄 나는 듯한 경기를 보여주는 루이스 수아레스와 아라모 아기단 선수는 페널티 킥에서는 약하여 키커로 잘 나서지 않는다는 이야기입니다.

얼마 전 미국 여자팀과 네덜란드의 경기를 보았습니다. 미국의 최전방 선수 알렉스 몰겐과 캐디 로이드 선수는 미국 여자팀의 간판선수이고 국제 경기에서 모두 100골 이상을 얻은 선수들입니다. 그런데 알렉스 몰겐은 페널티 킥은 하지 않으려고 한답니다. 만일 실패한다면 하는 정신적인 부담을 지지 않으려는 모양입니다. 그래서 캐디 로이드가 페널티 킥을 했습니다. 로이드는 골키퍼의 머리 위로 찬다는 것이 좀 높아져서 골대를 맞히고 넘어가 버렸습니다. 많은 사람이 실망했습니다. 그 경기 내내 로이드는 침체된 모습을 보이다가 교체되고 말았습니다.

지난해 월드컵 경기에도 아르헨티나와 브라질의 경기가 페널티 킥으로 아르헨티나가 월드컵을 차지했습니다. 그럼 이 페널티 킥 같은 순간이 우리 사람에게 얼마나 일어날까요? 오래전 외과 의사 전공의 일 년 때 일입니다. 일요일 당직실에서 잠을 자다가 새벽에 병원으로 불러 달려갔습니다. 가보니 2살 된 어린이가 백일해로 숨을 쉬지 못하고 있었습니다. 얼굴과 입술이 새파래지고 숨을 몰아쉬고 있었습니다. 마침 과장님이나 교수님은 연락이 되지 않았습니다. 사실 과장님을 부르고 교수님이 달려올 때면 이 어린이는 세상 사람이 아닐 것 같았습니다.

나는 곧 기관지 절개술을 준비시키고 수술방으로 데리고 갔습니다. 수술 준비를 하고 속으로 기도했습니다. "하나님, 이 어린이를 살려 주십시오. 내가 수술하는 것이 아니라 하나님이 나의 손을 인도하시는 것입니다." 그리고는 수술을 시작했습니다. 간호 감독이던 최명희 간호사님이 내 뒤에 서서 나를 근심스러운 얼굴로 쳐다보고 계셨습니다. 피부를 절개하고 양쪽으로 조심스럽게 견제한 후 기도의 연골을 노출시키고 갑상선 연골 밑으로 두개연골을 절개하여 여기를 벌린 후 작은 인공관을 삽입했습니다. 어린이가 기침을 몹시 하고는 산소를 대어주자 호흡하면서 피부 색깔이 돌아왔습니다. 나는 이 인공관을 잘 고정시키고 피부를 꿰맨 다음 간호사들에게 어린이를 돌려보내고는 그 자리에 주저앉았습니다.

최명희 간호 감독님은 나의 손을 꼭 잡고 "Dr, Lee 수고했어, 정말 하나님이 도우신 거야!"라고 했습니다. 나는 보호자에게 "이제 생명은 구했습니다. 그러나 소아과적인 치료가 필요합니다."라고는 내 방으로 왔습니다. 그리고 기도를 했습니다. "하나님 어린 생명을 구해주셔서 감사합니다. 이것은 내가 한 것이 아니라 하나님이 이루어 주신 것입니다."

그 후 나는 영웅이 되었습니다. 외과 전공의 1년생이 어린이를 살렸다고 교수님에게 칭찬도 듣고 병원에서도 많은 사람의 칭찬을 들었습니다. 그리고는 나는 외과 전공의에서 수술을 제일 잘하는 전공의가 되었습니다. 페널티 킥을 성공시킨 것입니다.

나의 일생을 살면서 이런 페널티 킥을 성공시킨 일이 몇 번 있는 것 같습니다. 그리고는 '야, 그때 실패했으면 어떻뻔했을까.'라고 생각합니다. 아마 지금 그때가 된다면 용기가 없어 못 할 것 같습니다.

오늘도 지나간 미국과 독일의 여자 축구 경기를 봅니다. 독일은 전반전에서 페널티 킥을 얻어냈으나 실패했습니다. 후반전에서 얻어낸 페널티 킥을 성공한 미국이 결국 승리를 했습니다.

나는 이 장면을 보면서 독일 선수가 공을 차기 전 기도했을까 하고 생각을 해보았습니다. 역시 우리 삶에도 페널티 킥 같은 순간들이 옵니다. 그 골을 성공시키는가, 실패하는가에 따라 우리의 삶이 바뀌기도 하는가 봅니다.

몽골 친선병원

우리는 외국 선교사들에게 많은 빚을 졌습니다. 1885년 언더우드 선교사와 아펜젤러 선교사가 한국에 와서 대원군이 꽉 막았던 쇄국정치의 자물쇠를 깨트렸습니다. 많은 선교사가 한국 땅을 찾아와 시골의 가난한 사람들의 병을 고쳐주고 새로운 학문을 가르쳐주어 우리나라가 빠르게 발전이 되었습니다.

나는 어려서 평양에서 자랐습니다. 아버님이 평양 기휼병원에서 근무하셔서 병원에 들르면 파란 눈의 선교사들을 볼 수 있었습니다. 나는 그들의 이야기를 들으면서 나도 자라서 남을 돕는 삶을 살겠다는 생각을 했습니다. 그러나 의과대학을 졸업한 나의 앞에는 가난한 우리 가족의 생계가 놓여 있었습니다. 동생과 나는 둘이 같이 대학교에 다닐 수가 없어 서울대학교 문리과대학에 다니던 동생은 2학년이 될 때 군에 입대해야 했고, 제가 인턴 때 제대하여 복학했습니다. 그러니 내가 동생의 등록금은 대어주지 못할망정 부모님 생계는 책임을 져야 했습니다. 다행히 약사인 아내가 내가 근무하는 병원의 약국장이어서 집안의 살림을 꾸려나갈 수가 있었습니다. 군의관으로 있으면서도 나는 아르바이트를 하여 생활비에 보태야 했습니다.

　이런 형편에 선교를 나간다는 것은 생각할 수 없었습니다. 그러다가 미국에 왔습니다. 미국에서도 가족의 생계를 책임을 져야 했고 자식들을 교육시켜야 했기에 선교는 그저 꿈일 뿐이었습니다. 교회에서 하는 단기 선교에 몇 번 따라다녔지만, 그것은 내가 원하는 것이 아니었습니다. 외국에 나가지는 못할망정 미국 안에서 이웃을 돕기로 했습니다.

　Out Patient Surgery Center를 운영하는 나의 병원을 Free Clinic으로 사용하기로 하고, 내가 다니는 교회의 후원 아래 Free Clinic을 12년 동안 운영했습니다. 그래도 언젠가는 의료 선교사로 나가겠다는 생각은 버리지 않았습니다. 은퇴를 생각할 즈음 우리 교회의 Phillip Schmith 목사에게 의논하고는 우리 교단의 선교센터에 들렀습니다. 면접 후 선교센터에서 나에게 북한으로 가라고 했습니다. 그런데 북한은 문제가 좀 있었습니다. 제가 평양에 살 때 우리 집은 반동분자의 가족이어서 소년단에서 출당이 된 역사가 있어 걱정이었고, 아들이 ROTC로 대위로 근무했고, 동생이 한국 감사원의 사무총장으로 있어서 이들에게 부담을 줄 수가 없었습니다. 나는 북한이 아니고 다른 나라라면 가겠다고 하여서 선교계획이 무산되었습니다.

　그 후 은퇴하고 한국의 대학병원에 있으면서 여름방학 때 우즈베키스탄의 사마리칸트 대학에서 의료 봉사로 수술했는데 그 대학병원의 외과과장과 총장이 교수로 와 달라고 초빙하는 것이었습니다. 선교사가 아닌 대학병원의 초빙교수 고용의사로 청하는 것이어서 여러 사람과 의논한 끝에 접었습니다.

그 후 명지대학 병원의 김병길 원장님의 권유로 의료선교사로 간 곳이 몽골의 울란바토르에 있는 연세 친선병원이었습니다. 2008년 2월에 인천에서 비행기를 타고 몽골의 울란바토르로 갔습니다. 울란바토르 연세 친선병원에는 최원규 선생이 있었습니다. 도착한 다음 날은 쉬고 그다음 날 최원규 선생은 나를 몽골어학원에 입학을 시켰습니다.

어학원에는 20대의 남녀 청년들이 있는데 몽골에 온 지 6개월 또는 1년이 되었습니다. 나는 2일 전에 도착했고… 그리고 몽골어 공부를 시작했습니다. 미국에서 떠나온 지 채 5일도 안 되어서 새로운 외국어를 공부하자니 좀 힘이 들었습니다. 그래도 "야, 내가 피양에서 내래 올 때 요만한 각오도 안 하구왔간." 하는 정신으로 알파벳을 외웠습니다. 옛날에 공부하던 대로 단어를 종이에 써서 부엌, 침실, 거실, 화장실에 붙여놓고 매달렸습니다. 그래서 오전에는 몽골어학원으로, 오후에는 병원으로 가서 환자 진료를 시작했습니다.

다행히 나에게 붙여준 통역사가 영어를 공부하고 싶은 여자여서 나는 그에게서 몽골어를 배우고 그는 나에게서 영어를 배우면서 환자를 보았습니다. 3개월 후에는 몽골어 강사가 수강생을 차에 태워 시장에 내려놓고 장을 봐오라고 했습니다. 조수를 한 사람씩 붙여서…. 사 오라는 품목을 제대로 사 와야 졸업을 시켜준다고 했습니다. 조수가 좀 봐주었겠지만, 다행히 통과되어 졸업장도 받았습니다.

몽골 연세친선병원에는 몽골 의사들도 있었습니다. 몽골에는 남자보다는 주로 여자들이 공부하여서 여자 의사들이 많았습니다. 나는 몽골어를 빨리 배우는 방법은 이들과 친하게 지내는 것으로 생각하고는 몽골 의사들과 점심도 먹으러 다니면서 친하게 지냈습니다. 그러다가 병원장에게서 경고를 받았습니다. 몽골 의사와 격의 없이 지내면 그들이 우리에 대해 존경심이 없어지니 그러지 말라는 것이었습니다. 나는 선교를 왔다는 사람이 그런 생각을 하고 있다니… 의아하게 생각되었고 원장이 없을 때면 그들과 나가서 점심도 먹고 커피도 마셨습니다. 그래서 몽골 의사들과 간호사들에게서 그런대로 인기가 있었습니다.

그때 나는 몽골에서 뼈를 묻으리라 생각했었습니다. 그러나 여기에도 자리 문제로 불편한 일이 생기고 나처럼 분화된 특수 의사는 필요하지 않다, 나를 파송한 교회가 없다면서 문제를 달았습니다.

때마침 대전의 건양대학교 의과대학에서 강의 요청이 들어왔고, 그래서 몽골의 선교사 생활은 1년으로 끝을 맺었습니다. 이제는 다 잊어먹었지만, 나의 몽골말의 실력이 빠르다는 이야기도 들었고, 내가 대전에 온 후 몽골의 연세 친선병원 여의사들이 대전까지 찾아와 준 것을 보면 제가 인심을 잃은 것은 아닌 것 같습니다. 다만 병원을 운영하는 한국 선교사들에게서 버림을 받은 것입니다.

지금도 가만히 생각해 보면 그때 공부한 몽골어가 아깝고 선교사로 나의 삶을 끝마치지 못한 것이 후회로 남습니다.

친구여, 어디로 갔는가

스마트폰이 울립니다. "카톡 카톡" 하고. 나에게 오는 카톡 내용은 대부분 흘러가는 세월을 원망하는 말이고 친구를 그리워하는 하소연입니다. 나이가 들면 애인보다 친구가 더 그리운 모양입니다.

김동진 선생의 〈내 고향 남쪽 바다〉라는 노래에도 '그 물새 그 동무들 고향에 다 있는데…'라고 친구들을 그리는 정을 토로하고 있습니다. 소크라테스도 이 작은 방에 친구로 가득히 채우면 얼마나 좋을까 하고 토로했다고 합니다.

얼마 전 지인이 보내준 카톡에 이런 말이 있었습니다. 나이가 든 농부가 길을 가다가 개구리를 보았습니다. 심심하던 농부가 개구리를 잡자 개구리가 이렇게 말을 했습니다. '내게 입을 맞춰 주면 내가 이쁜 공주가 될게요'라고 하니 농부가 얼른 개구리를 주머니에 넣었다고 합니다. 농부에겐 애인보다도 같이 이야기를 나눌 수 있는 친구가 필요했던 거겠지요.

'친구(親舊)'라는 말은 부모님처럼 오래된 가까운 사이라는 말이겠지요. 그런데 친구는 얻기도 하고 없어지기도 합니다. '친구인 줄 알았더니 승냥이였네.'라고 할 수 있는 사람들도 있습니다. 그리고 친구는 고향과 연관이 있어서 고향을 떠난 디아스포라에게는 친구도 잃어버리게 마련입니다.

나는 1950년 바람 찬 대동강을 건너 피난 보따리를 하나 지고 서울로 피난을 왔습니다. 그리고 일주일 있다가 다시 서울을 떠나 안성으로 대구로 피난을 갔습니다. 어릴 때 사귄 평양의 친구들을 모두 잃어버린 것입니다. 대구로 피난 가서 사는 동안 친구를 사귀었습니다. 그리고 우리는 같은 제본소에 다니면서 친해졌습니다. 한 친구는 서울 공업고등학교에 다니는 '홍수식'이었는데 키도 크고 마음도 넓은 호남이었습니다. 그는 군인인 형을 따라 육군사관학교에 가서 장교가 되는 것이 꿈이었는데 꿈을 이루지 못하고 남대문시장에서 장사를 했습니다. 그런데 내가 의사가 되고서는 연락이 끊어져 만나지 못하였습니다.

또 한 친구가 성남고등학교에 다니던 '이경학'입니다. 아버님들이 같은 직장이어서 우리는 보광동에서 같이 살았습니다. 이 친구는 머리는 좋은데 시험 운이 없어 서울대학교 사범대학에 지원했다가 실패한 후 한양공대를 졸업하고 특수 인쇄업을 했습니다. 우리는 한집에서 살면서 같이 지냈고 둘도 없는 친구였습니다. 그런데 내가 미국에 오고 인턴을 하는데 편지가 왔습니다. 자기도 미국에 오고 싶은데 재정보증을 해달라는 것이었습니다. 내가 은행에 가서 알아보니 은행에 5천 불 이상이 있어야 재정보증이 된다고 하는데 나는 은행에 130불 정도밖에 안 되었습니다. 그래서 이것 가지고는 재정보증이 안 된다고 한 후로는 그와 연락이 끊어졌습니다. 몇 년이 지난 후 들리는 말에 '용해가 의사가 되어 잘 사니까 옛날의 친구들을 외면한다.'고 섭섭하게 말하더라는 것입니다. 나는 참 답답했습니다. "이 친구야. 인턴은 의사가 아니란다. 우리는 한 달에 300불의 월급을 받아 가며 최하위 생활을 하는 가난뱅인데 왜 친구를 이해 못 해주냐?"라고 소리라도 지르고 싶어졌습니다. 오래전 LA에서 산다는 말을 들었지만 아무리 수소문을 해보아도 연락이 닿지 않습니다. 가난할 때 미군 부대에서 나오는 빵 껍질을 뜯어 먹으면서 꿀꿀이죽을 맛있게 나눠 먹으면서 다졌던 우정이 나를 이해 못 해주는 오해로 헤어졌습니다.

의과대학을 다니면서 대학 동기들과 친하게 되었고 그중에서도 '전 꾕필'이라는 친구와 가깝게 지냈습니다. 전꾕필과는 정말 둘도 없는 친구여서 의과대학 1학년 때 사귀고 60여 년을 친하게 지냈습니다. 그는 온후한 성격에 사람을 품어주는 사람입니다. 그는 의과대학을 마친 후 해군 군의관으로 있다가 제대하여 강남에서 소아과를 개업하여 성공했습니다. 우리는 전공의 때도 같이 어울리기를 많이 했고 한동안 원주기독병원에 근무하면서 의사 기숙사에서 한집 식구처럼 지냈습니다. 미국에 있다가 한국에 가면 그와 같이 어울렸고 그와 내가 친한 친구라는 것은 누구나가 인정을 했습니다.

2022년 1월 말 나는 친구들과 함께 바하마 크루즈여행 중이었습니다. 그런데 배가 출항한 다음 날 나는 바다 위에 떠 있는데 카톡으로 그가 세상을 떠났다는 소식이 왔습니다. 그런데 배가 바다 한가운데로 가자 카톡도 안되고 전화도 안 됩니다. 나는 마음이 조급해졌습니다. 그래서 배의 사무실에 가서 물어보아도 전화는 안 된다는 것입니다. 발을 동동 구르고 마음이 아팠습니다. 다음날 어찌 카톡이 연결되었던

지 카톡이 왔는데 입관하는 사진과 장례식이 끝나고 무덤의 사진이 왔습니다. 나는 무척 우울했습니다. 가장 친한 친구라고 했는데 마지막 작별 인사도 못하다니…. 이렇게 가장 친한 친구와 영원히 작별했습니다.

내가 의과대학을 졸업하고 병원에 근무하고 군의관으로 근무할 때 가까워진 동무들이 있었지만 헤어지면 그뿐이었고 다시 연락하여 만나지는 못했습니다. 같이 피난을 와서 피난 학교에 다니며 사귄 친구들이 있습니다. 김근택, 김인모, 김영점 같은 친구들입니다. 그러나 학교를 졸업하고 제각기 사느라고 만나지 못하다가 내가 은퇴하고 한국에 나가 살면서 같이 만나곤 했습니다. 그런데 김인모도 세상을 떠나고 김영점도 세상을 떠나고 김근택만 남아 있는데 이 친구는 카톡도 할 줄 몰라서 연락할 수가 없습니다.

다시 미국으로 왔습니다. 미국에 온 우리 동기동창이 30여 명 되지만 흩어져 사니 만날 기회에 별로 없었고, 필라델피아에 동기동창들이 많이 사니 그곳에 들러야 만나 볼 수 있었지만 그리 살갑게 연락하며 살지는 못했습니다. 우리는 가끔 같이 여행했지만, 동창이고 동무이지 친구라고 할 수 있었는지는 모르겠습니다. 그러니 친구라고 할 수 있는 사람이 몇 명이 될는지 모릅니다.

오하이오에 살면서 같은 한국인 성형외과 의사를 만났습니다. 가톨릭의과대학 출신 '신승일'이라는 친구였습니다. 우리는 외로워서 그랬는지 친해졌습니다. 한번 만나려면 한 시간을 운전해 가야 하지만 주말마다 만났고 같이 미팅을 다녔습니다. 내가 젊었을 때 미팅에 안 가면 그 친구도 안 갔고 우리는 미팅에 가서도 같이 붙어 다녔습니다.

그는 담배를 너무 피워서 내가 구박을 많이 했습니다. 나의 아내는 친구를 너무 구박한다고 주의를 주었지만, 그 친구는 "그래. 네 말이 맞다."라면서 그런 나를 받아 주었습니다. 우리는 은퇴해서 같은 동네에 살자고 약속도 했습니다. 그러나 그는 은퇴도 하기 전에 약속을 저버리고 세상을 떠났습니다.

그 친구가 떠난 후 나도 미팅을 별로 가지 않았습니다. 나는 활동을 할 때 많은 사람을 만났습니다. 같은 의사들, 성형외과 동료들, 같이 테니스를 치던 사람들, 같은 교회에 다니던 사람들, 같은 도시에 살던 한국 사람들, 글을 쓰면서 만난 사람들, 여행하면서 만난 사람들 등 친구라고는 할 수 없지만, 지인이라고 할 수 있는 사람이 많습니다. 그런데 그들은 아는 사람들이지만 친구는 아닙니다.

이제 나이가 들어 은퇴하고 나니 행동반경도 좁아지고 만나는 사람도 줄어들었습니다. 그리고 한가한 시간이 많아져 옛날을 추억하는 시간도 많아지고 외로움을 느낍니다. 그리고 친구들이 그립습니다. 지금 푸른 하늘에 뭉게구름이 떠갑니다. 그 구름이 서로 가까워졌다가 멀어져 가면서 끝없는 하늘을 날고 있습니다.

그래, 구름도 가까워지고 멀어지고 하는구나. 그리고 옛날에 가까웠는데 멀어진 친구들이여, 지금 어디에 있느냐? 너도 내가 그립니? 너도 나를 생각하는가?

부러운 사람들

    한 세상을 살면서 닮고 싶은 사람 부러운 사람이 많이 있습니다. 내가 못나서, 자랑할 것이 별로 없어서, 나보다 잘난 사람, 똑똑한 사람, 위대한 사람들, 내가 닮고 싶은 사람이 많이 있습니다.

    중학교 일학년 때 나는 출신성분이 나쁘다는 이유로 소년단에서도 제적이 되고 구박투성이가 되었습니다. 그때 우리 반의 반장인 정건식이라는 학생이 부러웠습니다. 그는 키도 크고 출신성분도 좋고 공부를 잘해서 우리 반의 소년단 분단장이 되었다가 단위원이 되었습니다. 반에서 애들이 떠들다가도 그가 "야, 이제 선생님 들어오신다. 조용해라."라고 하면 교실이 조용해지곤 했습니다. 불과 12세 정도의 소년들이었지만 그는 지도력이 있었습니다. 한국전쟁이 일어나곤 그를 보지 못했습니다. 공부도 잘하고 씩씩하여 선생님들의 사랑을 받고 반 학생들의 지도자가 된 그가 부러웠습니다.

    피난 고등학교 때는 김주영이라는 학생이 부러웠습니다. 그가 피난 고등학교에 오기 전까지 무엇을 하던 학생인지 모릅니다. 그러나 그는 고등학교 일학년 때 매주 Time지를 사전도 보지 않고 그대로 읽으며 수학과 물리, 화학 교과서를 원서로 죽죽 읽어 내려가는 친구였습니다. 그는 졸업 후 서울대 공대를 졸업하고 현대중공업인가에 들어갔는데 어느 날 자동차 사고로 요절했습니다. 나는 그 소식을 듣고 요절한 천재가 아깝고 부러워 한동안 우울했습니다. 나는 그와 같이 지낸 것이 일 년 몇 개월 정도였지만 그가 부러워 졸졸 따라다니기도 했습니다.

의과 대학생 때는 이경식이라는 친구가 부러웠습니다. 나는 어렵게 가정교사를 하면서 학교에 다니는데 그는 아버지가 의사라서 비교적 넉넉한 집안에서 학비 걱정 없이 공부도 잘하는 그가 부러웠습니다. 그는 학생 때도 화려하지는 않지만 멋있게 차리고 다녔고 원서 교과서도 들고 다녔습니다. 학생 때도 그의 앞날은 환하게 열려 있었습니다. 전공의 때도 과장 선생님의 특별한 사랑을 받았고, 후에는 세브란스 병원 외과 과장, 세브란스 병원장이 되었습니다. 그는 일생 걱정이 없는 사람처럼 보였습니다.

의과대학에 다니면서 또 졸업하고서는 성산 장기려 선생님이 부러웠습니다. 그분은 전설적인 외과 의사였으며 수술을 잘한다고 소문이 나서 김일성을 수술했다고 합니다. 내가 평양에서 유년 주일학교 학생일 때 가끔 오셔서 설교도 하셨습니다. 우리나라에서 간 절제 수술을 제일 처음 시행한 외과 의사로 한국 최고의 외과 의사였지만, 부산 복음병원에서 돌아가시는 날까지 봉사하셨습니다. 그리고 가난한 사람들을 위하여 좋은 일을 많이 한 의인이었습니다. 병원 원장으로 계시면서 수술비가 없는 가난한 환자를 뒷문으로 몰래 나가게 했다는 일화를 남겼고, 며느리가 해온 이불을 가난한 사람에게 나누어 준 의인입니다. 내가 전공의 때 인사를 드리니 나의 손을 잡고 "우리 어려운 사람을 도와주는 의사가 됩시다."라고 말씀하셨는데 그 뜻을 따르지 못했습니다.

또 대학생 때 이어령 선생을 닮고 싶었습니다. 그 예리한 필치, 남들이 생각하지 못하는 통찰력과 문장력이 부러웠습니다. 그래서 그의 책은 나오는 대로 사다가 열심히 읽었습니다. 이어령 전집을 두 질이나 사다가 하나는 사무실, 하나는 집에 두고 읽었습니다. 아마 우리 집에 제일 많은 책이 이어령 선생님 책일 것입니다. 그리고 이어령 선생님처럼 글을 쓸 수 있으면 얼마나 좋을까 부러워했습니다. 그러나 그 꿈은 이루지 못했습니다.

연세대학교에 다니면서 김형석 선생님이 부러웠습니다. 김형석 선생님처럼 부드러운 강의를 하고 싶었습니다. 그는 어려운 문제를 이야기할 때라도 얼굴에 미소를 띠고 잔잔하게 물이 흐르는 듯 강의를 하셨습니다. 의예과 시절 시간이 나면 과가 다른 문과 대학의 종교 철학 김형석 선생님의 강의를 도강했습니다. 선생님은 출석부에 기재된 학생보다도 훨씬 많은 학생이 강의실에 들어온 것을 아시면서도 입술 사이로 난 덧니를 감추지도 않으시고 앙리 베르그송, 데카르트의 철학 이야기를 물이 흐르듯 강의하셨습니다.

간혹 음악을 들으면서 번 슈타인도 부러워했습니다. 그의 정열적인 피아노 연주 그리고 뉴욕 필하모니를 지휘하는 그의 멋있는 모습을 보면서 나도 한 번의 인생을 저렇게 화려하게 살아보면 얼마나 좋으랴 생각했습니다.

억지로라도 했으면 따라갈 수 있었을 이태석 신부를 부러워합니다.

그는 신부이면서 의사였습니다. 그 어려운 남수단에 가서 그들을 위하여 정성을 다하여 봉사하고 의사가 하나도 없던 마을에 의사가 30여 명이나 나올 수 있도록 모범을 보여준 그가 부러웠습니다. 그가 대장암에 걸렸는데 수술해도 너무 늦었다는 선고를 받고서도 웃으면서 기타를 연주하면서 집회를 인도하는 것을 보면서 감동했습니다. 물론 나는 가족을 먹여 살려야 한다는 책임 때문에 선교의 일을 못 했지만, 이것이 부끄럽기만 했습니다.

요새는 유튜브에서 〈플라톤 아카데미〉라는 프로를 보면서 러시아 문학을 강의하는 석영중 교수를 부러워합니다. 자기 전공과목을 통달하여 저렇듯 강의를 멋지게 할 수 있는지 감탄합니다. 또 서양사, 특히 로마사를 강의하는 김상근 교수를 부러워합니다. 미남자인데다 멋진 강의까지 하는 그를 보면서 '내가 그런 교수가 못 되었구나.' 하는 부러운 마음이 생깁니다.

지금은 톨스토이를 부러워합니다. 그의 작위, 재산이 부러운 것이 아니라 부단한 노력, 늙음을 개의치 않고 죽을 때까지 공부한 그가 부럽습니다. 나이가 들어서 그리스어를 공부하고, 노자를 공부하고, 철학을 공부하고, 정치를 연구한 그 정열이 부럽습니다. 내가 톨스토이처럼 성공할 수는 없지만 그를 본받아 공부는 할 수 있지 않을까 하며 책을 책장 위에 쌓아 놓습니다.

이렇게 부러운 사람이 많다는 것은 나의 일생의 푯대를 하나로 정하지 못하고 갈팡질팡한다는 말도 되고 무엇 하나 제대로 하지 못했다는 말도 됩니다. 나에게는 뛰어난 재능은 없고 그저 보통 사람으로 좀 열심히 살았다는 것밖에는 내세울 게 없습니다.

석린성시(惜吝成屎)

가장 비싸고 좋은 그릇, 가장 비싸고 아름다운 옷을 왜 장에만 넣어 놓고 쓰지 않고 입지 않는 걸까요.

아마도 오늘보다 더 좋은 날에 쓰고 입으려고 아끼기 때문일 것입니다. 내게도 비싸고 좋은 옷이 몇 벌 있습니다. 아내가 백화점에서 너무 좋다며 사다 준 옷장에 걸어만 두는 옷들입니다. 그런데 그 옷을 입고 나갈 좋은 일이 없었습니다. 물론 파티도 있었고 결혼식도 있었고 기념식도 있었지만, 그보다 더 좋은 날 입고 나가려고 아껴서 걸어 둔 옷들입니다. 이제 은퇴하고 나니 그 옷을 입고 나갈만한 행사가 없습니다. 나의 삶에서 가장 좋았던 날이 모두 지나가 버린 것입니다.

이제 그 옷을 꺼내 입을 일이 있을 것 같지 않습니다. 일 년에 한두 번씩 옷장을 들여다보면서 '옛말이 옳았구나.' 하고 후회합니다. 석(惜) 아끼고, 린(吝) 또 아끼면, 성(成)이 된다, 또 무엇이 될까요? 시(屎) 똥이 된다는 말입니다.

옛날 가난할 때는 어쩌다 옷 한 벌이 생기면 그날로 입고 나갔습니다. 친구들에게 자랑했는데 헌 옷보다 좋았기 때문입니다. 그러면 어머님이 "야, 이놈아 물건을 좀 아낄 줄 알아라. 헌 옷이 있어야 새 옷이 있는 법이란다."라고 꾸중하셨습니다.

그렇게 자라서일까요? 새 옷을 사다가 걸어놓고도 다음날 병원에 출근할 때는 입던 헌 옷을 입곤 했습니다. 그런데 요새는 옷이 잘 떨어지지 않습니다. 20년을 입었는데도 아직도 말짱한 옷들이 여러 벌 있습니다. 그러니 값비싸고 좋은 옷을 입을 날이 없어졌습니다. 아마도 내가 죽으면 그 옷은 그대로 버려지겠지요. 그 아까운 옷들이….

우리 집 장에는 비싼 그릇이 여러 벌 있습니다. 레녹스라던가 또 무슨 이름 있는 접시들이 장 속에 보관되어 있습니다. 접시 한 개에 몇 백 불 하는 접시들이라고 합니다. 그런데 그 그릇으로 음식을 담아 먹어 본 일이 기억나지 않습니다. 생일에도 감사절에도 결혼하여 나가 사는 자식들이 와서 온 가족이 모이는 기쁜 날에도, 또 손님들이 온 날에도 그 그릇들은 장 속에 그대로 있습니다.

오래전 지인의 집에 초대를 받아간 일이 있습니다. 아마도 그의 생일이었던 것 같습니다. 아주 귀한 손님들만 초대되었다고 했습니다. 상에 오른 접시가 무척 비싼 접시라고 했습니다. 나는 천민 출신이고 또 눈이 어두워서 그런지 그 그릇들이 그렇게 아름다운지는 모르겠습니다. 그러나 그곳에 모인 사람들은 그 그릇들이 이쁘다고 칭찬했습니다. 그 그릇 가장자리에 그려진 선이 금이라고 했습니다. 식사하는 중에 숟가락이 접시에 긁히지 않도록 조심하라고 아내가 나에게 주의를 주었습니다. 나는 먹는 음식보다도 접시에 신경을 쓰느라고 음식 맛이 기억나지도 않습니다. 차라리 그냥 양은냄비에 음식을 담아 주었더라면 신경 쓰지 않고 숟가락이 그릇에 긁히든 말든 편하게 먹었을 텐데… 불편했습니다. 우리 집에도 그런 접시가 있지만 아무리 특별한 날에도 나는 그런 접시에 음식을 먹는 것을 거부했습니다. 그래서 우리 집 그 접시들은 한 번도 제구실을 못 하고 그냥 장 속에만 있습니다. 언제 그 접시에 음식을 담아 먹을까요? 아마도 그런 날이 나의 생전에는 없을 것 같습니다. 접시들이 제구실을 못 한 채 석린성시가 될 것입니다.

몇 번 딸에게 그 접시들을 가져가라고 했더니 딸은 나보다 현명한지 그런 접시는 부담이 되어서 "No Thank you"라고 거절했습니다. 우리 집 그 접시는 아무에게도 사랑을 받지 못하는 신세입니다.

그런데 왜 그런 접시나 그런 옷을 왜 샀을까요? 우리 주위에는 평생 돈을 모으는 데만 정성을 쏟다가 가는 사람이 있고, 어떤 사람은 돈을 모아 아름다운 그릇을 모아 남에게 자랑하다가 가는 사람이 있습니다. 그러니 우리도 후자와 같은 사람일 것입니다.

내가 개업하여 돈을 버니 아내가 우리도 명품을 사보고 싶다고 했습니다. 식당의 장을 명품점에서 체리나무로 제작한 것을 주문했는데 몇 달 후에야 배달이 되었습니다. 그리고 그 장이 다칠까 봐 아내는 조심, 또 조심했습니다. 우리는 돈을 주고 우상을 사서 그것의 노예가 되었습니다. 이제 정신을 차려 노예 생활에서 벗어나려고 하니 이제는 그 귀한 물건들이 시(屎)가 되어 버린 것입니다. 아깝습니다.

비싼 교훈 하나를 얻었습니다. 사람들은 열심히 일하여 돈을 법니다. 그러나 그 번 돈, 아껴둔 돈이 정말 내 돈일까요? 아닙니다. 내가 쓰지 못하면 누구 돈이 될지 모릅니다. 내가 그렇게 애쓰고 번 돈. 추운 겨울 새벽에 일어나서 아침도 못 먹고 커피 한잔을 들고 차를 몰며

병원에 나갔으며 남에게 싫은 소리도 들었고 어려운 일도 겪으며 번 돈이 누구의 돈이 될 줄 모릅니다.

친한 친구가 있었습니다. 그에게 아버지가 많은 재산을 남겨주었습니다. 그의 아버지는 검약한 생활로 재산을 모았습니다. 아버지를 본받은 그도 검약했습니다. 구두쇠라는 말을 들을 정도로 검약했습니다. 그가 우리와 같이 먹는 음식이 고작 설렁탕, 빈대떡, 만두, 짜장면이 정도였는데 그는 가끔 나에게 자기 재산이 얼마인지 자랑하곤 했습니다. 어느 날 그가 심장마비로 세상을 떠났습니다. 그의 부인이 "그렇게 돈을 아끼더니 그가 죽고 나서 자기를 위해 쓴 돈은 25,000불이 못 되네요."라면서 울었습니다. 그가 남긴 그 많은 돈을 누가 쓸까요? 그가 남긴 돈을 쓰면서 감사한 마음을 갖기나 할까요?

친구가 보내준 카톡에는 "은행에 있는 돈은 은행 돈이고, 내가 쌓아놓은 돈도 내 돈이 아니고, 누구의 돈일지 모른다네. 내가 쓴 돈만이 나의 돈이라네. 내가 애지중지하던 자식들도 모두 떠나고 나니 내 것이 아니라네. 내가 사랑하던 아내도 자기 방으로 들어가니 내 것이 아니라네. 그럼 내 것은 무엇이지 찾을 수가 없구나."라는 내용입니다.

그렇습니다. 우리가 가진 모든 것이 내 것이라곤 없습니다. 이건희 회장의 수십 조의 돈도 그의 것이 아니었습니다. 그가 아끼고 아꼈던 예술품도 그의 것이 아니었습니다. 많은 재산을 정부가 세금으로 빼앗아가서 얼굴도 모르는 사람들이 그 돈을 쓸 것입니다.

나뿐만이 아닙니다. 많은 사람이 이 석린성시의 옛말의 우를 범하면서 사는지도 모르겠습니다. 황창연 신부는 최소한도의 장례비 500만 원(5천 불)만 남겨 놓고는 다 쓰라고 하는데….

학질

    항간에서는 어려운 일을 치르고 나면 학질을 앓았다고 하고 학질을 뗐다고도 합니다.

    지금 미국이나 한국에서는 볼 수 없는 병이지만 아직도 공중위생이 잘 정비가 되지 않은 나라에서는 말라리아 환자가 많습니다. 그래서 오래전 아프리카나 남미에 선교여행을 갈 때는 '키니네'라는 콰이나인을 며칠씩 먹고 갔습니다. 한국에서는 보기 힘든 병이지만, 북한에서는 이 병이 아직도 유행한다고 합니다.

    이어령 선생은 자기의 저서에서 열병을 앓아보지 않은 사람과는 이야기도 하지 않겠다는 말씀하셨는데, 정말 열병은 우리에게 대단한 시련을 줍니다. 요새는 열이 오르면 코로나 폐렴이 아닌가 하고 걱정합니다. 그래서 공항에 체온 측정기를 세워 놓고 입국자의 체온을 체크합니다. 웬만한 사무실이나 병원의 입구에도 이 체온 측정기를 세워 놓고 들어오는 사람들의 체온을 측정하기도 합니다. 물론 우리 몸에 열을 일으키는 병이야 수없이 많고 염증을 일으키는 병은 대개 열을 수반합니다.

얼마 전 몸이 피곤하고 열이 올라 걱정이 되어 코로나 자가 검사를 했더니 음성으로 나와 안심했지만, 다음날도 열이 올라서 연이틀 검사했는데 음성이어서 안심했습니다. 주위에 여러 사람이 독감에 걸려 고생했다는 이야기를 듣고 나도 소위 독감이라는 게 왔구나 하고 약을 먹고 나아졌습니다.

학질이라는 병이 있습니다. 이 학질이라는 병은 말라리아모기가 우리 몸에 달라붙어 피를 빨면서 병균을 옮겨주는데 이 균이 우리 몸에서 어느 정도 증식하다가 고열증세를 나타내는 병입니다. 아마 제가 12살 때였습니다. 김일성 치하에서 가난하고 천대받으며 살 때였습니다. 열병을 앓았습니다. 학질은 하루거리 이틀거리라고 하여 항상 아픈 게 아니라 하루나 이틀마다 열이 오르며 추워지면서 온몸이 떨리는 병입니다. 오후가 되면 몸이 으슬으슬 추우면서 온몸이 떨립니다. 때가 초가을이라 날씨도 약간 추워서 햇빛이 비치는 마루에 쪼그리고 누워있으면 온몸이 가눌 수 없을 정도로 떨렸습니다.

어머니는 초등학교 선생이라 학교에 가고 안 계시고 동생들도 학교에 가고 없고 나 혼자였습니다. 방에서 이불을 가져와 덮고 누워도 추움을 감당하기 힘이 들게 떨렸습니다. 방은 물론 불을 때지 못하여 더욱 추웠습니다. 저절로 신음이 절로 나고 하늘이 노랗게 보이고 지붕이 움직입니다. 이윽고 정신이 몽롱해지곤 합니다. 같이 세를 들어 사는 사람들이 있었지만 도와주기는커녕 "얘, 너 왜 밖에 나와서 그러니 방으로 들어가"라는 싸늘한 말을 하고서는 도리어 피합니다. 그렇게 두세 시간이 지나면 땀이 나면서 온몸이 늘어져서 내 몸을 내가 가눌 수 없습니다. 그래서 마루에 한참 누워있다가 일어나곤 했습니다. 그때

키니네라는 약이라도 있었으면 먹고 치유가 되었을 것을…. 마치 지금 아프리카의 난민처럼 누구도 도와주거나 신경을 써 주는 사람이 없었습니다. 그러니 자연히 병은 오래가게 되고 잘 낫지도 않았습니다.

나는 이틀에 한 번씩 이 고통을 치러야 했는데 이 증세가 나타나는 오후만 되면 겁이 많이 났습니다. 그리고 온몸이 으슬으슬 떨리면 집에 있는 이불을 몽땅 끌어다가 덮고는 몇 시간을 열과 싸워야 했습니다. 그리고 하늘이 노랗게 보이고 꿈을 꾸는 것같이 환영을 볼 때도 있었습니다. 이 학질을 몇 주를 앓으니까 얼굴이 노랗게 변하고 소위 황달이라는 증세가 나타났습니다. 의사가 되고 나서 안 일이지만 몸 안의 피가 말라리아균에 의해 용해가 되는 것이었습니다. 그러니 사람들이 내가 곧 죽을병에 걸린 것처럼 나를 피했습니다.

그때 어린 나이임에도 '이제는 내가 죽는구나' 하는 생각을 했습니다. 작은 키에 여윈 몸, 누렇게 변색이 된 피부에 지저분한 모습, 누가 보아도 호감이 가지 않았을 것입니다. 학교에도 자주 결석을 하니 선생님도 달갑지 않았을 것입니다. 얼마 동안을 앓았는지 모릅니다. 나보다 한 살 위인 주인집 딸이 보기가 딱했던지 자기 집에 들어온 대추도 몇 주먹 갖다주고 자기가 먹으려던 오징어튀김도 한 주먹 갖다주곤 했는데 그 덕인지 기운을 회복했습니다. 그 후 나의 일생에 말라리아를 다시 앓는 일은 없습니다. 그러나 독감에 걸리거나 몸살을 앓은 일은 여러 번 있습니다. 그래서 열이 오르면서 온몸이 으스스하고 춥다가 몸이 떨리고는 열이 오르는 기분은 아주 싫습니다. 그리고 그런 기분에 공포증이 있습니다.

그런데 저는 그런 몸살인지 독감인지를 몇 년에 한 번씩 앓았습니다. 그래서 아내는 나더러 "당신은 한번 앓으면 되게 심하게 앓아요." 라고 이야기합니다.

오래전에도 온몸이 떨리고 근육이 아프고 열이 오른 일이 있었습니다. 물론 지금은 타이레놀도 있고 애드빌이라는 해열제가 있지만 한참 열이 오를 때는 이 약도 잘 듣지 않습니다. 그리고 열이 오르고 난 다음 땀을 흘리고 한 잠이 자고 깨야 열이 물러갑니다. 잠이 깨어나서 내 옆에 근심스러운 얼굴로 앉아있는 아내를 보면 그렇게 고마울 수가 없습니다. '지금은 버려지지 않은 사람이구나. 지금은 나를 돌봐주는 사람이 있구나.' 하는 안도감을 가집니다.

오래전에 원주에서 군의관으로 있을 때 심한 몸살을 앓았습니다. 대위이고 외과 과장이 앓으니까 위생병과 과원들이 혈관주사를 꽂아 주고 난리를 쳤습니다. 그래도 나의 몸이 그래서 그런지 열이 오르고 몇 시간을 앓고 땀이 흘려야 병이 물러가는 것 같습니다. 눈을 떠보니 담요가 많이 덮여 있고 팔에는 정맥주사가 꽂혀있고 밥상도 차려져 있었습니다. 그때 느낀 것도 그렇습니다. '아, 이제는 평양 하수구리의 셋집에서 혼자 열병을 앓던 소년이 아니로구나.' 하는 안도감 같은 것을 느꼈었습니다. 물론 그때 옷에 옮은 이 때문에 아내에게 창피를 당했지만 즐거운 추억입니다.

지금은 아내도 있고 딸도 제 주위에 있습니다. 내가 싫다고 하는데도 차를 끓여오고 먹을 것을 갖다주는 가족이 있습니다. 그리고 약을 챙겨주는 약사 아내가 있습니다. 이제는 학질을 앓아도 평양에서처럼 겁이 나지 않을 것 같습니다.

Ghost town

내가 사는 플로리다에서 차를 타고 지나가다 보면 여기저기 집을 짓는 광경을 많이 봅니다. 그것도 집을 한 채 짓는 게 아닌 크나큰 단지를 짓습니다. 지난여름에는 저쪽에다 짓더니 거기에는 큰 주택단지에 사람들이 드나들고 올해는 이쪽에 큰 단지가 생겼습니다. 이제는 빈 땅이 없을 정도로 집들이 들어찼습니다.

그걸 보면서 친구에게 "아니, 인구가 이렇게 빨리 늘어나나?"라고 물으니 그래도 집이 없어 못 판다면서 집값이 자꾸 올라간다고 합니다. 물론 인구가 늘겠지요. 지금도 미국의 국경에는 불법 이민자 수십만 명이 미국에 들어오려고 줄을 서서 기다리고 있습니다.

몇 년 전 세계 인구가 75억이라고 하더니 이제는 80억이라고 하니 인구가 얼마나 늘지 모르겠습니다. 그리고 미국에 와서 살겠다고 세계에서 몰려드는 불법 이민자들까지 있으니 저렇듯 집을 많이 지어야 하는 이유인지도 모르겠습니다. 공화당에서는 이 많은 불법 이민을 먹여살릴 수 없다고 하고, 바이든 대통령은 이들을 받아들이고 먹여 살리겠다고 합니다.

그런데 이렇듯 사람들이 몰려드는 지역과는 반대인 지역도 있습니다. 가끔 유튜브를 보면 '살기에 나쁜 도시'라는 정보가 눈에 뜨입니다. 그 지역 주민들의 평균 수입, 교육시설, 범죄율, 취업률 등을 따져서 점수를 매기는 모양입니다. 어떤 곳은 우리의 예상과는 매우 다릅니다. 예를 들면 캘리포니아의 후레스너, 샌프란시스코 등이 '살기 나쁜 도시'로 선정되어 있는데 그것은 그곳의 물가와 교통체증, 다운타운의 범죄율 등을 감안한 발표일 것입니다. 그런 곳이 살기 나쁘다고는 하지만 사람들이 몰려들고 집값은 비싼 동네일 것입니다.

그와는 달리 도시 자체가 황폐해 가는 곳이 있습니다. 주민들이 떠나고 집은 비어 있고, 도시가 유령화되고 있는 곳입니다. 얼마 전 유튜브에서는 내가 살았던 도시 오하이오의 워런이 황폐되어가는 도시로 지목되어 있었습니다. 클리블랜드의 동부 지역과 거의 맞붙어 있는데 워런의 서부지역이 황폐해져 간다고 했습니다. 영상에는 사람들이 떠난 빈집들이 그대로 방치되어 있었습니다. 그 빈집의 마당이나 주차장에는 풀이 사람 허리에 올 만큼 자라 있고, 깨진 캄캄한 창문 안에서 유령이라도 튀어나올 듯했습니다. 이런 곳에는 불량 청소년들이 마약을 하고 폭력범들도 많다고 합니다. 그래서 우범 지역으로 간주하여 무장한 경찰들이 가끔 순찰한다고 합니다. 영화에 나오는 할렘 지역보다도 무서운 곳인 것 같습니다.

유튜브의 영상에서 어떤 빈 건물로 들어가는 장면이 나왔는데 내가 옛날에 몇 번 가본 이탈리아 식당이었습니다. 그 식당은 이탈리아 사람이 운영하던 식당으로 스파게티와 스테이크를 매우 잘하여 손님들로 꽉 찼던 식당입니다. 주인이 심장병으로 죽고 아들이 물려받았는데 식당이 잘 안 된다는 소문을 듣긴 했는데 이제는 버려진 집이 되었습니다. 영상으로 비추어진 건물 안은 먼지가 가득하고 식당 안 홀에는 식탁과 걸상들이 흩어져 있고 주방도 먼지가 쌓인 채 비어 있었습니다. 식당의 집기들이 여기저기 보이는 것을 보면 식당을 운영을 포기한 지 꽤 오래된 모양입니다.

나는 지난여름 뉴저지에서 콜럼버스에 사는 딸네 집에 가는 도중에 내가 살았던 워런에 잠시 들렀습니다. 내가 살던 동부 쪽은 발전이 되어 좋은 집들이 늘어섰고 상가도 발전했습니다. 그런데 시내의 중심을 지나가서 서쪽으로 얼마를 가니 도시의 황폐한 모습이 드러나기 시작했습니다. 빈집이 한둘이 아닙니다. 도시의 거의 반이라고 할 수 있을 정도의 넓은 지역이 황폐해져 있었습니다. 유튜브에서 본 식당 앞을 지나면서 보니 마치 영화에 나오는 유령도시 같았는데 늘어선 빈집에서 악한들이 나올 것 같은 분위기였습니다.

워런 도시의 서쪽 St Joseph 병원이 있던 자리와 전기 공장이 있던 거리로 들어섰습니다. 이곳은 더 처참했습니다. 차조차 다니지 않았고 마치 전쟁이 휩쓸고 지나간 자리처럼 빈 건물들과 반이 파괴된 건물과 쓰레기로 유령도시 그 자체였습니다. 옛날 내가 이 병원에 있을 때는 그렇게 분주하던 거리였습니다. 무엇이 잘못되었을까요. 왜 병원이 문을 닫고 공장이 문을 닫았을까요?

워런은 옛날 번영하던 도시였습니다. 이곳에는 Packard Electric Co.이라는 큰 공장이 있었습니다. 직원이 2만5천여 명이나 되고 또 부속 중소기업도 많이 있었습니다. 종종 Packard Electric Co.의 강당에서는 음악회가 열리고 유명한 오케스트라단이 와서 연주했습니다. 운동장에 야구 구장까지 있어서 야구 경기도 열리곤 했습니다.

이 워런 도시는 매우 활발하고 북적거렸습니다. 이곳의 두 병원 Trumbull Memorial Hospital 과 St. Joseph Hospital은 아주 운영이 잘되는 병원이었습니다. Trumbull Memorial Hospital에는 인턴과 각 과 전공의들이 많이 포진된 교육병원으로 나도 한국에서 이 병원으로 와서 근무했습니다.

그런데 1960~70년대로 들면서 GM 회사에서는 노동조합의 파업이 끊이지 않았습니다. 그리고 일본 차들이 들어오면서 미국의 자동차 사업은 기울어졌고 Packard Electric Co.도 점점 기울어졌습니다. 공장의 인원이 점점 줄어들더니 80년대 후반에는 공장이 문을 닫았습니다. 노동인구가 줄어들고 이사 나가는 사람들이 많아지고 사업도 줄어들었습니다. 도시에서 사업은 안 되고 병원의 환자도 줄어들었습니다. 좋은 의사들도 도시를 떠났고 많은 기업이 도시를 떠났습니다.

도시에 빈집들이 생겨나더니 워런의 서부 쪽은 Ghoast Town이 형성된 것입니다. 나는 이런 장소가 시내에 있다는 것이 의심스러웠습니다. 집값이 그렇게 비싼데… 집 없는 사람들이 그렇게 많은데…. 나는 나의 고향과 같았던 이 도시를 다시 살기 좋은 도시로 재건할 수 있는 묘안은 없는 것일까 안타깝습니다.

그렇습니다. 도시가 활기를 찾으려면 기업들이 들어와야 합니다. 이 도시는 교통도 좋고 인심도 좋은 도시였습니다. 큰 기업이 들어온다면 다시 옛 활기를 되찾을 텐데…. 이곳에 삼성이 공장을 짓는다면 얼마나 좋을까 하고 어리석을지도 모르는 상상을 해보았습니다.

공포심

어느 사람이나 공포심이 있습니다. 그가 용감한 장군이든가 아니면 생각을 많이 한 철학자라고 하더라도 없는 사람은 없습니다. 공포심은 우리의 온몸을 긴장을 시키고 아드레날린을 분비합니다. 그래서 동공은 커지고 맥박은 빨라지고 근육은 굳어집니다. 그래서 극도의 공포심은 온몸을 굳게 만들고 심장을 정지시켜 죽을 수 있게도 만듭니다.

군에서 포로를 잡아 심사하면서 협박을 합니다. 어떤 심사원이 포로를 심문하면서 총알이 없는 총을 포로의 이마에 대고 거짓말을 하면 쏜다고 협박하고는 권총의 방아쇠를 당기자 총알이 없었는데도 포로는 죽었다고 합니다. 극도의 공포심이 그를 죽인 것입니다.

그런데 특정한 사물에 대해 공포심을 갖고 있는 경우가 있습니다. 유치원에 갈 나이쯤 되어서 친구였던 영숙이는 송충이를 많이 무서워했습니다. 장난꾸러기인 사내아이가 송충이를 나뭇가지에 올려놓고 영숙이를 놀리면 금방 얼굴이 파래지고 울음이 터지곤 했습니다.

아내는 뱀을 무서워하는데 플로리다에는 유독 뱀이 많습니다. 어쩌다가 뱀이 길에서 차에 치여 죽었거나 숲속에서 보게 되면 아내는 혼비백산 도망치고는 며칠은 그 근처에 가려고도 하지 않습니다.

나의 여동생도 겁이 많았습니다. 한국전쟁 때 안성으로 피난을 갔습니다. 시골의 화장실은 뒷간이라고 하여 마당을 건너 외양간 옆에 있었습니다. 뒷간 옆에는 재를 모아 놓기도 하고 농기구도 있어서 밤에는 더 으스스했고, 뒷간은 엉성하여 밑의 구멍이 보여서 잘못하면 빠질 것 같고 쥐도 드나들었습니다. 그런데 동생은 밤에 뒷간에 가려면 여간 무서워하는 게 아닙니다. 그래서 죽을상을 하고 나에게 동정을 구합니다. 어린 동생이 가여워서 따라가서 문밖에 서 있곤 했습니다. "오빠 거기 있어, 가지마."라는 말을 일 분에 한 번은 합니다. "그래, 나 여기 있다." "오빠 노래를 불러봐. 그러면 거기 있는 줄 알게." 합니다. 나는 동생을 안심시키려고 노래를 부릅니다. 그래서 한 서너, 네댓 번 부르면 동생은 일을 보았는지 말았는지 나와서 "춥지, 들어가자."라면서 내 손을 끕니다. 아마 어두운 것이 무서웠겠지요.

모파상도 어두움이 무서웠던 모양입니다. 그는 임종 전에 "아, 어둡다 어둡다. 너무나 어둡다."라고 호소했다고 합니다.

나는 무서운 것이 너무나 많은 사람입니다. 죽은 사람이 무섭습니다. 의과대학 1학년 때 제일 어려운 과목이 해부학이었습니다. 그런데 우리 해부학 교수님은 필기시험은 없고 실기, 구두시험만 있습니다. 인체를 7부분으로 나누어서 7번의 구두시험을 보아야 학점이 나옵니다. 그래서 패스하는 게 쉽지 않았습니다. 교수님은 수도 없이 실습실에 와서는 누가 공부하고 있는지 체크했습니다. 그리고 자기의 눈도장이 찍힌 사람만 패스를 시켜주었습니다.

나도 할 수 없이 실습실에 있던 어느 가을밤이었습니다. 수업이 오후 5시에 끝나니 조금만 지나면 어두워지고 밤이 됩니다. 실습실에 한 대여섯 명이 같이 있었는데 모두 커피 한잔 마시겠다면서 나갔고 나만 실습실에 남아 있었습니다. 그런데 갑자기 전기가 나갔습니다. 깜깜한 방에 16구의 시체와 나 혼자만 남았습니다. 나는 일어설 수도 없고 몸을 움직일 수도 소리를 지를 수도 없었습니다. 아마 얼어붙었던 모양입니다. 나는 그 시간이 한 시간도 넘었을 것 같은데 아마 2~3분밖에 안 되었던 모양입니다. 발소리가 나고 박수연 교수님이 전등을 들고 들어옴과 동시에 전기가 들어왔습니다. 교수님이 보시니 나의 얼굴이 흰 종이 색깔이고 말도 못 했다고 합니다.

그 후로 나는 불을 끄고 잠을 자지 못합니다. 잠자는 중에도 누가 방 불을 끄면 그만 눈이 떠집니다. 신혼 초에는 이 문제로 아내와 많이 다투었습니다. 그러나 어찌합니까, 불을 끄면 잠을 못 자는 것을…. 그래서 아내도 지금은 불을 켜고 잡니다. 그리고 지금도 장례식장 앞을 지나려면 기분이 좋지 않습니다.

요새는 고소공포증이 있어서 높은 데를 올라가면 겁이 납니다. 중국에 갔을 때 높은 산에 올라갔는데 겁나서 다리가 후들후들 떨리고 오줌이 나올 것 같았습니다. 나는 호텔에서도 너무 높은 방은 싫다고 이야기합니다. 지금 사는 아파트도 별로 높지 않은 층을 구했습니다.

그런데 공포증은 혼자 있을 때 더 심하게 나타납니다. 아무리 어두워도 여러 명이 같이 있으면 공포감은 적어집니다. 해부학 실습실에 같은 반 학생들이 전부 있으면 겁이 덜 납니다. 그리고 어머니가 옆에 계시면 겁이 덜 납니다. 한국전쟁 때 얼마나 공습이 자주 오는지 새벽에 방공호에 들어가면 밤이 늦어서 나올 때도 많이 있었습니다. 그런데 어머니가 옆에 계시면 겁이 덜 나고 안 계시면 폭격 소리가 들릴 때마다 겁이 많이 났습니다. 폭격이 지나가고 죽은 여인의 품에서 살아 있는 아기가 잠들어 있더라는 이야기를 여러 번 들은 일이 있습니다. 어린애가 어머니의 품에 있으면 옆에 폭탄이 터져도 겁이 나지 않을 것입니다. 어머니가 최고의 보호자이기 때문일 것입니다.

우리는 모두 언젠가는 혼자 갈 때가 있을 것입니다. 어두운 길을 혼자 갈 때도 있을 것입니다. 물론 그때는 생각만 해도 겁이 납니다. 실존주의 철학자 사르트르는 평소 "자살은 인간이 신에게 반항할 수 있는 유일한 길이다."라면서 큰소리쳤는데 죽기 전 호스피스에 넣으려고 하니 그렇게 반항했고 자기 방의 벽을 긁으면서 무서워했다고 하지 않습니까.

전쟁영화를 보면 상륙정에 타고 적진으로 상륙을 앞둔 군인들, 비행기 속에서 낙하산을 타고 적진에 침투하려는 군인들의 얼굴이 공포 속에 싸여 있습니다. 그런데 비록 싸움하던 사이라고 하더라도 전우가 옆에 있으면 좀 안심이 되고 서로 의지하는 장면들을 보게 됩니다. 그렇습니다. 혼자면 공포감은 더해지게 마련입니다. 그래서 홀로 있으면 공포심이 생기게 되고 누구든지 의지할 수 있는 사람을 찾게 됩니다.

그런데 성경을 읽으면 "두려워 말라 내가 언제나 너희와 함께 있겠다."라는 예수님의 약속이 있습니다. 그래서 나는 기독교인이 되었나 싶습니다. 너와 함께 있겠다는 예수님의 약속을 붙들고 내가 놓지 않는 것은 오래전 뒷간에서 '오빠 거기 있어?'라고 하던 동생의 심정일지 모릅니다.

독서방 만화방

　많은 선생님이 한국 사람은 독서를 하지 않는다고 합니다. 물론 지하철을 타면 대부분 사람이 두 그룹으로 나뉩니다. 한 그룹은 저두족으로 스마트 폰을 들여다보는 사람들이고, 다른 한 그룹은 눈을 감고 명상하는 그룹입니다. 내가 구태여 명상한다고 하는가 하면 아무리 눈을 감고 머리를 아래위로 휘젓다가도 자기가 내릴 역이 되면 언제 졸았느냐는 듯이 눈을 뜨고 일어나서 내리기 때문입니다.

　얼마 전에 어떤 분의 에세이를 읽었는데 어제는 펄벅의 ≪대지≫를 읽고 오늘은 톨스토이의 ≪전쟁과 평화≫를 읽는다는 글입니다. 나는 그가 하루에 ≪대지≫를 끝내고 톨스토이의 ≪전쟁과 평화≫를 읽는다는 구절에서 깜짝 놀라서 아무리 책을 빨리 읽고 종일 읽는다고 해도 그런 일을 할 수 있을까 생각하다가 '옳지' 하고 무릎을 쳤습니다. 만화방에 가서 만화를 읽으면 하루에 ≪대지≫를 읽을 수 있지 않을까요? ≪전쟁과 평화≫도 하루에 다 읽을 수 있을는지 모릅니다. 만화로도 나와 있는지는 모르지만….

　한국 사람은 독서도 화끈하게 합니다. 오래전 한국에는 독서방이라는 곳이 있었습니다. 입장료만 내고 들어가면 책을 얼마를 보든 상관이 없었습니다. 주인은 자기 자리에 앉아서 신문을 보거나 작은 TV를 들여다보고 손님들은 앉아서, 또는 엎드려서 종일 책을 읽습니다. 내가 언젠가 홍명희 선생이 쓴 ≪임꺽정≫이라는 책을 찾아냈습니다. 이 책은 5권으로 되어 있는 고본이었는데 주인이 "누가 책을 맡기고 돈을 빌려 갔는데 내일모레는 책을 돌려주어야 한다."라고 했습니다. 나는 책을 읽기 시작했는데 아무리 빨리 읽어도 아침부터 저녁까지도 3권을 읽지 못했습니다. 나는 계속 책을 붙들고 놓지 않았습니다. 주인이 퇴근해야 할 텐데 내가 일어나지 않으니까 내일 와서 다시 읽으라고 채근하기 시작했습니다. "내일 오후에는 책 주인이 와서 가져간다면서요. 다 읽어야 하는데…."라고 내가 버티자 주인이 손을 들고 "그래, 그럼 책을 가져가서 다 읽고 내일 아침까지 꼭 갖다다오."라고 타협을 했습니다. 나머지 책 2권을 들고 집에 왔으나 집에서 밤늦게까지 불을 켤 수가 없었습니다. 나는 책을 들고 밖에 나가서 가로등 밑에서 책을 마저 읽기 시작했습니다. 다행히 눈이 좋았길래 망정이지…. 그래서 밤새도록 읽어서 새벽에 그 책을 끝냈습니다.

고등학생 시절 돈도 없으니 독서방에 가는 것이 제일 싸게 하루를 알차게 지낼 수 있는 길이었습니다. 재수가 좋은 날은 다른 데서 볼 수 없는 명작을 만날 수 있는 날도 있고, 내가 가는 독서방을 알고 있는 친구가 고구마나 옥수수 튀긴 것을 들고 와 주고 가는 날도 있었습니다. 언문으로 된 수호지도 독서실에서 읽었고 금병매도 독서방에서 만났습니다.

한국전쟁 다음 해 대구에서 작은 판에 담배와 과자, 껌을 늘어놓고 장사할 때입니다. 내 좌판 앞에 나와 같은 평안도 아저씨가 있었는데 수레에 책을 쌓아 놓고 돈을 받고 빌려주고 있었습니다. 그런데 책 장사가 잘되지 않았습니다. 그러자 아저씨는 나에게 수레를 맡겨놓고서 다른 일을 구해보려고 자리를 뜨곤 했습니다. 어떤 날은 아침에 수레를 끌어다 놓고 장사는 나에게 맡기고 종일 자리를 비우기도 했습니다. 그래서 나는 그 수레에 있는 책을 그냥 맘껏 볼 수 있었습니다. 아마 한 3개월 동안 무료로 책을 무척 읽었는데 하루에 두 권 이상을 본 날도 있었습니다. 한 3~4개월 후에 아저씨는 책 장사를 집어치웠고 나도 미군 부대에 취직이 되었습니다.

그때 많은 친구를 사귀었습니다. 나 말고도 독서에 미쳤다고 할만한 친구가 많았습니다.

그런데 책을 읽는다고 다 얻는 것은 아닙니다. 어떨 때는 종일 책을 읽었는데 얻은 것도 재미있는 것도 아닌 책이 있습니다. 읽기 시작하다가 좀 더 읽으면 재미가 있겠거니 하고 읽다가, 이제껏 읽은 시간이 아까워서 마저 읽고는 '괜히 시간만 낭비했네.'라는 책도 있었습니다. 그래서 신작은 선뜻 손이 안 가고 고전을 읽는 이유가 여기 있습니다. 고전은 역시 사람들에게 많이 읽혔고, 추천하는 작품들이기에 안심하고 읽는 책이었습니다.

내가 무식해서 그렇기는 하지만, 노벨문학상을 받았다는 작품도 어떨 때는 이 작품이 어째서 노벨문학상까지 받았을까 하고 의심이 드는 책도 많이 있었습니다. 한국 사람들은 똑똑합니다. 외국책에서는 잘 들어가 보지 않아서 모르는데 한국의 작가들은 명작을 아주 잘 간추려 놓은 요약본들이 많습니다. 그 요약본 중에 ≪전쟁과 평화≫는 한 50

페이지로 요약해 놓았고, ≪카라마조프의 형제들≫도 한 8, 90페이지로 요약을 했습니다. 그래서 책을 한 권 사면 그 안에 고전 3~5권 정도가 들어 있습니다. 그걸 먼저 읽고 그중에서 책을 골라 읽어도 좋은 책 골라 읽는 방법입니다.

이런 것을 만족시켜주는 곳이 독서방이고 만화방입니다. 좀 부끄러운 이야기이지만 군의관 시절 쉬는 날에는 평복으로 갈아입고 독서방에서 종일을 보낸 적도 종종 있었습니다. 삼국지 10권이 만화 10권 속에 다 들어 있는데 만화는 한 시간 내에 10권을 다 읽을 수 있습니다.

그 시절, 그 독서방이나 만화방에는 청소년들과 장년들도 많이 모여 앉아 머리를 들이박고 책을 읽었습니다. 한국 사람이 독서를 안 한다고요? 그럼, 독서실이나 만화방에 가보세요. 비록 만화이지만 명작들이 다 거기에 있습니다.

내 인생의 마디

　우리의 삶에 마디가 있겠습니까만 삶의 여정을 돌아보면서 변화가 심했던 시기를 구별하여 마디를 만든다고 하면 나의 인생에도 여러 마디가 있을 것입니다. 나의 삶에서 가장 심한 변화가 있었던 것은 15세에서 25세까지의 마디가 아니었을까 싶습니다.

　내가 14세이던 1950년에 한국전쟁이 일어났고 피난 중에 부모님을 잃어버리는 곤경을 겪었습니다. 14세의 어린애가 11살 먹은 남동생, 8살 먹은 여동생과 안성에 사는 생전 처음 본 고모님네 식구를 따라 피난을 떠난 것입니다. 그래도 고모님은 조카들이라고 돌보아 주셨지만, 나머지 식구들은 귀찮아하는 표정이 역력했습니다.

　나는 고모님에게 붙어있어야 부모님을 다시 만날 수 있을 거라는 희망으로 고모님마저 잃어버릴까 봐 열심히 따라다녔습니다. 국군이 다시 서울을 수복했을 때 나는 두 동생을 고모님께 맡기고 혼자서 부모님을 찾아 나섰습니다.

　성환에 사는 고모님의 시아주버님 댁을 가는데 100리가 넘는 길을 새벽에 떠나서 어두컴컴할 때 도착했습니다. 처음 가는 길이어서 해가 있을 때 들어가야 해서 거의 뛰다시피 걸었습니다. 성환에서 하룻밤을 자고 다음 날 아침 그 할아버지의 집을 나와 천안으로 갔습니다.

거기에서도 아버지의 소식을 얻지 못한 나는 제이 국민병에 나갔다가 귀향하는 어른들을 따라 안성을 떠나 천안, 대전, 성환, 평택, 수원, 안양을 지나서 밤에 배를 타고 서울에 와서 극적으로 아버님을 만났습니다.

죽을 고비를 몇 번이나 겪었지만, 하나님은 나를 살려 주셨습니다. 아버님을 따라 대구의 피난민수용소로 그리고 몇 달 있다가 철도관사의 연탄 창고로 옮겨 다니며 나는 쉬운 신문 장사부터 시작하여 담배 장사, 미국 하우스보이가 되었고 자리가 잡히자 공부를 시작했습니다.

고물상에 가서 중학교 수학책, 영어책을 구해서 독학하고 제본소에 취직하고는 대구 영일학숙을 운영하던 양주동 선생님의 영어 학원에 다니면서 공부를 했습니다.

그러다가 대구 동성로에 있는 평안남도 연락사무소를 찾아가 학력 증명서를 만들어 달라고 했습니다. 마음씨 좋은 아저씨에게 공작 담배를 한 갑 사다 드리고는 정말 엉터리 학력 증명서를 만들었습니다. 평양 제일중학교에 다닌 일은 있었지만, 엉뚱하게 2년을 뛰어 중 3에 재학했다고 했습니다. 그 서류를 가지고 피난 중학교에 들어갔습니다. 12월 중순에 들어가서 2월 말에 끝이 났으니 한 3개월 공부하고 중학교를 졸업했습니다.

그 후 어려운 가정형편으로 어찌어찌 고등학교를 졸업하고 연세대학교 의예과에 합격하였습니다. 그리고 1961년 의과대학을 졸업하고 의사가 되었습니다. 신문팔이 소년이 10년 후에 의사가 된 것입니다.

그러니 나의 15세에서 25세까지의 10년 동안이 나의 인생의 가장 큰 변화를 일으켰던 마디가 아니었을까 생각합니다.

지금 같으면 어림도 없는 이야기이고 다니지도 않은 학교에 다녔다고 하면 조국의 딸 조민처럼 입학이 취소되고 의과대학마저도 입학이 취소된다고 야단이 났을지 모릅니다. 물론 조민처럼 서류전형을 하여 시험을 안 보고 대학에 입학한 건 아닙니다. 고등학교 졸업장과 우등상은 받았고, 추천장은 한 장도 없이 시험을 치르고 합격했습니다.

참, 고등학교 3학년 때는 열심히 공부했습니다. 길을 가면서도 작은 두루마리로 만든 영어 단어장을 외우며 다녔고, 학교에서도 우리끼리 모여 공부했으며 간추린 서양사, 간추린 국사, 간추린 화학, 물리학은 교과서를 통째로 외워 버렸습니다. 고등 수학 해석 기하, 미분·적분을 몇 번이나 통과했습니다. 공부하다가 한 시간 자고 다시 일어나 3~4시간을 공부했습니다. 화장실에 화학 구조식을 그려 놓고서 머리에 넣었습니다.

아마도 15살에서 25세까지가 나의 인생의 방향을 바꿔 놓은 마디가 아니었을까 생각합니다. 피난민 거지에서 신문 장사로, 하우스 보이에서 제본소 직공으로, 가정교사에서 의사로 변한 인생의 역정을 생각해 보면 나 자신이 신기하기도 하고 북한에서 학생운동을 하다가 잡혀가신 형님에게 자랑이라도 하고 싶은 마음입니다.

다음의 10년은 의사가 되고서 전공의를 거쳐 명실공히 외과 의사가 되었습니다. 그리고 육군병원 외과 과장을 하고 잠시 외래 강사직을 하고는 미국으로 왔습니다. 그것이 나의 인생의 두 번째 마디였습니다.

그리고 34세 때 미국으로 와서 인턴과 일반외과 전공의, 성형외과 전공의 과정을 다시 하고 전문의 시험을 보았습니다. 그래서 나의 인생의 제3기를 마치고 미국의 성형외과 전문의가 되었습니다.

그다음의 꽤 긴 마디가 되는 20여 년은 Warren Ohio 에서 성형외과 의사로서 생활인이 되었습니다. 이때가 나의 인생의 전성기였다고 할 수 있습니다. 아이들을 교육시켰고 결혼도 시켰습니다. 사회 활동과 교회 일도 보았습니다. Trumbull Memorial Hospital 의 성형외과 과장, Trumbull County 의사회 회장도 맡았고, 의사회의 이사장도 되었습니다. 우리 지역의 국회의원과도 친해져서 같이 저녁도 먹고 사진도 찍는 사회적 인사가 되었습니다. 우리 교회의 장로도 되었습니다.

Warren 시에 Free Clinic 도 개설하여 봉사도 하였고 그 공로로 Trumbull County 에 'Dr. Yong Hae Lee's Day'로도 선정되었습니다. Ohio 주지사의 표창도 받았고, 1996년 미국 Atlanta Georgia에서 열리는 올림픽 성화 주자도 되었습니다. Trumbull Chronicol 에서 주는 Best of Best Surgeon 으로 선정되기도 했습니다. 그리고 나의 삶의 그 마디가 끝이 났습니다.

나는 사회봉사를 더 하고 싶었습니다. 미국에서 병원을 접고 한국으로 갔습니다. 동기동창이 원장으로 있는 명지대학교 병원으로 갔습니다. 그래서 한국 생활의 마디가 생겨났습니다. 명지병원에서 4년, 대전의 건양대학교병원에서 8년 동안 교수로 일했습니다. 그사이 몽고, 울란바토르에 있는 연세 친선병원에서 1년을 지냈습니다. 그 마디도 끝나고 지금은 열매를 맺지 못하는 고목의 마디가 되어 지내고 있습니다.

나는 가끔 아버지를 생각합니다. 아버님은 저의 삶을 어떻게 봐주실까요. 내가 의과대학에 다닐 때 그렇게 자랑스러워하시던 아버님, 나의 성공(?)을 가장 자랑스럽게 여기시던 아버님에게 효도를 잘 못 했다고 생각합니다.

이제 무슨 일을 하여 나의 인생의 한 마디라도 더 성장시킬 수는 없을까요?

졸업 파티

오래 살면 별일을 다 본다더니 손자 녀석의 졸업 파티를 보았습니다. 딸이 오래전부터 제 아들 고등학교 졸업과 졸업 파티에 할아버지가 꼭 참석하면 좋겠다고 한다고 해서 못 이기는 척 "그래 참석할게."라고 대답했습니다.

손자의 졸업 선물로 무엇이 좋을까 생각하면서 콜럼버스 오하이오로 갔습니다. 콜럼버스 도심에서 차로 20여 분 거리의 외곽에 있는 딸네 집은 도시 같지 않은 시골 냄새가 풍기는 조용한 곳입니다. 나는 고등학교를 졸업하고 대학에 입학하는 손자를 축하하고 응원도 해주고 싶었습니다. 마침 여름방학도 시작되니 오래간만에 딸의 가족과 같이 식사도 하면서 조촐하게 지내려는 생각으로 집을 나섰습니다.

내가 고등학교 졸업식 때 부모님은 내가 졸업하는 줄도 모르셨을 것입니다. 가난한 살림에 고등학교를 졸업하는데 대학에 갈 수 있을는지도 모르는 암울한 분위기였습니다. 고등학교 졸업하는데 친구들이 한두 명 왔던 것 같고 졸업식이 끝난 후 졸업장과 상장을 말아 쥔 채 쓸쓸히 해방촌 언덕을 넘어 집으로 왔던 것 같습니다. 졸업식이 끝나고 소위 깡패라는 친구들은 자기들이 싫어하는 선생을 때려 주겠다고 문 밖에서 기다리고 있었고, 부모님이 온 친구는 거의 못 본 것 같았습니다. 더욱이 고등학교 졸업 후 졸업 파티라는 것은 소설이나 영화에서나 보았지, 우리의 실생활에서 직접 보게 될 줄은 몰랐습니다.

미국에서는 고등학교 졸업식이 대단한 의미를 지닙니다. 고등학교를 졸업하면 부모와 살던 집을 나가서 살게 되니, 졸업식과 졸업 파티를 성대하게 해준다는 것 정도는 나도 알고 있었습니다. 우리 아들과 딸의 졸업식 때만 해도 소위 Graduation Party는 그리 요란스럽지 않았던 것 같습니다. 그런데 이곳 손자의 고등학교 졸업식은 분위기부터가 달랐습니다. 딸의 집에 짐을 풀고 사위가 운전하는 차를 타고 학교 앞으로 가니 학교 앞 거리에는 졸업생의 사진이 현수막으로 가로수마다 죽 붙어있었습니다. 졸업식은 체육관에서 열렸는데 코로나 팬데믹으로 한 가정에 표를 5장씩만 배당했다고 합니다.

밴드의 행진곡이 울려 퍼지는 가운데 졸업생들이 입장하는데 가운을 입고 마치 학위를 받으러 들어오는 것 같았습니다. 고등학교 졸업식인데 수염을 잔뜩 기른 학생들이 들어오고 마치도 아줌마 같은 여학생도 몇 명 있었습니다. 앞에는 소위 우등생이라는 10여 명의 학생이 노란 금줄을 앞에 늘어트린 채 들어왔는데 역시 여자가 7명, 남자는 3명밖에 없었습니다. 손자 녀석도 그중에 끼었는데 크게 자랑스러운 듯이 우리에게 손을 흔들어 주었습니다.

내가 피난 고등학교를 졸업할 때 졸업생이 60명이었는데 우등생은 3명이었습니다. "여기는 우등생이 10명이나 되니 웬만큼 공부하면 우등생이 되는 것 아니냐?"고 딸에게 이야기했더니 "그래도 우등생이 되기는 힘이 든 거예요."라면서 제 아들 편을 들었습니다. 딸은 그날부터 졸업 파티를 준비하기 시작했습니다. 나는 딸에게,

"졸업 파티는 몇 명을 초대했는데?"

"200명 정도 올 것 같아요."

라고 대답했습니다. Oh My God! 하고 놀랐습니다. 이틀 동안 딸과 아내 그리고 딸의 친구 몇 명이 와서 파티 음식을 만드는데 닭다리 500개, 돼지갈비 400개, 만두 1천 개라고 했습니다.

"야, 뭐 결혼 파티냐?"

"아버지는 이 층에 가서 TV를 보시든지 태블릿을 보시든, 아니면 차를 타고 나갔다 오세요."

자꾸 물어대는 나에게 딸이 추방 명령을 내렸습니다. 다른 식구들은 손자 녀석이 학교에 다닐 때 받은 상장, 트로피들을 차고에 전시하고 마당에 큰 천막을 2개나 치고 음식을 차려 놓았습니다. 큰 아이스박스에 얼음을 사다 채우고 음료수 캔을 가득 채우고, 마치 큰 뷔페식당처럼 음식을 차려 놓았습니다.

12시가 좀 지나자 손님들이 몰려오기 시작했습니다. 딸네 그 넓은 잔디밭에는 그들이 몰고 온 차로 가득 찼고, 그것도 모자라 길가에까지도 주욱 늘어섰습니다. 그리고 몰려 들어와 음식을 먹고 맥주와 음료수를 먹는데 마치도 큰 결혼 잔칫집 같았습니다. 나의 결혼식 때보다도 더 화려했고 많은 사람이 참석했습니다. 나의 결혼식은 한국에서 한일협정을 반대하던 시위가 한창이어서 집회의 제약이 있어서 50명도 안 되었던 것 같습니다. 그런데 고등학교 졸업 파티가 이렇게 성대하다니 웃음도 나오고 은근히 질투도 났습니다.

여기는 내가 살던 한국도 아니고 나는 고등학교를 졸업한 지 반세기도 지났습니다. 물론 한국의 문화도 변했지요. 그리고 한국의 고등학교 졸업식에도 가족들이 가서 축하해주고 꽃다발도 안겨주는 장면을 보기도 합니다. 그러나 여기와는 사뭇 다르다고 할 수밖에 없습니다.

나의 대학 졸업식에는 달동네에서 돈 한 푼 없이 시작한 내가 의과대학을 졸업한다고 하여 교회의 어른들과 같은 청년회 회원들이 참석했었고, 나의 후견인이던 최명섭 장로님이 와 주셨습니다. 그리고 졸업식 후 삼각지에 있던 한미회관에서 돈가스를 사 주셨습니다. 서울대학교를 졸업하던 내 동생은 가족도 모르게 졸업식을 했고 나도 외과 전공의 때라 참석하지 못했습니다. 우리 아들이 University of Michigan을 졸업할 때도 우리 부부만 참석했고, 졸업식 후 Ann Abor에 있는 작은 음식점에서 저녁을 같이 먹었을 뿐입니다.

손자 녀석의 졸업 파티는 오전 11시 정도부터 시작하여 오후 6시가 넘도록 파티가 계속되었습니다. 200명 아니라 500명도 더 온 것 같습니다. 나는 처음 파티를 시작할 때 나가서 인사하고는 온 손님들과 좀 이야기를 하고는 더 할 일이 없었습니다. 그 동네 사람들, 사위의 친구들과 이야기를 할 거리가 없었고, 맥주를 마시면 떠들어댈 숫기도 없었습니다. 얼마 후에는 슬그머니 이 층 방에 갇혀서 마침 벌어지고 있는 프렌치오픈 테니스만 종일 보았습니다.

파티는 해가 져서야 끝이 났고 손자의 친구들과 사위의 친구들이 파티 설거지를 하느라고 오래도록 일을 했습니다. 다음날 우리는 차를 타고 집으로 오면서 아내에게 "여보 참 대단하오. 손자가 5명만 있으면 파산을 하겠소." 하고 웃었습니다.

아쉬운 마음

우리는 '내가 하지 못하는 걸 더 힘이 들고 어려운 일은 남들이 해주기'를 원합니다. 성경에 나오는 "자기 눈의 들보는 보지 못하면서 남의 눈의 티를 본다."라는 구절로 비유가 되는지 모르겠습니다.

한국의 재벌들이 우리나라의 경제를 위하여 또 나라의 발전을 위하여 크게 기여한 것에 경의를 표합니다. 얼마 전 코스트코에 갔습니다. 전자 제품들이 전시된 곳을 어슬렁거리는데 어떤 사람이 삼성의 TV를 보면서 참 화면이 밝다면서 나에게 "Are you Korean?" 하고 물었습니다. 나는 그저 "Yes. I am Korean and we make Samsung."이라고 자랑스럽게 이야기했습니다. Best buy에 가면 한국 제품들이 대중을 이루고 있습니다. TV, 컴퓨터, 냉장고, 세탁기, 선풍기, 마이크로 오븐, 스토브 등이 상점에 쫙 깔려 있습니다.

나는 그것이 자랑스럽습니다. 그런데 사회주의적인 현 한국의 정부가 재벌들을 압박한다는 것에 매우 부정적인 생각을 합니다.

한국에서 지낼 때 택시를 타고 기사와 이야기를 나누곤 했는데 기사가 전해주는 자영업자들의 현실에 공감하곤 했습니다. 내가 살았던 대전의 아파트 앞에는 일주일에 한 번 장이 섭니다. 그러면 콩나물, 두부, 배추, 무, 마늘, 파, 고추 등을 파는 아주머니들과 할머니들이 있습니다. 그런데 그들이 파는 배추, 두부가 항상 신선하고 좋은 것은 아닙니다. 배추가 좀 시들시들하고 깨끗하지 못합니다. 그런데 장이 서는 바로 옆에 홈플러스라는 그로서리가 있습니다. 그 홈플러스에도 배추, 무, 두부가 진열되어 있습니다. 여기서 파는 상품은 잘 정리되어 있고 깨끗합니다. 배추나 채소들이 할머니가 파는 것보다 싱싱합니다. 그러니 아주머니나 할머니들이 장사가 될 리가 없습니다. 홈플러스는 전국적인 체인점으로 대형마트이니 아파트 장마당과는 경쟁이 될 수 없습니다.

　기사들의 말로는 삼성 같은 재벌에서는 돈 되는 일이라면 하지 않는 게 없다고 했습니다. 심지어 롯데에서는 삼강 아이스크림을 인수하여 아이스크림까지 독점했습니다. 나는 그 점이 아쉽습니다. 재벌은 재벌답게 아이스크림 장사는 작은 중소업체가 하도록 내버려 두었으면 얼마나 존경을 받을까 하는 생각입니다.

　돼지우리와 송아지 외양간이 붙어있었습니다. 어느 날 돼지가 송아지에게 불평했습니다. "왜 주인은 나보다 너를 더 귀하게 여기고 사랑할까? 물론 너는 우유와 치즈, 고기를 주지만 나도 베이컨과 삼겹살, 순대도 주지 않니!"라고 말하자 소가 생각하다가 "아마 그건 이래서일 거야. 나는 살아 있을 때 우유와 치즈를 주고, 너는 죽은 다음에 베이컨과 삼겹살을 주기 때문일 거야."라고 했답니다.

　요새 이건희 회장님의 소장품이 사회에 환원된다는 이야기를 들었습니다. 이건희 회장님은 예술에 조예가 있어서 많은 예술품을 소장했습니다. 지금 약 23,000점의 예술품이 환원되고 그 가치는 몇 조가 된다는 이야기입니다. 이건희 회장님은 병으로 쓰러지신 후 몇 년 동안 병원에서 사경을 헤매면서 의식이 있다 없다를 반복했다고 합니다. 나는 이건희 회장님이 살아 있을 때 그 많은 예술품을 사회에 헌납하셨다면 얼마나 좋았을까 생각합니다. 국립현대박물관이나 어떤 단체에라도 헌납했으면 얼마나 더 빛나고 많은 사람에게 감동을 주었을까 생각합니다. 물론 나는 그 예술품 헌납이 세금에 어떤 영향을 미치는지는 알 수 없습니다.

이건희 회장님은 그의 유산 중 7,000억을 감염성 질병관리에 희사했고 소아암 희귀질환 치료에도 많은 돈을 희사했습니다. 물론 장한 일입니다. 그러나 그 돈이 삼성병원으로 간다면 그 공은 많이 삭감될 것입니다. 많은 의료인은 삼성병원에 찬반의 의견을 가지고 있습니다. 물론 삼성병원이 한국 의료계에 공헌하고 있음을 부인하지는 않습니다. 그러나 삼성병원은 설립의 목적이 사회공헌이기보다는 영리 목적이 더 크다는 것을 부인할 사람이 없습니다. 만일 그 큰 자산을 다른 병원에 투자했어도 같은 효과를 가져왔을 것이기 때문입니다.

삼성이 민족적인 기업이고 우리나라에 둘도 없이 크게 기여하는 재벌인 것을 인정하고 지지와 존경을 보냅니다. 그러나 아쉬운 것은 좀 욕심을 줄이고 살아 있을 때 더 나누었다면 더 좋았을 거라는 생각을 해봅니다.

삼성뿐이 아닙니다. 현대도 그렇습니다. 현대는 현대자동차, 현대중공업 등 크나큰 사업을 하여 우리나라의 공업이 중흥하는데 크게 기여했습니다. 현대의 자동차는 이제는 세계적인 자동차로 미국뿐 아니라 전 세계에서 호평 속에 팔리고 있습니다. 현대 자동차의 'Genesis' 나 SUV의 'Palisade' 같은 차는 너무나 인기가 있어서 가격에 웃돈을 붙여주어야 하고, 계약하고도 몇 개월을 기다려야 합니다. 이제는 미국의 도로에서 KIA나 Hyundai 자동차가 상당히 많이 다니는 걸 보면서 자부심마저 느낍니다. 그런데 현대도 아파트를 짓기 시작을 하더니 백화점, 마트까지 파고들어 와 골목의 두부 장사까지도 위협하고 있습니다.

또 삼성과 현대가 교육계까지 파고들어 와 삼성은 성균관대학교를, 현대는 울산대학교를 설립하여 이 대학들이 대학의 서열 앞자리를 치고 들어오고 있습니다. 물론 교육계에 발전을 일으킨다고 할 수는 있지만 그들의 진출 때문에 기존 대학들이 어려움을 겪고 있습니다. 그들은 대학 운영과 병원의 운영도 회사 운영처럼 밀어붙여서 다른 의료 기관이나 대학들을 어렵게 하고 있습니다. 병원은 심지어 서울대학병원이나 세브란스병원을 밀어내고 선두의 자리를 차지하였습니다. 내가 듣기로는 미국의 재벌이 대학을 운영하고 병원을 운영한다는 말은 듣지 못했습니다. 그들은 유명한 대학에 기부하고 연구 기관에 재정적 도움을 주었지, GM 회사가 대학을 운영하거나 병원을 운영한다는 말을 듣지 못하였습니다. 더욱이 영리를 목적으로….

이민하는 교민이 내가 우리나라 재벌이 자랑스럽긴 해도 아쉬운 것은 옥에 티가 되는 골목의 콩나물 장사, 어려운 사학의 대학들을 상대로 경쟁하고 윽박지르는 일은 하지 않으면 얼마나 좋을까 생각합니다.

꼰대들

'꼰대'라는 말은 우리의 생각을 이해하지도 못하면서 자기들의 생각만 고집하는 전 세대를 가리켜서 하는 비속어입니다. 초등학생은 중·고등학생들을 꼰대라고 하고, 중·고등학생은 대학생을 꼰대라고 부릅니다. 대학생들은 교수들을 꼰대라고 하고 집안에서는 부모님을 꼰대라고 부릅니다. 같은 학교에서도 하급생은 상급생을 꼰대라고 부릅니다. 심지어 농담으로 쌍둥이의 동생이 5분 먼저 나온 형더러 세대 차이가 난다고 꼰대라고 한다니 세상에 꼰대 아닌 사람이 별로 없을 정도입니다.

우리는 드라마에서 중·고등학생들이 주말에 같이 여행을 가자고 하면서 친구에게 "네 꼰대가 뭐라고 하던?"이라면서 아버지의 허락을 받았느냐고 묻는 장면을 흔히 봅니다. 그러니 나는 꼰대가 된 지 몇십 년이 되었는지 모릅니다. 지금 사회의 풍조가 노인들을 비하하고 경멸하는데 정도가 점점 심해지고 있는 것이 사실입니다. 황창연 신부는 옛날에는 사람들이 오래 살지 못했고, 60세 이상의 노인들이 동네에 한두 명 살았으니 나이 많은 사람을 존중해 주었지만, 지금은 노인들이 젊은이들보다 많은 시대이니 노인들을 특별히 존중해 줄 수 없다는 이야기입니다. 그리고 황창연 신부는 "노인들이 죽지를 않아요."라는 이야기를 그의 강연에서 수없이 반복합니다. 노인들이 죽지를 않아서 황 신부는 불만인 모양입니다.

오래전 젊은 사람들의 글에서 이런 글을 읽었습니다. 왜 정부에서는 비생산적이고 사회에 부담이 되는 노인들을 특별 대우하는지 모르겠다는 말입니다. 노인들에게 지하철을 무료로 태워주고 거기에다 노인 특별석까지 만들어 준다는 것입니다. 노인들이 지하철을 무료로 타니 아침에 출근하는 젊은이들에게 방해가 된다는 것입니다. 또 많은 국립공원에서는 노인들을 무료입장시키고, 기차나 극장 입장권을 할인해 줍니다. 그러니 젊은이들의 이런 노인 비하의 말을 정치인들도 거침없이 합니다. 나꼼수 출신의 김용민 의원은 "서울역 앞의 에스컬레이터를 없애서 노인들이 서울역 근처에 모이지 못하게 하자."라고 했고, 정동영 야당 대표는 "이제 노인들은 투표하지 말고 집에 가서 쉬시라."라고 하여 말썽을 일으켰습니다. 얼마 전 야당의 국회의원은 "나이가 든 사람에게 이제 죽을 때가 다 되었는데…."라고 차마 입에 담지 못 할 말을 했습니다.

언론은 사회가 노령화하여 경제가 나빠진다고 주장합니다. 국민연금이나 건강보험이 노인들이 많이 쓰기 때문에 얼마 후면 고갈이 된다고도 합니다. 65세 이상의 노인이 15%가 되면 준고령사회이고, 16%가 넘으면 고령사회인데 한국은 고령사회가 되었다고 주장합니다. 이렇게 노골적으로 노인 비하를 하며 불평하니 언론이 공식적으로는 발표할 수 없지만, 뒤에서는 얼마나 노인들을 경멸할지 모릅니다.

그러나 우리 꼰대들도 할 말이 있습니다. 그럼 노령사회라고 하는 영국, 일본, 한국이 가난한 사회입니까? 아니면 평균 생존이 40여 세밖에 안 되는 아프리카의 나라들이 가난한 사회입니까. 그들의 말대로라면 노령화한 영국이나 일본, 한국은 가난한 나라가 되어야 하고 평균 생존율이 40여 세밖에 안 되는 아프리카의 나라들이 부강한 나라가 되어 있어야 할 것이 아닙니까.

　　국민연금을 건강보험을 누가 만들어냈고 누가 돈을 내고 있습니까. 우리 꼰대들이 내고 있습니다. 지금의 젊은 세대들이 잘사는 세대를 만들기 위하여 우리 꼰대들이 얼마나 고생했는지 아느냐는 말입니다. 한국전쟁 때 훈련도 받지 못한 젊은이들이 전선에 나가 생명을 바쳤고 부상도 당했습니다. 대학까지 졸업한 사람들이 독일에 가서 남들이 안 하는 석탄을 캤고, 갓 대학 나온 꽃 같은 젊은 간호사들이 독일에 가서 시체를 닦았습니다. 공과대학을 나온 기술자들이 열사의 땅 중동에서 밤에 횃불을 켜고 일했습니다. 또 비둘기집 같은 곳에 살면서 공순이, 공돌이, 아저씨, 아줌마들이 공장에서 밤낮으로 일했습니다. 그들에게는 52시간 노동시간도 없었습니다. 그리고 갯벌이었던 잠실을 메꿔 강남과 압구정동을 건설했습니다. 비만 오면 물이 차오르던 이촌동을 화려한 도시로 만들었습니다. 봄만 되면 보릿고개에서 굶주리던 나라를 세계 경제 강국으로 만들었습니다. 또 '우리 자식들만은' 하는 마음으로 83%나 대학에 보냈습니다.

　　물론 아직도 부모님들의 정신을 이어받아 산업 전선에서 열심히 일하고 연구하는 젊은이들이 있습니다. 그러나 많은 젊은이가 마치 이런 부강한 사회가 자기들이 데모할 때 하늘이 자기들의 구호를 들어 주어

하룻밤에 내려 준 것으로 생각합니다.

우리 꼰대들은 자식 사랑에는 맹목적입니다. 그래서 자신은 어떤 고생을 하든 내 자식들에게만은 있는 대로 다 내줍니다. 고생을 모르는 자식들이 서양의 귀신놀이 '핼러윈 데이' 파티를 하겠다고 이태원에서 모여들었다가 사고를 당했습니다. 사실 금쪽같은 자식을 잃은 부모 마음을 이해 못 하는 건 아닙니다. 그런데 마치도 자기 자식들이 민주화 운동을 하다가 희생당한 것처럼 대통령이 책임을 지라고 아우성치고 있습니다.

우리 꼰대들은 자식 사랑이라면 어떤 일도 하는 어리석은 사람들일지도 모릅니다. 그래서 지금도 젊은이들이 기피하는 일을 마다하지 않고 꼰대들이 하고 있습니다. 그래서 아파트 경비원으로, 시 미화원으로 번 돈으로 젊은이들의 유흥비를 대는 부모도 있습니다.

이제 우리 꼰대들도 정신을 차리고 목소리를 높여야 합니다. 가정에서 사회에서 우리의 목소리를 높이고 권리를 주장해야 합니다. 우리가 하는 농담에 회자되는 '3대 바보'가 있습니다. 있는 돈을 자식에게 주고 거지처럼 사는 꼰대이고, 손자 손녀와 산다고 큰 집을 짓는 꼰대가 두 번째 바보이고, 손자 손녀 본다고 모임에 나가지 못하는 꼰대가 세 번째 바보입니다. 아직도 우리 꼰대 중에는 이런 바보짓을 즐겨서 하는 사람이 많습니다. 그것이 마치 자식들을 위한 희생인 것처럼 생각합니다.

이제 우리 꼰대들도 환상에서 벗어나야 합니다. 우리도 우리의 삶을 찾아야 합니다. '이 나이에 무슨?' 하는 생각은 버려야 합니다. 파블로 카살스는 96세 때까지 바이올린 연주를 하며 매일 6시간씩 연습을 했습니다. "나는 지금도 연습을 하며 매일 조금씩 나아지고 있다."고 하면서….

맥아더가 한국 유엔군 사령관으로 취임하던 때가 70세였습니다. 꼰대의 나이는 숫자에 불과합니다. 기죽지 말고 '그래, 나 꼰대다. 어쩔래' 하면서 기를 폅시다.

자살의 선택

쇼펜하우어라는 철학자는 "사람은 태어나지 않았으면 좋을 뻔했다. 그러나 태어났으면 속히 죽는 것이 덜 불행한 길이다."라고 가르쳤습니다. 그의 교훈을 들은 많은 젊은 사람이 자살을 택하여 목숨을 버렸습니다. 그래서 젊은 청년들은 심지어 자살 클럽이라는 것을 만들어 자살에 관한 토론을 했고 어떤 자살이 멋이 있을까를 논의하는 자살 미학까지 등장했습니다. 한때 유명했던 여자 가수 윤심덕은 "거친 광야를 달리는 인생아 네가 무엇을 찾으러 가는가"라는 노래로 유명했는데 그녀도 현해탄에서 젊은 몸을 던져 자살했습니다.

그러나 쇼펜하우어는 백발을 휘날리며 73세까지 살았습니다. 노벨 문학상을 받은 알베르 카뮈는 "자살만이 인간이 하나님에게 반항할 수 있는 유일한 길이다."라고 했고, 또 그의 소설 ≪이방인≫에서는 주인공 뫼르소가 사형선고를 받았는데 자기를 찾아온 신부에게 나가라고 소리를 지릅니다. "왜 사람을 죽였느냐?"라는 신부의 물음에 "해변의 햇볕이 너무 뜨겁고 밝아서…."라고 우물거렸습니다. 신부는 항소하면 살아날 길이 있을지도 모른다고 하자 뫼르소는 "나의 의사와는 관계가 없는 변호사와 판사들이 자기들끼리 수군거리며 마음대로 하는 재판에 나는 동의할 수가 없다. 그러니 나는 그냥 사형을 받는 것이 나의 뜻대로 하는 것이다."라는 말을 합니다. 이것도 일종의 자살 행위입니다.

한국인의 사망원인 중에 암이 제일 많고 다음이 심장질환입니다. 그리고 자살이 4위인가를 차지하고 있습니다. 한동안 IMF 때 울산지구에서는 자살이 사망원인의 1위였던 때도 있었습니다. 그리고 OECD 국가 중에서는 1위라고 합니다.

자살도 나라에 따라 유형이 있습니다. 로마에서는 손목을 칼로 그어 출혈로 죽는 것이 유행이었다고 합니다. 스토아 철학자이며 네로 황제의 스승이었던 세네카도 손목을 그어 자살했다고 합니다. 어떤 영화에서는 아름다운 여자가 목욕탕에 앉아서 손목을 그어 출혈하게 하고는 멈추지 말라고 손을 목욕물에 담그는 모습을 보여주었습니다. 아름다운 여자, 깨끗하고 화려한 욕조에 물이 피로 물든 게 어떤 사람에게는 아름답게 보였는지 모르지만, 나에게는 소름이 끼치는 장면이었습니다. 아프리카에서는 높은 데서 뛰어내리는 것이 유행이며, 인도나 동남아에서는 분실 자살이 유행이라고 합니다. 물론 우리나라에서는 음독, 아파트에서 뛰어내리기, 한강 다리에서 뛰어내리기 등이 있지만 역시 목매어 죽는 자살이 많다고 합니다.

죄수를 사형시킬 때는 교수형을 많이 쓰는데, 왜 목을 매어 자살할까요? 자기 자신을 학대하는 것일까요? 물론 옛날에는 양잿물을 마시는 자살을 시도했지만, 이 방법은 성공률도 높지 않고 실패 시에는 고통을 많이 받습니다. 1960년대에 양잿물을 먹고 자살을 시도하였는데 죽지는 않고 식도협착증이 와서 수술을 받는 등 고생하는 사람을 여러 명 보았습니다. 대장을 끌어다 식도를 만들고 여러 번 수술하는 것을 보고 참 불쌍하다고 생각했습니다.

샌프란시스코의 금문교는 1937년 건설이 되었는데 경치가 좋아서인지 자살의 명소가 되었습니다. 한 20년 후 1958년에 금문교에서 투신자살을 한 사람이 1,000명을 돌파하였고, 자살 방지를 위하여 샌프란시스코시에서 노력하는데도 매년 17명에서 18명이 금문교에서 몸을 던진다고 합니다. 요새도 가끔 한강 다리 위에 올라가서 자살하겠다고 소동을 벌여 경찰들을 골탕 먹이는 사람들도 있습니다. 한강 다리를 놓은 후 1948년 100번째 자살자가 생겼고, 1953년에 500명을 돌파하였다고 합니다. 최근에도 자살소동이 일어났지만, 경찰들이 자살을 방지하여 14명이 그들의 목적을 달성하지 못했다고 합니다.

병원에서 일할 때 가끔 정신과에서 자살 미수자를 치료해 달라는 자문이 옵니다. 대개가 손목을 칼로 그었는데 피부만 칼로 그어서 피만 좀 나오고 말았다고 합니다. 손목에 금이 여러 개 있는 여자도 보았습니다.

아마도 제일 많이 유행하는 것이 음독하는 것일 것입니다. 수면제나 키니네 마취제를 많이 먹고 죽는 일인데 많은 배우들이 약물 과다 복용으로 세상을 떠났습니다. 아마 제일 쉬운 방법일 것입니다.

삼국지에서 조조를 죽이고 황제를 다시 복위시키려던 동승은 조조의 취조가 시작되자 댓돌에 머리를 찧어 그 자리에서 즉사했다고 합니다. 일본 사람들을 셋부꾸라고 하여 할복자살을 많이 합니다. 명예를 지키기 위하여 차고 다니던 칼로 배를 가른다고 합니다. 그래서 일본 사무라이 소설에서는 셋부꾸로 죽는 사무라이의 이야기가 많이 나옵니다. 클레오파트라는 안토니우스가 악티움 전쟁에서 옥타비아누스에게 패전했다는 소식을 듣고는 궁궐에서 화려한 옷을 입은 채 독사에 물려 죽었다고 합니다. ≪세일즈맨의 죽음≫이라는 영화에서 리 제이 컵은 아들에게 돈을 물려주기 위하여 자동차 사고를 일으켜서 보험료를 아들에게 물려줍니다. 미국에서는 자살의 선택을 카우보이의 자손답게 총으로 해결하는 일이 많습니다. 제가 잘 아는 치과의사 하나는 병원 일도 잘되고 새로 예쁜 여자와 결혼했는데 몇 달이 지나지 않아서 병원의 주차장에서 권총을 입에 물고 방아쇠를 당겨 생을 마감했습니다. 톨스토이의 안나 카레니나는 안개 낀 기차역에서 달려오는 기차에 몸을 던집니다.

그렇습니다. 영원 속에서 태어나 한 번밖에 살지 못하는 생명을 끊으려는데 모두 기막힌 사유가 있겠지만 우리의 삶을 그냥 일시의 기분으로 해결하려는 방법이 과연 옳은 일일까요? 실존주의자 사르트르는 젊어서 그렇게 반기독교적인 논설을 많이 하더니 막상 자신이 죽을 때 호스피스에 넣을 때 심하게 반항하고 자기 병실 벽을 긁으면서 소란을 피웠다고 하지 않습니까. 공자는 안유에게 열을 세어 볼 시간만 다시 생각하라고 했다지만 한번 생각해 보면 우리의 삶을 그렇게 한 번의 기분에 맡기지는 말아야 할 것입니다. 우리가 죽어야 할 이유보다는 살아야 할 이유가 훨씬 더 많지 않을까요? 우리는 자살을 하지 않아도 죽고, 죽고 싶지 않아도 언젠가는 죽어야 할 운명이니까요.

나이야 가라

요새 트로트계에 막내로 태어난 오유진이란 소녀가 즐겨 부르는 노래가 있습니다. 사실은 김용림이란 가수가 불렀었는데 이 어린 소녀가 나와서 불러 히트했습니다. "나이야 가라 나이야 가라 나이가 대수냐 오늘이 가장 젊은 날…"이라고 부르는 노래입니다.

이제 인생의 후반기에 들어선 세대에게는 말 못 할 서러움이 있습니다. 대학병원에서 근무하면서 회식할 때는 나처럼 나이가 든 교수들은 식사만 하고 빨리 자리를 비워주어야 하는 것이 불문율로 되어 있습니다. 식사하는데 너무 오래 앉아있어도 안 되고 2차나 3차에는 더더욱 따라가서는 안 됩니다. 물론 가자고야 하지요. 그러나 눈치 없이 따라갔다가는 주책없는 늙은이가 되고 등 뒤에서 흉보는 젊은 의사들의 욕을 먹어야 합니다. 그리고 공식 모임이 아닌 자기네끼리의 모임에는 아예 초대도 하지 않고 자기네끼리 쑥덕쑥덕하다가 나가 버립니다. 물론 공식 회식은 아니니까 무어라고 할 수는 없습니다. 자기네 친구들끼리 저녁을 먹으러 가는 것까지 노 교수님이 참견할 수야 없지요. 물론 자기네끼리 가는 골프 모임이라든가 등산 모임에 오라고 해도 점잖게 거절해야지요. 이것은 왕따라고는 할 수는 없지만, 불문율의 법칙이기도 합니다.

그래서 나이가 많은 교수들 우리끼리 모이는 일도 있습니다. 이제 은퇴한 지 몇 년이 지났습니다. 은퇴하고 나니 이런 따돌림은 더욱 완연해지고 사회적인 격리가 분명해졌습니다. 이제는 자기 나이 또래의 모임을 찾자니 그런 모임이 별로 많지도 않고 모임에 나오는 친구의 숫자가 줄어듭니다. 몸이 아파서 못 나온다는 친구가 있는가 하면, 아들이나 딸네 집에 가서 손자들 봐줘야 한다는 친구도 있고, 이제 주머니 사정이 좋지 않아서 안 나온다는 친구도 있습니다. 그런데 문제가 있습니다. 스스로 이제는 사회에서 완전히 은퇴하여 밖의 출입을 안 하려고 하는 친구도 있습니다. "야, 이제 내 나이에 뭣 하러 밖에 나돌아다니냐? 집에 들어앉아 있지."라고 하는 것입니다.

나는 지금도 103세의 철학자 김형석 선생님의 강의를 열심히 듣고 있습니다. 김 선생님의 말씀에 의하면 인생의 최고로 좋았던 시기는 65세에서 75세였고, 그 후에도 꾸준히 발전한다는 것입니다. 젊었을 때보다 암기력은 떨어지지만, 사고력은 늘어간다는 말입니다. 지적으로는 좀 후퇴하지만, 지혜는 계속 발전한다는 말입니다. "그럼 언제까지 발전하느냐?"는 사회자의 물음에 "그건 꼭 정의해서 말할 수 없고 90세가 넘어도 발전하는 것 같다."라고 말씀하십니다. 그러므로 계속 독서하고 배우고 머리를 써야 한다는 것입니다.

서울대학교 철학과 교수 김태길 선생은 90세에 별세하셨는데 돌아가시기 3개월 전까지 글을 쓰셨고, 숭실대학교의 안병욱 교수는 93세에 별세하셨는데 돌아가시는 달까지 강연하고 글을 쓰셨다고 합니다.

김형석 교수님은 100세가 넘어서 ≪100세를 살다 보니≫라는 책을 내셨고, 이어령 교수님은 췌장암으로 고생을 하지만 88세까지 아직도 집필하고 계십니다. 우리도 이분들처럼 공부하고 연구한다면 자신을 발전시킬 수 있을 것 같습니다.

모지스 할머니는 76세 때 시작한 그림으로 100세 때까지 전시회를 하고 101세에 별세했고, 처칠은 80이 넘어 노벨문학상을 수상했으며 괴테는 80이 넘어 10대 여성을 사랑했다고 하지 않습니까. 물론 거절 당했지만….

요새는 사람들이 젊게 살아서 나이에 0.7을 곱해야 생물학적 나이가 된다고 하지 않습니까. 그러니 80세는 예전의 56세입니다. 아직도 한창일 때입니다. 오래전 정석해 선생님과 김형석 선생님이 같이 기차를 타고 가시다가 정석해 선생님이 김형석 선생님에게 나이가 몇이냐고 물으셨답니다. 그래서 75세라고 대답을 하니까 혼잣말로 '좋은 때다.'라고 말씀했습니다. 아마 대학생 제자들이 들었으면 까무러쳤을 것입니다. 그런데 사실 나이는 자신의 마음속에 먼저 오는 것 같습니다. 남이 무어라고 하지도 않는데 먼저 "내가 뭘… 나이도 많은 사람이…." 하고 물러선다는 것입니다.

작년에 손자의 고등학교 졸업식에 갔습니다. 졸업식 다음 날 손자의 졸업 파티가 열렸습니다. 딸네 집 뒤는 잔디밭이 아주 넓습니다. 우리는 편을 나눠서 축구를 했는데 발이 공에 잘 맞지는 않았지만, 옛날의 실력으로 그애들과 어울렸습니다. 한참을 하고 나서 손자 녀석이 하는 말이 "I thought you are old man but you run faster than we do."라고 하면서 다음에는 정식으로 내기를 해보자고 하여 웃었습니다. 나는 매일 12,000보 이상을 걷습니다. 많이 걷는 날은 20,000보도 걷고 보통은 13,000보 이상을 걷습니다. 그런데 어떤 기분 좋은 날은 걸으면서도 기분이 상쾌하고 어떤 날은 힘든 날도 있습니다. 이 것은 나의 기분과 상관이 있습니다. 친구들끼리 모이면 요샌 '입맛이 없어서.'라는 말을 많이 듣는 날에는 나도 입맛이 없어지는 것 같습니다. 그리고 나도 이제는 늙어서 입맛마저 없어지는가 하고 은근히 걱정이 생깁니다. 어제 나와 같이 식당에 간 친구가 밥을 참 맛있게 먹었습니다. 나도 입맛이 좋아져서 식당에서 뚝배기에 가득히 담아 주는 갈비탕과 밥을 싹 싹 비웠습니다. 그리고 집에 오면서 '그래 모든 것이 마음먹기 달렸다.'라는 생각을 했습니다.

밤에 잠이 안 올 때는 세상의 종말이 오는 듯이 기분 나쁜 일만 생각이 나다가도 새벽에 떠오르는 태양을 보고 걸으면 기분이 상쾌해져서 앞으로도 몇십 년은 더 살 것 같습니다.

이번 대통령선거는 30, 40, 50대의 좌파 경향을 꺾고 60, 70, 80대가 지지하는 윤석열 대통령이 당선되었습니다. 오래전 정동영 민주당 고문이 등을 밀어내려던 꼴통들이 태극기를 들고 광화문에 모이더니 기어이 일을 치르고야 말았습니다. 그렇습니다. 내 나이가 어때서 사랑하기 딱 좋은 나이이고, 정권을 바꾸기 딱 좋은 나이이고, 태극기 들고 광화문에 나가기 딱 좋은 나이인데…. 그래서 오유진은 마음은 나이와 상관이 없다고 "나이야 가라 나이야 가라 이 나이가 어때서 오늘이 가장 젊은 날…."이라고 노래를 부르는가 봅니다.

만물유전(萬物流轉)

소크라테스보다도 먼저 살았던 헤라클레이토스(BC. 535∼475)는 "만물은 유전한다."라는 말을 남겼습니다. 같은 강물에 두 번 발을 담글 수 없다는 말은 많은 철학자들이 뇌까리는 말이 되었습니다.

황창연 신부는 우리 세상이 변하는 것이 지금의 1년은 전의 10년이 변하는 것처럼 빠르고, 전의 10년은 오래전 100년이 변하는 것 같고, 과거의 100년은 옛날의 1000년의 변화와 같다고 이야기하고 있습니다.

정말 지금 세상의 변화는 놀랍습니다. 더욱이 한국의 변화, 서울의 변화는 상상할 수 없이 빠르게 진행됩니다. 나는 2003년부터 2017년까지 한국에서 살았습니다. 그것도 젊은이들과 같이 대학에서 지냈습니다. 그러니 유행의 한가운데서 살았다고 해도 과언이 아닙니다. 2017년 은퇴하고 미국으로 되돌아왔습니다.

다시 2020년에 서울에 다녀왔는데 마치 소설에 나오는 Rip Van Winkle처럼 술도 먹지 않았는데 그렇게 변해버린 세상에 깜짝 놀랐습니다. 첫째 공항에서 보딩하는데 접수구에 가서 여권과 비행기표를 주고 보딩패스를 받았었는데 접수구가 무인 접수구가 된 것입니다. 그러니 촌놈이 어찌할 줄 모르고 우왕좌왕했습니다. 간신히 어떤 젊은이의 도움을 받아 비행기에 오를 수 있었습니다.

나는 가끔 시간이 나면 Best Buy라는 곳에 들러 어슬렁거립니다. 왜냐하면 전자 제품의 변화와 발전이 하루가 멀다고 변하기 때문입니다. 스마트 폰은 일 년에 두세 번씩 신제품이 나오는데 그때마다 성능이 조금씩 변합니다. 젊은이들은 금방 터득하지만 "It is hard to teach old dog."라는 말처럼 꼰대들은 금방 배우기가 쉽지 않습니다. 그래서 신제품을 포기하고 몇 년이 되든지 고장만 안 나면 옛날 전화기를 가지고 다닙니다.

나는 테니스를 좋아합니다. 젊어서부터 테니스를 쳤고 몇 년 전까지 라켓을 들고 테니스장을 쫓아다녔습니다. 크리스 에버트, 마티나 힝기스, 마르티나 나브라틸로바, 스테피 그라피가 테니스를 칠 때는 무릎까지 오는 테니스 치마를 입었습니다. 그런데 점점 치마가 짧아지더니 이제는 치마의 길이가 배꼽에서 한 뼘도 안 되고 위에는 셔츠인지 아니면 브래지어인지 모를 정도로 노출이 심해졌습니다. 요새는 비키니와 같은 종류의 옷이 나와 배꼽을 일부러 노출 시켜서 공을 칠 때마다 배꼽이 춤을 추는 모습을 볼 수 있습니다. 그리고 온몸에 Tatoo를 하여 테니스를 치는지 전위 무용을 하는지 경기를 보는 나를 헷갈리게 합니다. 남자들도 그전에는 목에 깃이 있는 셔츠를 입고 나왔는데 이제는 목의 깃이 없고 누더기 같은 옷을 입고 나오는 선수들이 생겼습니다. 경기하러 나왔는지 아니면 전위 예술을 전시하러 나왔는지 모르겠습니다. 그 끝이 어디까지 갈는지는 모르지만….

자동차도 발전되어 크루즈로 놓고 운전을 하면 웬만한 거리는 운전 대를 잡지 않아도 차가 알아서 가게 되었습니다. 얼마 있으면 운전을 전혀 하지 않아도 되는 차가 나온다지요. 그리고 얼마 전 딸에게 새 차를 사주었는데 앞에 큰 모니터가 붙어있는데 별의별 정보가 다 들어 있어서 마치 비행기의 앞처럼 번쩍번쩍하여 우리 늙은이들을 혼란스 럽게 만듭니다. 제 친구는 얼마 전 차를 샀는데 운전하기가 너무 복잡 하여 새 차를 아들 주고 헌차로 바꾸어 왔다면서 웃었습니다.

　컴퓨터는 말할 것도 없습니다. 얼마 전 나는 코스코에서 컴퓨터를 400불을 주고 샀습니다. 그리고 그 컴퓨터로 글도 쓰고 이메일도 받 고 쇼핑도 할 수 있습니다. 그런데 지난여름 손자가 고등학교를 졸업 하고 대학에 간다고 하여 졸업 선물로 컴퓨터를 사주기로 했습니다. 손자 녀석이 나를 끌고 컴퓨터만 파는 큰 상점으로 갔는데 녀석이 고 른 컴퓨터가 3,600불이었습니다. 나는 깜짝 놀라 무슨 컴퓨터가 이리 도 비싸냐고 했더니 손자 녀석이 한심하다는 듯이 나를 끌고 컴퓨터를 전시한 곳을 보여주는데 6,000불 8,000불 하는 것이 수두룩했습니 다. 물론 나 같은 사람은 그 기능을 알지도 못하고 그런 것을 사도 사 용할 수도 없을 것입니다.

　물론 여자들도 변했지요. 서울에 가면 웬만한 여자들은 모두 성형외 과에 가서 뜯어고쳐서 누가 누구인지 잘 알 수 없게 만들었고, 모두 그 여자가 그 여자인 듯하고 이제는 한국인이 황인종이 아니라 백인종 보다도 얼굴이 더 희게 되었습니다. 옷도 옛날에 보지 못하던 옷으로 치장하고 손에 손에 스타벅스 커피잔을 들고 있었습니다.

　기후도 변하여 겨울 같지 않은 12월이 왔고 플로리다에는 허리케인

시즌도 변하여 과거보다 일찍 오고 길어졌습니다. 헤라클레이토스가 아직도 살아 있으면 "그래 내가 뭐랬어? 모든 것이 변한다고 했지."라며 웃을 것입니다.

그런데 변하지 않는 것이 있습니다. 동대문시장과 광장시장의 지짐이는 아직도 두툼하고 노란 채로 있었고 그릇에서 김이 나는 순대는 아직도 5년 전 그 모습이었습니다. 또 변하지 않은 것이 있습니다. 아무리 여자들이 화장을 하다못해 변장해도 나이가 들면 얼굴에 주름이 생기고, 날씬하던 몸매가 비둔해지고, 이빨이 고장 나고, 허리가 굽어지고, 머리카락이 하얘지고 빠진다는 사실입니다.

내가 근무하던 병원에 들어서니 옛날에 보던 나이 든 아주머니, 아저씨, 할아버지, 할머니들이 옛 모습을 그대로 하고 병원의 대기실에 앉아있었습니다. 물론 좀 변하기는 했지만…. 압구정동이나 명동의 아가씨들처럼 변하지는 않았다는 말입니다. 그리고 나이가 들면 죽음의 그림자가 다가온다는 이야기입니다. 그리고 아무리 젊었을 때 화려하게 살았고 돈이 많다고 자랑을 하던 사람도 죽고 나서 화장을 하면 항아리 속에 한 줌의 재로 변한다는 것도 변함이 없는 사실입니다. 그들이 살아서 아무리 큰일을 했어도 그들이 세상에 아무리 많은 재산을 남겨 놓았을지라도 오래전 화장한 성철스님의 재나 비싼 화장장에서 화장한 재가 별로 다르지 않다는 것입니다.

이것은 아무리 인간이 변화시키려고 해도 변하지 않는 모양입니다. 이것이 인간의 한계가 아닐까요? 그래서 우리에게 영원이라는 말 영겁이라는 말이 아직도 존재하지 않는지 모르겠습니다.

2

재료가 좋아야

녹이 스는 기계들

얼마 전 팔리지 않은 오래된 노트북을 판다는 광고가 나왔습니다. 그런데 그 값이 아주 저렴했습니다. 그래서 하나 살까 하고 하다가 문득 지난 일을 생각했습니다.

한국의 대학에 근무하면서 노트북 컴퓨터를 여러 개 샀습니다. 하나는 집에 두고 하나는 연구실에 두고 하나는 휴대용 노트북을 샀습니다. 대학에서는 교수 연구비라고 나옵니다. 한 달에 한 300불 정도 나오는데 그것으로 학회도 가고 책도 사보고 회식도 합니다.

그런데 연구비는 신용카드로 나오는데 과장이 관리합니다. 내가 과장일 때 나는 카드를 의국장에게 맡겨서 관리를 시켰습니다. 어떤 과장은 그 카드로 외식도 하고 개인적으로도 쓰지만, 나는 그런 잡음이 싫었습니다. 그래서 나는 그 연구비를 찾아 쓰지 않았습니다. 학회도 내 돈으로 가고 책도 내 돈으로 샀습니다.

연말에는 연구비를 정리해야 합니다. 연말이 지나도록 찾아 쓰지 않으면 그 돈은 학교로 환수가 되고, 다음 해에는 안 찾아 쓴 만큼 예산이 적게 배정된다고 합니다. 그래서 과장이나 의국장이 나에게 찾아와서 얼마라도 공부에 필요한 물건을 사라고 합니다. 그래서 얼른 대답하는 것이 노트북이나 그해에 나온 교과서 정도입니다. 그래서 노트북이 여러 개 쌓였습니다. 대전 건양대학교에서 8년을 근무했으니 노트북이 대여섯 개나 생겼습니다. 집에 하나, 연구실에 하나, 하나는 내가 들고 다니는 것 그리고 나머지는 그대로 집에 보관했습니다.

은퇴하고 몇 년 후 그 노트북들을 집에 가져와서 연결을 시켜보니 작동이 되지 않았습니다. 그래서 컴퓨터 기술자에게 가져갔습니다.

"이 노트북 몇 년이나 되었지요?"

"글쎄요 한 5~6년 되었습니다."

"그럼 그동안 한 번도 작동시키지 않았나요?"

"네 그렇습니다."

"이 컴퓨터는 나이가 많이 들었고 한 번도 작동하지 않은 것이라 어디가 고장이 났는지 모르겠네요. 이것을 다 뜯어 보느니 새로 하나 사세요."

결론적으로 기계를 쓰지 않고 놓아두면 녹슬어 버린다는 것입니다. 나는 아까워서 버리지는 못하고 몇 번 연결하려고 시도했으나 전원도 안 들어오고 Key Board도 작동하지 않습니다. 할 수 없이 새것을 사고 아까운 컴퓨터는 그대로 버려야 했습니다. 그렇게 아까운 노트북 3개를 폐기 처분하면서 마음도 아팠습니다. 그런 나를 지켜보며 안타까워하는 아내에게 "여보, 그래도 자동차 사고 난 것보다는 낫지 않아요. 그냥 웃어 버립시다. 컴퓨터를 아낀다고 이렇게 쌓아둔 내가 바보지, 누구를 원망하겠소."라고 했습니다.

그래서 얻은 교훈입니다. 사람도 기계도 쓰지 않고 오래 두면 버리게 된다는 것입니다. 그래서 나는 광고에 팔리지 않아서 싸게 판다는 노트북을 사지 않기로 했습니다.

오래전에 들은 이야기입니다. 애꾸 부부가 있었습니다. 남편도 아내도 한 눈밖에 보지 못합니다. 그런데 애를 낳았더니 그 아들은 두 눈이 모두 잘 보이더라는 말입니다. 그 부부는 너무도 신기해하다가 '만일 이 애가 또 한 눈이 안 보이면 어떻게 하지?' 하고 한 눈을 아껴두기로 했습니다. 그래서 남편의 안 보이는 눈을 따라서 왼쪽 눈을 가려주었습니다. 안대로 왼눈을 가려주고 몇 년이 있다가 안과에 가서 보니 왼쪽 눈이 실명되었다고 합니다. 안대로 가려준 눈이 정말 실명하여 자식도 애꾸가 되었습니다.

이렇듯 사람이나 기계는 아껴두면 고장이 납니다. 한쪽 다리가 부러진 환자가 오랫동안 운동을 못 하면 다른 다리도 근육이 약해져서 걸을 수 없게 되는 것을 우리는 봅니다.

나는 여름에는 뉴저지에 머물다가 겨울이면 플로리다에 가서 머뭅니다. 그래서 뉴저지에도 차가 한 대 있습니다. 이 차는 2003년도 Subaru out back 입니다. 그런데 차를 사고 그해에 나는 한국에 나가 근무하게 되어 14년 동안 있었습니다. 그러니까 그동안 뉴저지에 올 수 없었고, 차도 운전할 수 없었습니다. 몇 년 전 은퇴하고 돌아와서 이 차를 운전하려고 했는데 시동도 안 걸리고 차가 말을 듣지 않습니다. 타이어도 찌그러지고 배터리도 나가고 아무것도 작동이 안 되었습니다. 할 수 없이 차를 끌고 가서 거액을 들여서 손 보았습니다.

그렇게 고친 차를 끌고 오하이오에서 사는 딸의 집에 가려고 나섰습니다. 그런데 차가 갑자기 고속도로에서 멈추는 게 아닙니까. 달려오는 차들이 사방에서 경적을 울리고 소리를 치며 지나갔습니다. 나는 고속도로 한가운데서 어찌할 줄 몰랐습니다. 그 더운 여름에 고속도로에서 4시간 고생하다가 Towing Car에 끌려서 다시 정비했습니다.

"우리가 정비하지만 보아서 괜찮은 부분은 그냥 두지 않습니까. 괜찮은 부분도 다 뜯어고치려면 새 차를 사셔야지요, 그런데 괜찮게 보이는 부분도 운전하다 보면 약해져서 고장이 나는 거지요. 더욱이 오래된 차는 더 그렇지요. 오래된 차는 보기에는 멀쩡해도 작동을 안 하는 수가 있어요."라고 정비공장 기술자가 설명해 주었습니다.

가끔 동창들이 모여서 이야기를 하며 지냅니다. 그런데 어떤 친구는 은퇴한 지 10년쯤 되니까 기초적인 의학 지식도 완전히 잊어버렸습니다. 그런 친구 중에는 "야, 이제 환자도 안 보는데 그 골치 아픈 책을 왜 읽냐?"라고도 합니다.

의사뿐 아닙니다. 대학에서 불문과를 나온 아줌마는 불어 시를 한 편도 외우지 못할 뿐 아니라 간단한 인사조차도 못 합니다. 대학에서 러시아어를 전공했다는 여자와 도스토옙스키와 톨스토이의 이야기를 했는데 그저 이름만 알뿐 그들의 작품을 하나도 기억하지 못했습니다. 음악대학교 피아노과를 나왔다는 여자는 교회의 찬송가도 반주할 줄 모릅니다. 그런 그들과 이야기하다가 "그걸 기억 못 하세요?"라고 물으면 "졸업한 지가 30년도 넘었는데 그걸 어떻게 기억해요?"라고 반문합니다.

그렇습니다, 머리도 쓰지 않으면 나의 컴퓨터나 자동차처럼 녹이 습니다. 나는 아직도 녹이 스는 것이 두려워서 배달되는 성형외과 저널을 훑어봅니다. 물론 강의할 기회가 없어졌으니 몇 %까지는 기억하지 않아도 성형외과가 어떤 방향으로 흘러가고 있는지를 공부합니다.

그런데 솔직하게 고백합니다. 저널을 읽어도 그 전처럼 기억할 수 없고 며칠 전에 읽은 것을 기억해 낼 수가 없습니다. 이제는 기계가 낡아서 그전처럼 작동을 안 하는 것 같습니다. 그래도 녹이 슬어 멈추지 않기 위해 오늘도 노력합니다.

재료가 좋아야

며칠 전 교회에서 잘 아는 부인이 북어포를 두 마리 주셨습니다. 한국을 떠난 후 북어를 먹어본 일이 오래되었습니다.

아내가 이것을 보물 만지듯이 만지작거리며 무엇을 할까 하다가 북엇국을 끓이기로 하였습니다. 유튜브를 찾아보고 북엇국에 무엇을 넣을까를 생각했습니다. 유튜브에서는 콩나물을 넣으라고 했는데 콩나물은 45분이나 한 시간을 가야 살 수 있고 두부도 당장 없었습니다. 그래서 냉장고를 뒤져 보니까 오래전 사다 놓은 무가 있어 무를 넣기로 했습니다. 내가 서재에 있는 동안 아내가 북엇국을 끓였는데 맛에 자신이 없었던지 맛을 보라고 하는데 국물이 씁쓸했습니다. 아내는 괜히 아까운 북어만 버린 것 아니냐고 불만을 토로하고 버리자니 아깝고 하여 거기에 미원도 넣고 레시피에 없던 설탕도 좀 넣고 국을 완성했습니다.

그렇게 완성된 북엇국 역시 씁쓸했습니다. 우리는 실망했지만 그래도 귀한 북어로 만든 것이라 국에 김칫국물을 넣어 밥을 말아 먹으면서 아내는 "재료가 좋아야지, 재료가 나쁘면 아무리 노력을 해도 안 되네요."라고 결론을 지었습니다. 무가 맛이 있었으면 귀한 북어로 끓인 국이 얼마나 맛이 있었겠습니까만 씁쓸한 무맛이 귀한 재료까지 버린 셈입니다.

맞는 말입니다. 재료가 나쁘면 아무리 기술이 좋아도 좋은 것을 만들 수 없습니다.

"기계는 고쳐서 써도 사람은 고쳐서 못쓴다."라는 말이 있습니다. 물론 개과천선을 해서 훌륭한 사람이 되었다는 이야기도 있습니다. 대학입시에 실패하고 두 번이나 직장에서 쫓겨났다는 처칠이 영국을 이차대전의 승전국으로 이끌었고, 학교에서 희망이 없다고 하던 아인슈타인이 상대성 이론으로 노벨상을 받고, 낙제생이던 에디슨이 발명왕이 되고….

그런데 그들은 자기가 좋아하는 학문에 천재성이 있었기 때문이지 자기가 가진 재료가 전부 불량품인데 개과천선해서 천재가 된 것은 아닙니다. 물론 'There is no rules but exception.'이란 말대로 예외가 있기는 하지요. 그러나 교도소를 자주 드나들고 마약이나 하는 사람 중에 사회에 모범이 될만한 사람으로 변한 사람이 몇 명이나 될까요? 물론 몇 명이 훌륭한 사람으로 변한 인물이 있겠지만 통계적으로는 아주 미미할 것입니다.

요새 '인성'이란 말이 자주 등장합니다. 그 사람이 가진 성품으로 통계적으로 보아 어려서부터 착한 사람은 자라서도 착하고, 어려서 악하던 어린애는 커서도 착한 사람이 되는 일은 드물다는 말입니다. 초등학교나 중·고등학교 때 친구 중 착하고 공부 잘하던 사람은 대개 사회에 나와서도 그런 방식으로 살아가고, 어릴 때부터 싸움만 하고 남을 속이던 친구는 사회에 나가서도 그런 삶을 사는 사람이 많았습니다. 물론 학생 때 착하던 친구가 타락한 친구도 있고, 좀 불량하던 친구가 건실한 사람이 되어 좋은 삶을 사는 친구들도 있기는 하지만….

대기업에서는 신입사원을 뽑을 때 지원자의 인성을 중요하게 여깁니다. 그래서 삼성의 이병철 회장은 면접관으로 관상을 보는 사람을 포함했다는 말도 전해져 내려오고 있습니다. 아무리 스펙이 좋고 머리가 좋아도 인성이 나쁘면 회사에 득이 되기보다는 큰 해를 끼치는 경우가 많기 때문입니다.

그런데 그 인성을 알아내기가 쉽지 않은 것입니다. 한 치 사람의 속이 열 길 물속보다도 알기 힘들다는 말이 있지 않습니까. 어떤 대기업에 취업이 된 사람의 이야기입니다. 인성 테스트에는 많은 문제가 나오는 데 비슷한 문제가 여러 군데에 나온다고 합니다. "나는 거짓말을 한 일이 없다, 나는 여자 친구와의 약속을 어긴 일이 없다, 나는 어머니에게 거짓말을 한 일이 없다, 나는 아버지에게 거짓말을 하고 용돈을 타 본 일이 없다. 등등." 문제를 산재시켜 놓고는 답이 상충되면 '거짓말을 했지'가 된다는 것입니다. 지금의 사회는 인성이라는 말을 하지만 인성이 가장 무시된 사회가 아닐까 생각합니다.

머리가 좋은 사람, 스펙이 좋은 사람이 사회를 지배하는 사회입니다. 그러니 좋은 머리를 어디에 쓰는지는 중요하지 않은 것 같습니다. 좋은 학교 나오고 좋은 성적으로 졸업만 하면 대접받는 세상이 아닌가 싶습니다. 그러니 사회는 점차 어지럽고 점점 더 살기가 힘든 사회가 되어가는 것이 아닌가 생각합니다.

지금 한국 사회는 586의 시대입니다. 그들은 군사정부 시대도 아닌데 반정부 데모를 한다고 학교에 불을 지르고 교수들에게도 돌팔매질하던 사람들이 마치 일제하에서 독립운동을 한 사람들처럼 설치는 시대입니다. 이론의 여지는 있지만, 광주의 5·18사건의 관계자들이 특권은 누리는 이상한 시대입니다. 많은 사람이 어떻게 5·18유공자가 되었는지는 모르지만, 유공자들과 그 가족이 누리는 혜택은 대단합니다. 그들은 나라에서 관장하는 시험에 가산점이 최고 10%가 붙는다고 합니다. 그러니 서울대학교 입학점수가 400점 만점에 390점을 받아야 한다면 5·18 유공자의 가족은 350점을 받아도 합격이 된다는 말인 것 같습니다. 수능시험에 350점이면 지방대학에도 합격되기 힘든 점수가 아닌가요? 더욱이 사법시험에 10%를 받는다면 5·18유공자 가족은 대학만 졸업하면 사법시험에도 합격할 수 있는 조건이 아닐까요? 아마 그래서 요즘의 사법부는 공정성을 잃고 국민이 이해하기 어려운 상식 이하의 판결을 하는지도 모르겠습니다.

요즘 국회의원의 수준은 말이 아닙니다. 이 모 씨가 썼다는 논문을 어머니의 동생인 이모가 썼느냐고 질문을 하는가 하면, 기업의 이름이 찍힌 서류를 보고서 기업에서 돈을 받지 않았느냐고 묻는 국회의원도 있습니다. 장관을 불러 질문하면서 술에 취한 듯이 횡설수설하는 국회의원도 있는가 하면, 자기가 무엇을 질문하는지도 모르는 의원도 있습니다. 오스트레일리아와 오스트리아의 나라 이름도 구별하지 못하는 국회의원도 있습니다. 그러니 이준석이라는 친구는 국회의원 출마하기 전에 시험을 보았으면 좋겠다는 발언도 하지 않았습니까. 국회가 잘 되려면 국회의원의 재료가 좋아야 합니다. 대학에 다니면서 공부는 안 하고 경찰에게 돌이나 던지던 사람이 국회의원이 되어 열심히 공부하여 장관이 된 사람에게 말도 되지 않은 질문을 하며 '당신이 장관이 될 자격이 있소?'라는 말을 들으면서 '정말 ×묻은 개가 겨 묻은 개를 나무란다.'라는 말을 생각해 봅니다.

　나쁜 재료로 만들어진 우리나라 정치계는 맛이 없는 북엇국에 미원을 넣고 김칫국을 넣어 먹듯이 할 수도 없고 참 난감합니다.

문사철(文使哲)

얼마 전 이원석 검찰총장이 신임 검찰들의 모임에서 "여러분은 검사가 되어 사람들을 심문하고 기소하기 전에 양식을 지닌 지식인이 되어야 합니다."라는 말을 했습니다.

전에는 사법고시라는 시험제도가 있었습니다. 이 사법고시는 개울에서 용이 날 수 있는 좋은 제도이기는 하지만, 대학에 다니지 않은 고졸이나 검정고시 출신도 사법고시를 보면 판검사가 될 수 있는 제도였습니다. 그래서 상식적인 지식이 없는 사람이라도 육법전서만 달달 외워서 사법시험에 합격하기만 하면 판검사가 되는 일도 많았습니다. 그래서인지 일반인이 납득하지 못할 판결이 나오기도 했습니다. 지금은 법학전문대학원을 졸업해야 시험 응시 자격을 주고 사법시험에 통과하고도 사법연수원에 2년을 다녀야 변호사, 검사, 판사가 될 수 있습니다.

그런데도 가끔 판사의 판결을 보면 우리의 눈높이와는 너무도 먼 판결이 나오기도 합니다. 물론 판사들의 이념과도 관계가 있습니다. 지난 십수 년 동안 소위 김정일 장학금이라는 검은돈을 받아 공부하면서 좌편향된 판검사가 양산되어서인지 전에는 '유전무죄 무전유죄'라던 속어가 '좌파무죄 우파유죄'란 속어로 변하기도 했습니다. 솔직하게 말해서 민노총이나 전교조에 속한 사람들과 데모에 가담했던 사람들은 재판에서 거의 무죄로 나왔고 소위 우파에 속하는 전 정권 관리나 공무원에게는 가혹한 형량이 내려진 것이 사실입니다.

몇 년 전 박근혜 대통령의 재판입니다. 일심 재판을 맡은 김세윤 판사는 기세가 등등했습니다. 마치 여포를 잡아 무릎을 꿇린 조조와 같은 기세였습니다. 사실 박근혜 대통령이 돈을 받은 증거는 없는데 최순실과 경제 공동체라는 말을 만들어 가며 '징역 32년 벌금 80억 추징금 35억'이라는 판결을 내렸습니다. 그런데 몇 년이 지나지 않아 이재명 씨가 성남시 시장으로 있으면서 대장동 사건이 벌어졌습니다. 그리고 그의 수하 부하들이 구속되고 그들이 뇌물을 받아 상납했다고 자백했는데도 이번에는 결제 공동체라는 말이 쏙 들어가고 이재명 씨 자신이 돈 받은 것이 없으니 공소 취하한다는 결론이 나왔습니다.

그러면 지금의 판사와 김세윤 판사의 법전은 다른 것입니까. 얼마전 어떤 퇴직 판사가 이런 말을 했습니다. 판결문을 쓰지 않고 우선자기 자신이 판결하고는 거기에 맞는 판결문을 쓴다는 것입니다. 그러니까 판사들은 연역법으로 설명하는 것이 아니라 귀납법 설명으로 판결문을 쓴다는 것입니다.

얼마 전 나왔던 벤츠 여검사의 뇌물죄입니다. 이 여검사는 내연관계인 변호사로부터 사건을 잘 봐달라는 조건으로 벤츠 차를 받았습니다. 그 혐의로 재판을 받는데 무죄가 된 것은 차를 받은 것이 사건 전의일이었고 정표라는 말로 무죄를 선고받았습니다. 또 전에 강기갑 민주당 의원은 국회의 단상에 올라가 공중부양으로 기소된 사건이 있었습니다. 그것도 무죄로 판결이 나왔습니다. 이유는 강 의원이 흥분상태에 있었고, 국회 사무장이 신문을 보고 있었기 때문에 공무 집행 중이 아니었고 그러니 공무 방해가 아니라는 것이었습니다. 이번에 내려진 곽상도 의원의 50억 뇌물 사건도 무죄입니다. 이유는 곽상도 의원과 아들이 독립적으로 살기 때문에 경제 공동체가 아니라는 것입니다. 그럼 박근혜 대통령은 최순실과 같이 살았고 아들보다도 더 가까운 사이였나요? 논리적으로 납득이 안 되는 판결입니다.

언젠가부터 사법부는 좌파 인사들에게는 법의 잣대를 굽혀가면서도 끝없이 너그럽고, 우파 인사들에게는 팥쥐 어머니처럼 가혹한 판결을 내리는지 모르겠습니다. 아마 그런 것에 마음이 상한 검찰총장인 이원석 님의 말이 아니었나 생각합니다.

어찌 판검사뿐이겠습니까. 남을 가르치는 사람들, 사회의 정의를 위하여 일하는 사람들, 정치하는 사람들이 모두 문학 철학 역사 공부를 해야 한다고 생각합니다. 이런 상식적인 학문이 없이 전문성만 가진 사람이 남을 가르치고 재판하고 정치한다는 건 상당히 위험한 일인 듯합니다.

지금 고등학교에서 역사와 문학 윤리 도덕 철학 시간이 모두 없어졌다고 합니다. 지금은 영어 수학만 가르쳐서 아주 좁은 식견을 가진 전문가만을 양성하는 시대입니다. 교회 목사님도 마찬가지입니다. 성경을 둘러싼 역사적 배경, 구약을 쓰게 된 저자의 철학을 모두 무시한 채 그저 몇 장 몇 절만을 가지고 교인들을 현혹하는 목사님들이 많은 것도 사실입니다. 그러니까 김일성이 죽인 많은 순교자 목사님들을 생각하지 않고 김씨 일가에게 충성 맹세한 목사님들이 나오는 게 아니겠습니까.

예수님이 헤롯의 박해를 피해 애굽으로 피신했을 때 인도에 가셨다는 이야기가 있고, 예수님의 사상에 불교적인 배경이 있다는 설도 있습니다. 인도의 철학자인 오쇼 라즈니쉬는 '인도로 간 예수님'이라는 말을 하기도 했습니다. 예수님은 많은 사람이 이해하기 쉬운 예화(비유)로 말씀하셨습니다. 어부들과 거지들, 심지어 창녀들까지 알아들을 수 있는 쉬운 말씀, 그러나 그 속에 있는 무한한 진리가 함유된 말씀이셨습니다. 그 비유의 말씀에 문학이 있습니다. 철학이 있습니다. 그리고 역사적인 배경이 있습니다.

지금 우리나라의 정치인은 너무나 무식합니다. 국회의원들의 많은 사람이 운동권 출신이라서 그런지 그들은 원색적인 욕과 싸움과 중상모략밖에 모르는 조폭의 전위대 같습니다.

이제 내년 총선에는 그들의 지식에 문학과 철학과 역사를 공부한 지식인들을 선출하여 나라가 사회가 문명인들이 사는 나라가 되었으면 얼마나 좋을까요.

질투

　인간의 최초의 죄악은 아담과 이브가 지은 배반에서 생겼고, 두 번째 죄악은 질투에서 생겨난 살인이었습니다. 그래서 많은 사람은 인간이 카인의 후예여서 죄를 짓는 DNA를 타고났다고 합니다. 그런데 성경에는 카인 이후에 아담이 셋을 낳고 800년을 더 살며 많은 자손을 낳았다고 합니다. 그 많은 자손의 이름이 다 기록되어 있지 않아서 얼마나 많은 자손을 낳았는지 알 수 없습니다. 그러니까 인간 모두가 살인죄를 지은 카인의 후손은 아닙니다.

　황순원 선생이 ≪카인의 후예≫라는 책을 써서 인간의 선천적인 악함을 이야기하려고 했습니다. 그럼 카인은 왜 아벨을 죽였을까요? 그건 질투심 때문일 것입니다. 자기는 하나님의 사랑을 받지 못했다는 질투심입니다. 질투심은 미움을 낳고 미움이 자라니 살인으로까지 진전한 것입니다. 장희빈도 임금의 사랑을 독차지하려고 인현왕후를 미워하여 모함과 저주를 했습니다. 왕후의 화상을 그려 놓고 거기에 화살을 쏘았습니다.

　질투는 약자가 강한 자에게 대한 감정입니다. 내가 갖지 못한 걸 가진 자에게, 내가 못 하는 걸 하는 자에게 느끼는 감정입니다. 그리고 질투는 가장 가까운 사람 사이에 일어나는 경우가 많습니다. 이것은 남자를 사이에 두고 싸우는 두 여자 친구에게 생길 수 있고, 한 여자를 두고 싸우는 두 남자 친구에게도 생길 수 있습니다. 한 자리를 놓고 싸우는 여러 친구가 경쟁자로 변할 수 있는 자연적인 현상이기도 합니다. 이 질투의 불길은 이성을 잃게 하고 죄를 짓게도 합니다.

아주 친한 두 친구가 있었습니다. 그런데 한 친구에게 신선이 나타나서 축복해 주었습니다. "네가 아주 착하니 복을 주겠다. 네가 원하는 소원이면 모두 이루어 주겠다."라고 했습니다. 단 한 가지 조건은 너의 친구가 아주 착하니 너에게 주는 것의 2배를 그 친구에게 더 주겠다고 했습니다. 이 사람은 '논을 백 마지기'만 달라고 했습니다. 그랬더니 친구에겐 '2백 마지기'가 생겼습니다. 나에게 소를 '열 마리'를 달라고 했더니 옆의 친구에겐 '스무 마리'가 생겼습니다. 이 친구는 질투심이 생겼습니다. 어찌할까 고민하다가 신선에게 이렇게 말을 했습니다. "내 눈을 하나 멀게 해주십시오." 비로소 옆의 친구의 두 눈이 멀어 버렸습니다. 그가 비로소 만족했다고 합니다. 친구의 불행을 위해서는 자기의 불행도 감수하는 게 질투입니다.

젊어서 나와 같은 병원에 근무한 두 간호사가 있었습니다. 그들은 같은 고등학교, 같은 간호대학을 나온 친구였습니다. 또 같은 병원에서 일하니 그보다 가까운 친구가 없었을 것입니다. 그런데 둘 사이에 남자가 나타났습니다. 한 전공의를 사이에 두고 둘이서 사랑싸움이 벌어진 것입니다. 처음에는 사이가 좀 뜨악하다고 여겼는데 점점 사이가 벌어지고 서로 험담하고 나중에는 불구대천지원수가 된 것입니다. 나는 그 두 간호사를 보면서 '참, 질투가 무서운 것이로구나.'라고 생각했습니다.

질투 때문에 불행을 초래했다는 소설이 많이 있습니다. 이광수 선생의 《사랑》에는 안빈 선생과 석순옥 사이를 질투하던 허영은 그녀 스스로가 망가지고 결국 순옥까지 불행하게 만들고 그녀도 병으로 죽게 됩니다. 또 이광수 선생의 《유정》이란 소설도 최석이라는 선생님과 친구의 딸인 남정임과의 사이를 질투한 부인 때문에 최석은 신문에 불륜남으로 매도되어 직장을 잃고 시베리아의 설원인 바이칼호 근처로 가버리고 맙니다, 그리고 그곳에서 삶을 마감하고 맙니다. 뒤늦게 찾아간 정임이도 최석이 있던 움막에서 나오지 않습니다. 이 불행도 부인의 질투가 불을 붙인 것입니다.

이 질투의 원인은 남녀 간의 사랑 문제도 있지만, 재산 상속 문제, 권력에 대한 다툼도 질투에서 불이 붙는 경우가 많습니다. 러시아인의 사랑을 가장 많이 받던 푸시킨도 질투 때문에 죽었습니다. 푸시킨은 상트페테르부르크에서 가장 아름다운 여자와 결혼했습니다. 푸시킨은 이렇듯 이쁜 여자가 '나 같은 남자에게 만족할 수 있을까. 혹시 바람이라도 피우지 않을까?' 전전긍긍했습니다. 그러다가 기마대의 대위가 자기의 집을 자주 찾아온다는 것을 알게 됩니다. 그것도 자기가 없는 사이에 와서 부인과 차를 마시기도 한다는 것이었습니다. 푸시킨은 그들이 함께 있는 장면에 나타나 대위에게 결투를 신청했습니다. 그런데 이 결투의 결과는 시작하기 전부터 결론이 나 있었습니다. 싸움으로 단련된 기마대 대위와 총을 잡아보지도 못한 시인과의 결투는 보나마나 한 것이었습니다. 질투 때문에 결투를 신청한 푸시킨은 30대의 젊은 나이에 생명을 잃었습니다.

TV 드라마를 보면 아버지의 사랑 어머니의 사랑을 더 받고 후계자가 되려고 형제끼리 원수가 되어 서로 모략 중상하고 서로를 해치려고 하는 일들을 많이 봅니다. 물론 그 시초는 에서와 야곱의 경쟁과 싸움에서 예로 보여주었습니다만 우리 사회에서 너무 많이 볼 수 있습니다. 이어령 선생은 수필 〈숫자의 비극〉에서 경쟁과 질투에 관한 이야기를 했습니다. 부모님이 무심코 쥐여주는 한 주먹의 사탕이 자식들에게는 숫자를 세고, 그다음은 색깔을 가지고 서로 시샘하고 질투한다는 이야기입니다. 이렇게 이 형제간의 질투와 싸움은 집마다 없는 집이 없을 정도로 많이 있습니다. 그래서 부모님이 세상을 뜨실 때 "너희 형제들이 서로 화목하고…."라는 유언을 많이 남긴다고 합니다. 부모님이 재산을 남기면 형제들끼리 싸우지 않는 집이 거의 없습니다. 재벌이 죽고 난 후 형제들끼리 소송하고 법정 싸움을 하면서 원수가 되는 일들을 우리는 너무 많이 봅니다.

하나님은 인간을 창조하시되 꼭 같이 만들지 않으셨습니다. 그러니 서로 경쟁하고 내가 더 잘났다 네가 더 잘났다고 싸우지 않을 수 없습니다. 우리 집에서는 형님이 왕자였습니다. 그래서 형님과 나와는 차별을 많이 받았습니다. 그러나 나는 감히 형에게 도전할 용기도 재주도 없었습니다. 나는 어머님을 약간 원망했지만 내가 부모가 되고 나니까 형제를 꼭 같이 사랑할 수는 없더라고요. 우리 부부에게는 삼 남매인데 100을 셋에게 나누어 주더라도 하나는 34개를 가지게 되니까요. 이 질투를 없앨 수 있는 방법은 없을까요? 순화시키는 방법은 없을까요? 정신과 의사 선생님 연구를 좀 해보십시오.

조그마한 돌

사람들은 태산이 무너져 깔려 죽은 사람도 있겠지만 그런 사람들보다는 조그마한 돌에 걸려 넘어져 다치거나 죽은 사람이 훨씬 더 많습니다. AD 79년 베수비오 화산이 폭발하여 폼페이시가 화산재 속에 묻혀 많은 사람이 죽었다고 하지만, 그때도 빠져나온 사람들이 죽은 사람들보다는 더 많았다고 합니다. 지금은 지질학이 발전하여 지진의 예보하여 사람들을 사전에 피난을 시키니 죽는 사람은 그리 많지 않고 재수가 없는 사람이거나 피난하라는 말을 무시하는 고집쟁이들만 있을 것입니다.

그러나 길을 가다가 작은 돌에 걸려 넘어져 다치고 더욱이 머리를 다쳐 희생되는 일이 훨씬 더 많습니다. 내 친구 중에 아주 건강한 친구가 있었습니다. 같이 테니스를 치면 코트를 휙 휙 날아다니는 것처럼 몸이 재바르고 기운도 넘쳤습니다. 교회 일에도 열심이어서 시간이 나면 교회의 잔디를 모두 깎는 훌륭한 봉사자였습니다. 그를 두고 우리는 "아니, 인삼으로 깍두기를 담가 먹었나. 어디서 그런 힘이 생기지?"라고 놀렸습니다. 그런데 그가 금년 초 세상을 떠났다는 소식이 왔습니다. 깜짝 놀란 우리가 "아니, 그렇게 건강하던 사람이 어찌 된 것이지…"라고 서로에게 물어보았습니다. 들리는 말로는 그가 작년에 길에서 넘어져 뇌에 출혈이 생겨 수술했는데 건강이 급속도로 나빠지고 끝내 세상을 떠났다는 것이었습니다. 그렇게 건강하던 친구가 자그마한 돌에 걸려 넘어져 세상을 뜬 것입니다.

내 장인어른도 100세를 사셨습니다. 그러다가 100세 생일을 며칠 앞두고 은행에서 일 보고 나오시다가 작은 돌에 걸려 넘어져 뇌출혈로 돌아가셨습니다.

그렇습니다. 세상에는 큰 사고보다 작은 일로 잘못되는 일이 훨씬 많습니다. 물론 지진이 나고 산이 무너져 죽은 사람들도 있겠지만, 그런 사람들보다는 우리의 일상생활에서 길에 가다가 작은 돌에 걸려 넘어지거나 미끄러져 넘어져 잘못되는 사람이 통계적으로 훨씬 많을 것입니다. 나 자신도 길을 가다가 작은 돌에 걸려 넘어진 일이 여러 번 있으니까요.

어느 날 크나큰 강연을 이틀 앞두고 계단에서 넘어져 다쳤습니다. 얼굴이 찢어지고 멍이 들어 흉측한 모습이 되었습니다. 나는 할 수 없이 얼굴에 분장하고 나가서 강의했습니다. 지붕에서 떨어진 것이 아니라 계단에 붙여놓은 작은 쇠붙이에 걸려 넘어진 것입니다. 헤밍웨이의 ≪킬리만자로의 눈≫이라는 소설에서 주인공 해리도 하마나 사자의 습격으로 죽은 것이 아니고 아프리카의 잡목의 가시나무에 다리가 찔리고 염증이 심해져서 세상을 떠납니다. 시인 하이네도 장미의 가시에 찔려 패혈증으로 세상을 떠났습니다. ≪서부전선 이상 없다≫의 주인공 파울 바이머은 심한 폭격이나 육탄전에서도 살아남았습니다. 그러나 전쟁이 거의 끝나가는 소강상태에 이른 어느 날 보초를 서다가 유탄에 맞아 세상을 떠납니다. 아주 작은 사고입니다. 그는 며칠 후에는 전쟁이 끝나고 집으로 돌아갈 수 있었을 텐데….

"바늘구멍이 둑을 무너뜨린다."라는 속담이 있습니다. 정말 사소한 일이 대사를 망칩니다. 100년을 끌었다는 포에니 전쟁에 카르타고 성은 견고했습니다. 성안에는 군량미가 10년은 끄떡없이 먹을 수 있다고 했고 성벽은 튼튼하여 난공불락의 성이었습니다. 그러나 카르타고의 돈 많은 귀족 아스틸락스가 카르타고 시의 자세한 지도를 로마 제국에 팔아먹어서 카르타고 시가 하루아침에 함락되고 정말 지옥과 같은 참상이 벌어졌습니다.

박정희 대통령도 마찬가지였습니다. 당시 경호대장 차지철은 대통령을 일개 연대 병력의 수준으로 경호했습니다. 얼마 멀지 않은 곳에 수도경비사령부도 있었습니다. 북한에서 김신조의 특수부대가 침투했을 때도 끄떡없었습니다. 그런데 내부의 작은 적 김재규 중앙정보부장의 배신이 연대 병력의 경호를 허물어뜨리고 대통령이 무너졌습니다. 삼국지의 처음에 나오는 동탁의 난이 있습니다. 스스로 승상이 되어 황제를 마음대로 주무르고 조조와 원술, 원소 등 많은 연합군을 물리치고 이제 황제가 되는 꿈이 눈앞에 있었습니다. 그런 동탁이 연합군에게 무너진 것이 아닌 그저 연약한 여인 초선의 이간계에 속아 넘어가 자기 양아들이었던 여포에게 척살을 당하고 맙니다. 백만이 넘는 연합군도 꼼짝 못 하던 동탁이 작고도 영악한 작은 돌 같은 초선에 의해서 무너졌습니다.

BC 44년 3월 15일은 로마의 역사에서는 아주 중요한 날입니다. 그 많은 전쟁에서 승리하고 로마의 영토를 넓혀주었던 대장군 줄리어스 시저가 암살당한 날입니다. 수많은 전쟁 중에서도 상처 하나 입지 않았던 시저, 원로원들이 뭉쳐도 어찌하지 못하는 통치자 시저가 그날은 원로원에 나가지 말라는 부인의 간청을 물리치고 나갑니다. 그리고 카시오스 부르터스 일당의 칼에 맞아 쓰러지고 로마의 역사는 바뀝니다. 그가 그날 원로원에만 안 나갔어도, 자그마한 돌만 조심했어도 로마의 역사 세계사는 변했을는지 모릅니다.

소설 ≪대 야망≫에서 도쿠가와 이에야스는 온갖 고생과 굴욕을 다 참으면서 일본을 통일하고 대장군이 됩니다. 그런데 그는 썩 마음이 내키지 않는 사람의 초대에 가서 덴푸라를 먹고 식중독으로 대장군의 삶을 마감합니다. 크나큰 전투에서 죽은 것이 아닙니다. 아주 작은 돌에 걸려 넘어진 것입니다.

우리는 우리의 삶에서 큰 것만 바라보고 작은 것을 지나칠 때가 많이 있습니다. 이 작은 장애물은 작은 돌이 될 수도 있고 미래를 넘어지게 하는 덫이 될 수도 있습니다. 그렇게 약은 여우나 늑대도 앞에 있는 작은 덫을 보지 못하여 생명을 잃곤 합니다. 작은 돌에 걸려서 죽을 때가 많은데 그 작은 돌을 보지 않고 저 큰 산이 무너져 나를 덮치지 않을까 염려하며 살아갑니다. 지금 내 몸을 망가뜨리는 고혈압을 걱정하지 않고 남극의 빙산이 녹는 것만 걱정하고 있습니다.

그렇습니다. 우리는 우리 발밑의 작은 돌을 보지 않고 저 멀리 산봉우리만 보고 걸어가고 또 뛰어갑니다. 알프스산이 내 머리 위로 무너질 염려는 없습니다. 멀리 있지도 않은 내 발밑 작은 돌에 걸려 넘어지지 말아야 합니다.

팍스 여호와

'팍스 로마나'라는 말이 있습니다. 기원전 1세기에 로마 제국은 강성해졌습니다. 스키피오가 포에니 전쟁에서 승리한 후 로마에는 계속 위대한 장군들이 나왔고 폼페이우스와 카이사르 때는 로마에 대항할 나라가 없었습니다. 갈리아, 브리타니, 에스파냐, 게르만 등을 모두 정복했고 지중해를 자기 영토 안의 바다로 만들 정도였습니다.

그래서 '팍스 로마나'라는 말을 만들어냈습니다. 로마의 평화, 로마 제국 안에서의 평화라는 뜻입니다. 로마에 대항하지 않고 로마의 속국이 되어 로마에 충성하면 그 나라의 평화를 지켜준다는 말입니다. 사실이 그랬습니다. 에스파냐도 로마의 귀족이 내려와 총독 노릇을 했고 해마다 곡물을 바치고 세금을 내면 에스파냐의 안보를 로마가 지켜주었습니다.

20세기 초반에 '팍스 러시아'가 있었습니다. 제1차 세계대전과 제2차 세계대전에서 승리한 러시아는 공산주의 체제로 동유럽의 많은 나라와 연합했습니다. 그래서 소비에트 연방국(CCCP)을 결성하여 세계를 양분하는 커다란 세력으로 만들었습니다. 그래서 동부 유럽의 나라들 - 체코, 헝가리, 우크라이나, 루마니아, 우즈베키스탄, 카자흐스탄, 몽골, 유고슬라비아 등 - 을 합쳐서 거대한 세력을 이루었습니다. 한때는 미국도 그 세력에 눌려 전전긍긍했습니다. 그런데 팍스 러시아에 합류한 나라들은 모두 가난했습니다. 그래서 공산주의는 무너지고 1989년 소련이 와해되고 말았습니다.

1996년경 동유럽을 여행할 기회가 있어서 헝가리, 체코, 폴란드, 우즈베키스탄, 유고슬라비아, 몽골 등을 여행하였습니다. 팍스 러시아라고 할까, 팍스 콤뮤니즘이라고 할까, 팍스 러시아에 가입했던 나라들은 모두 가난하였습니다.

가끔 '팍스 아메리카'란 말이 돌기도 했습니다. 미국도 자기 나라의 세력을 넓히기 위하여 여러 나라와 동맹을 맺었지만, 나라의 체제가 자유민주 국가여서인지 속국 같은 관계는 아니었습니다. 그러나 미국과 동맹을 맺고 친하게 지내면 그 나라의 안보를 책임져준다는 이야기입니다. 그런데 팍스 아메리카는 여러 번 그 약속을 지키지 못하였습니다. 중국의 장개석 정부도, 월남도 지켜주지를 못하고 공산정권에 넘겨주고 말았습니다.

그래도 이스라엘만은 철저히 지켜주었습니다. 이스라엘은 600만 국민밖에 안 되는 작은 나라입니다. 그런데 그를 둘러싸고 있는 아랍 국가들 - 이란, 이라크, 요르단, 시리아 등 - 에 둘러싸여 있어서 인구 비례로 100대 1의 작은 나라입니다. 그들이 전쟁을 걸어온다면 한나절도 버티지 못할 처지이지만 이스라엘은 두 번의 전쟁에서 그들을 제압하고 한때는 시나이반도와 레바논을 모두 점령하고 시리아 일부까지도 점령했었습니다. 물론 이스라엘의 단결과 발전된 무력도 있었지만, 그 뒤에 버티고 있는 미국의 절대적인 힘이 있었다는 것은 누구나 다 아는 일입니다.

지금 세계는 둘로 나뉘어서 팍스 아메리카이냐, 팍스 차이나냐로 서로 으르렁거리고 있습니다. 한동안 미국의 보호를 받던 필리핀은 로드리고 두테르테가 대통령이 되면서 팍스 차이나의 그늘 속으로 들어갔고, 미국이 철수한 필리핀은 가난의 나락으로 떨어졌습니다. 그래도 중국을 믿고 두테르테 대통령은 큰소리를 치고 있습니다. 영토가 붙어 있으니 어쩔 수 없지만, 베트남, 캄보디아, 라오스도 팍스 차이나의 그늘 속으로 들어가고 있습니다. 그러나 중국과 가까이 있지만, 중국의 간섭과 억압을 싫어하는 국가들은 중국에 맞서고 미국이 그들을 은근히 도와주어서 남지나해에서의 긴장이 고조되고 있습니다.

그런데 팍스 차이나 밑에는 평화가 없습니다. 차이나는 너무도 욕심이 많아서 자기네 속국을 그냥 두지 않습니다. 철저히 뭉개서 소화를 시켜야 만족하는 욕심 비대증에 걸린 게 중국입니다. 그래서 팍스 차이나 밑의 나라들은 거의가 가난합니다. 베트남, 라오스, 캄보디아, 타일랜드, 티베트, 네팔 등등 모두 가난합니다. 그리고 그들이 팍스 차이나 밑으로 들어가고는 더 가난해졌습니다.

그런데 기원전 5~6세기부터 자라기 시작한 로마도 천년이 못가 쇠하고 말았습니다. '팍스 로마냐'가 무너졌습니다. 팍스 러시아도 무너져 동유럽의 많은 나라가 독립했습니다. 몽골, 우즈베키스탄, 루마니아, 헝가리, 체코 등이 완전히 독립하여 한동안 가난했던 나라를 부흥시키려는 노력을 많이 하고 있습니다. 팍스 아메리카도 그전보다 힘이 많이 빠졌습니다. 쿠바, 베네수엘라도 미국의 턱밑에 살면서도 반미정

책을 가지고 버티고 있습니다.

그러면 가장 안전한 우산은 무엇일까요? 성경을 보면 '팍스 여호와'일 때 이스라엘은 강국이었습니다. 지금의 레바논, 시리아, 요르단이 모두 이스라엘의 영토였습니다. 아마 이스라엘이 가장 강했던 때가 다윗왕과 솔로몬왕 때일 것입니다. 그런데 이스라엘이 먼저 여호와를 버렸습니다. 많은 예언자가 여호와께 다시 돌아오라고 했지만, 이스라엘은 여호와를 버렸습니다. 그리고 그들은 많은 침략을 받았습니다. 이집트와 시리아 등 주위의 여러 나라가 이스라엘을 침범하고 BC. 722년 시리아는 이스라엘을 완전히 점령해버렸습니다. 그 후에 좀 남아 있던 유다는 BC. 605경부터 바빌로니아의 지속적인 침략을 받다가 BC. 586년 완전히 점령을 당하고 성벽은 허물어지고 말았습니다. 한때 귀환하여 다시 성을 쌓기도 했지만, BC. 46년경 폼페이우스에 다시 점령을 당하고 저항했지만, 테오도시우스에 의해 AD. 70년 완전히 망해버리고 말았습니다.

지금 팍스 아메리카, 팍스 차이나를 가지고 한국의 국민은 갈팡질팡하고 있습니다. 원래 외교에서는 '근공원친'이라는 말이 있습니다. 가까운 나라와는 대결하고 먼 데 있는 나라와 친해야 좋다는 것입니다. 국경을 같이 하면 마찰이 생길 수가 있고 먼 곳에 있는 나라는 침공을 잘 못하니 그저 장사나 하는 사이로 남을 수 있기 때문입니다. 독일과 오스트리아는 국제적인 시비가 붙을 때면 항상 독일은 오스트리아를 제일 먼저 침범했고, 일본과 중국은 틈만 나면 우리나라를 침략했습니다. 독일과 프랑스도 항상 전쟁하는 사이였고, 러시아와 우크라이나도 지금 전쟁 중입니다.

우리나라가 물론 중국과 가까운 것보다는 미국과 친한 것이 경제적으로 문화적으로 유익한 것이 사실이라고 믿지만 나는 '팍스 여호와'라고 말하고 싶습니다. 팍스 여호와는 우리가 여호와를 버리지 않는 한 여호와가 우리를 버리지는 않고 그의 세력은 영원할 것이기 때문입니다.

논쟁

논쟁은 서로 반대되는 의견을 가지고 말싸움하는 것을 뜻합니다. 토론이 과열되어 말싸움하는 것인데 여기서 진전이 되면 싸움도 되고 전쟁으로 번질 수도 있을 것입니다. 토론은 같은 목표를 두고 이야기를 벌이는 거지만, 반대되는 의견을 가지고 토론하는 걸 두고 '논쟁'이라고 합니다.

역사적으로 유명한 논쟁을 들라면, 할로 섀플리와 히버 커티스가 은하와 우주의 크기를 두고 한 논쟁을 이야기합니다. 또 스티브 더글러스와 에이브러햄 링컨이 국민의 주권과 노예제도를 두고 한 논쟁도 역사에 남는 논쟁이라고 합니다. 종교적으로는 아리우스와 아타나시우스의 삼위일체론을 가지고 논쟁했고, 니케야 종교회의에서 판결이 나기 전 아리우스가 죽어서 아타나시우스의 삼위일체론이 결정되었다고 역사는 이야기하고 있습니다.

우리는 젊어서 이어령 선생과 김동리 선생, 이어령 선생과 염상섭 선생의 〈사상계〉에서의 논쟁을 기억하고 있으며, 나는 이때 선배인 김동리 선생과 염상섭 선생에게 굴하지 않고 대항하던 이어령 선생에게 박수를 보냈던 생각이 납니다.

나도 고등학생 때나 대학생 때 토론하며 논쟁을 벌인 게 여러 번 있지만, 논쟁에서 이겨 본 일은 별로 없습니다. 왜냐하면 나는 논쟁을 하다가 상대방이 우기면 '그래, 너 잘났다.' 하고 물러나 버리는 끈질기지 못한 성격 때문입니다. 논쟁에 이기려면 그의 논조가 옳든 그르든 간에 고집이 세서 자기의 의견을 끝까지 고집해야 하고 싸움도 불사하겠다는 전투적인 태도가 있어야 하기 때문입니다.

북한에서는 학생들에게 토론을 많이 권장합니다. 소년단에서도, 민주 청년연맹에서도, 노동당에서도 토론을 열심히 권장합니다. 소년단 회의에서도 토론회가 있고 학교 전체 소년단 회의에서도 토론회가 있습니다.

오래전 1948년 대한민국 정부 수립 때 단독선거를 반대하는 집회들이 많이 열렸고 토론회들이 열렸습니다. 나도 그 토론회에 참석하여 연사로 나간 일이 기억납니다. 이를 이해하려면 학교 웅변대회라고 생각하면 될 것입니다. 그래서 토론을 잘하는 학생이 소년단 간부가 되곤 했습니다. 그래서 주체사상을 공부한 좌파들은 토론을 잘합니다.

그런데 이런 논쟁에서는 고집이 세고 오만한 사람이 유리합니다. 그리고 대학병원에서는 과장님이 이야기하면 좀 틀리더라도 그냥 가만히 있어야지 반박했다가는 소위 찍히는 일이 생깁니다. 언젠가 대학에서 컨퍼런스 중에 이견이 생겼습니다. 과장 교수와 다른 교수 간에 이견이 있었는데 과장은 매우 오만한 사람이었습니다. 그가 논쟁에서 밀리자 "내가 그렇다면 그런 거지, 무슨 이론이 있느냐?"고 고집을 부렸습니다. 자기가 미팅에 가서 그런 말을 들었다고 우겼습니다. 나는 그

과장의 주장이 틀렸다면서 교과서를 펴서 그 앞으로 밀어주니까 교과서를 덮어버리고는 "이 교과서는 틀린 주장을 하고 있다."면서 화를 내고는 방을 휙 나가 버렸습니다. 며칠 후 컨퍼런스에서 다시 그 문제가 대두되었는데 과장이 "내가 언제 그랬느냐? 너희가 틀린 말을 했지, 내가 한 말이 교과서에 있는 말이 아니냐?"라고 우겼습니다.

그도 요새 정치인들처럼 말을 바꾸어 버린 것입니다. 모든 사람이 할 말을 잃고 아무 말도 못 하고 나는 '그래, 내가 졌다.' 하고 입을 다물어 버렸습니다. 그 자리에 참석했던 전공의들도 아무 말 못 하고 나가서 자기들끼리 수군댔습니다.

오래전 나경원 국회의원이 "나는 유시민 의원과는 토론할 수 없어요. 그와 이야기를 하면 두 마디를 하기도 전에 싸우자고 눈에 독기를 품고 달려들기 때문에 겁이 나서 말을 할 수가 없어요."라고 토로했습니다. 유시민 의원도 "나를 미워하는 사람은 있어도 나를 무시하는 사람은 없습니다. 누구도 나와 토론하여 이긴 사람이 없기 때문이에요."라고 자랑스럽게 이야기했습니다.

나는 그것이 자기가 토론을 잘해서가 아니라 논쟁하면 눈에 살기를 띠고 전쟁을 하자고 달려들기 때문일 것입니다. 나는 그가 오만하고 예의가 없는 사람이라고 생각했습니다.

우리는 정치인이 진실을 왜곡하고 자기가 한 말을 번복하고 거짓말을 하는 사람들을 종종 봅니다. 특히 공부를 안 한 국회의원들의 발언에서 그런 잘못된 말을 많이 듣습니다. 그러면 그들은 자기의 잘못이 없다고 고집을 부리고 정말 잘못이 판명되면 '아니면 말고'라는 식으로 사과도 하지 않은 채 자기 자리로 들어가 앉아 버립니다. 그런 사람 중에 제일 눈에 띄는 것이 안민석 의원이었습니다.

박정희 대통령이 스위스에 은닉한 비자금이 조가 넘는다, 최순실이 박근혜와 경제 공동체인데 그들이 은닉한 재산이 3조가 넘는다는 등 이야기했는데 아닌 게 밝혀지니까 '아니면 말고' 하고는 뒷말이 없습니다. 이런 사람들과는 토론도 논쟁도 할 수가 없습니다. 그들의 말은 답이 필요 없는 일방적인 말이기 때문입니다.

언제인가 친구인 목사님이 웃으면서 이런 말을 했습니다. "목사의 위치가 좋은 것은 내가 가끔 설교할 때 말을 잘못해도 질문하는 사람도 없고 토론하자는 사람도 없거든요." 맞습니다. 목사님의 설교에 토를 달고 질문하는 사람이 없고 토론하자는 사람도 없지요. 사실 설교를 들으면서 예화를 잘못 인용하거나 역사의 연대를 잘못 말씀하는 것을 들은 일이 여러 번 있어도 그러려니 하지 반박은 못 하거든요.

가끔 집에서도 상반된 의견으로 아내와 언쟁을 합니다. 그럴 때 나는 백전백패입니다. 아내는 이런 논조를 폅니다. "당신, 말 잘한다고 소문났지 않아요? 강의도 잘하고 교회에서 설교도 잘하지요. 그러니 논쟁에서 이기는 건 당연하지요. 이 말싸움에서 당신이 이기면 당신의 말재주를 내가 못 당해서이고, 당신이 진다면 그야 진실이 당신의 말재주를 이긴 것이에요."라고 합니다. 그러니 나는 아무래도 진 것입니다. 옆에 있던 딸도 웃으면서 자리를 떠버립니다.

나는 이때까지 누구에게도 논쟁에서 이긴 일이 없습니다. 더욱이 여자에게는 이길 재간이 도저히 없습니다. 그저 조용히 물러가면서 "그래, 너 잘났다." 하고 남이 듣지 못하게 중얼거리는 것밖에는….

얼굴이 잘생긴 사람은

요새 한국에서 폭발적인 인기를 끌고 있는 정동원이라는 소년 가수가 부르는 "얼굴이 잘생긴 사람은 늙어가는 것이 슬프겠지…"라는 노래가 있습니다. 그렇지요, 얼굴이 고운 사람은 늙어서 주름이 생기는 것이 무섭도록 슬프겠지요.

오래전 ≪폭풍의 언덕≫이라는 영화를 찍은 캐서린 역의 메를 오베론은 나이가 들어 아름다운 모습이 사라지자 일절 대중 앞에 나타나지 않았다고 합니다. 자기의 아름다웠던 모습을 기억하는 사람들에게 실망을 주지 않기 위해서였다고 합니다.

여자에게 아름다움이 큰 재산일 수도 있습니다. 그래서 젊은 아름다운 여자 중에는 도도한 사람이 좀 있습니다. 내가 대학생일 때 교회의 대학생회에서도 얼굴이 좀 예쁜 여학생 하나가 도도하기 이를 데 없었고, 정말 그녀의 눈에 차는 사람이 없는 것 같았습니다. 그리고 몇십 년 후 만난 할머니가 된 그녀가 그때의 도도함이 어디로 갔는지 평범한 여인으로 변해 있었습니다.

얼굴이 잘생긴 사람뿐 아니라 돈이 많은 사람 중에도 그런 사람이 있습니다. 그들은 돈이 있는 한 도도하고 오만한데 나이가 들어도 오만한 것은 없어지지 않습니다.

그런데 하나님은 모든 사람에게 공평하십니다. 돈이 많은 사람이나 돈이 없는 사람, 권력이 있는 사람이나 힘이 없는 사람 모두 공평하게 생로병사의 과정을 주셨습니다. 누구에게나 하루는 24시간이고 1년은 12개월이고 누구나 똑같이 늙어가고 추해지고 죽고 썩어집니다. 그런데 죽고 난 후의 장례 의식은 다릅니다. 어떤 이는 왕릉, 어떤 이는 공동묘지에 묻히고, 어떤 이는 시신이 버려져 들짐승과 새들의 먹이가 됩니다. 경주에 있는 왕릉이나 이탈리아의 성당에 묻혀 있는 귀인들과 옛날 한국의 망우리에 있던 공동묘지를 보면 많은 차이가 있습니다.

성지 순례를 가보면 다윗왕의 무덤과 헤브론에 있다는 아브라함의 무덤, 이삭과 야곱의 무덤이 장엄하게 장식되어 있습니다. 지금은 유골마저 없어진 무덤이 웅장하고 아름답게 꾸며있지만, 그 아름다운 무덤과 죽은 이들과는 상관이 없습니다.

그런데 종교적일수록 공평해집니다. 얼마 전 아랍국가의 왕이 죽었다고 합니다. 그는 수조 달러에 달하는 재산과 신분은 왕이었습니다. 무슬림의 법에는 시신을 관에 넣지 못하게 되어 있다고 합니다. 그래서 그냥 형겊에 싸서 돌무덤에 묻는다고 합니다. 비석도 없고 능도 없습니다. 그러고 보면 무슬림이 상당히 종교적이고 신의 공평한 뜻을 따르는 게 아닌가 하는 생각이 듭니다.

오래전 목사님이 보여준 장례식 영상이 기억납니다. 오토 폰 합스부르크라는 합스부르크 왕가의 마지막 황태자의 장례식이었습니다. 합스부르크 왕국은 1500년대부터 알프스 지역을 중심으로 유럽의 많은 제국을 거느린 왕실이었습니다. 오스트리아, 헝가리, 크로아티아, 체코, 루마니아 등을 거느리다가 1918년에 해체되었습니다. 오토 폰 합스부르크는 그 합스부르크 왕가 제국의 마지막 황태자였습니다. 그는 유럽연합회의 회장이었고 많은 사회적 명예직도 가졌습니다. 그의 장례식이 2011년 7월 4일 거행되었습니다. 그의 관이 그가 묻힐 비엔나의 카푸친 교회에 도착하였습니다.

인도자가 교회의 문을 두드립니다. 안에서 누구냐고 묻습니다. 인도자가 '합스부르크의 마지막 황태자, 유럽연합회의 회장 등등.'이라고 그가 생전에 가졌던 직함을 부릅니다. 안에서 소리가 들려 옵니다. "우리는 그런 사람을 알지 못합니다." 인도자는 다시 문을 두드립니다. '문학박사, 철학박사, 신학박사인 오토 폰 합스부르크'입니다. 안에서 다시 소리가 들려 옵니다. "우리는 그런 사람을 알지 못합니다." 얼마 후 인도자가 다시 문을 두드립니다. "주님의 천한 종 오토 폰 합스부르크입니다." 그제야 문이 열리고 장례 행렬이 문으로 들어가는 장면입니다.

나는 그 장면을 보고 많은 느낌을 받았습니다. 그렇습니다. 우리는 사람을 호칭할 때 지금은 그가 가지고 있지 않은 직함을 넣어 부릅니다. 오래전에 대통령을 했던 사람은 죽은 후에도 대통령이고 몇십 년 전에 장관을 지낸 사람은 아직도 장관입니다. 젊었을 때 한국에서 손님이 오셨는데 한국에서 장관을 하신 분입니다. 우리가 살던 동네의 유지분에게 모시고 갔습니다. 그 유지분 역시 큰 정당의 대표를 지낸 분이었습니다. 그 두 분은 저녁을 드시면서 저녁 내내 "○○ 장관님" 하고 부르고 "○○ 대표님"으로 서로를 호칭했습니다. 나는 속으로

'해병대도 아닌데 한번 장관이면 영원한 장관인가?'라면서 속으로 웃었습니다. 제 지인 중에도 대학총장을 지낸 사람이 있습니다. 그런데 그는 총장을 물러난 지가 10년이 넘는데도 아직도 '총장님'이라고 불리기를 원하고 주위의 사람들이 아직도 '총장님'이라고 부르고 있습니다.

또 지인 중 국회의원을 지낸 사람이 있습니다. 그런데 그 친구는 국회의원을 물러난 지가 10년이 넘었는데 '국회의원 ○○ 분과위원'이라는 명함을 만들어 그 부분을 빨간색으로 지우는 듯 줄을 긋고 나누어 줍니다. 아마도 빨간색으로 지운 것은 없애려고 한 것이 아니라 강조하기 위한 것 같기도 했습니다. 그가 국회의원을 그만둔 지 10여 년이 넘었으니 그때의 찍은 명함은 다 없어졌을 텐데 다시 인쇄한 것 같다는 생각도 들었습니다. 아마도 국회의원직이 그렇게 좋았고 지금 국회의원직을 버린 것이 그렇게 아까운 모양입니다.

그보다 더 재미있는 일이 있습니다. 교회 장로님은 교회에서만의 직분인데 밖에서도 장로님으로 불리고, 골프장에서도 장로님이고, 맥줏집에서도 장로님입니다. 나는 교회의 직분이 골프장에서 무슨 영향이 있을는지 모르겠지만 사람들은 골프를 치면서도 '장로님'이라고 부르고 불린 사람은 당연하다는 듯이 여깁니다. 아마도 장로라는 직분이 그렇게 명예스러운 모양입니다. 그래서 어떤 교회에 가면 장로가 되기 위하여 많은 공을 드립니다. 헌금도 많이 하고, 교회 봉사도 많이 하고, 목사님께 대접도 합니다. 심지어 어떤 사람은 큰 교회에서는 장로가 되기 힘이 드니까 작은 교회에 가서 장로가 되어 가지고 오는 사람도 있습니다.

"얼굴이 고운 사람은 늙어가는 것이 슬프겠지…"라는 노래처럼 권력이 있거나 명예가 있는 사람은 세월이 가고 그 명예가 없어지는 것이 슬픈 모양입니다. 그래서 죽은 후 비석에도 박사님, 장로님, 장관님, 국회의원님, 미스 ○○ 이라고 새겨야 하지 않을까요?

그런데 무슬림에서도, 비엔나의 카푸친 교회에서도 그런 명예를 가진 사람을 모른다고 합니다. 하나님 나라에서도 그런 직함을 가진 사람을 모른다고 할 것이라고 나는 생각합니다.

안달

어느 날 토끼가 지네에게 말을 걸었습니다. "야, 너는 참 발이 많구나! 나는 걷거나 뛸 때 어느 발을 먼저 내밀까 생각하는데 너는 어느 발을 먼저 내밀고 다음에 어느 발을 내밀지 어떻게 결정하니? 넌 참 머리가 좋은가보다."라고 했습니다. 지네가 그 말을 듣고 자기 발을 내려다보니 정말 발이 많습니다. 그래서 토끼의 말대로 걸을 때 어느 발을 먼저 내딛고 다음에 어느 발을 내딛을까 생각하다가 보니 너무 복잡하여 걸을 수 없었다고 합니다.

나는 발이 두 개밖에 없습니다. 그러니 걸을 때 어느 발을 먼저 내밀어야 할지 생각을 안 합니다. 물론 군대에 갔을 때와 체육 시간에 행진할 때면 왼발, 오른발 하면서 내딛는 발을 생각하지만, 보통은 어느 발을 내딛는지 생각해 본 일이 거의 없습니다.

수학밖에는 아무것도 생각을 안 하는 한 교수가 있었습니다. 어느 날 친구가 "자네는 연구실이 인생의 전부로 생각하지만, 자네가 모르는 세계가 더 크다는 걸 생각해 보게나. 오늘은 자네가 알지 못하는 세계에 가보세."라며 음악회에 데리고 갔습니다. 그날은 바이올린 연주를 하는 날이었습니다. 한 시간 반 동안 바이올린 연주를 감상하고서 친구가 "야, 오늘 연주 정말 환상적이었다. 바이올린 연주자의 연주는 정말 기가 막혔어. 자네는 어땠나?" 하고 물으니 수학 교수가 "나는 뭐가 뭔지 모르지만, 연주자가 이천칠백아홉 번 팔을 올리고 내리고 했다는 것만은 아네."라고 했습니다. 수학 교수는 바이올리니스트가 팔을 몇 번 올리고 내리는 것에만 주목했지, 얼마나 아름다운 곡을 연주한 건지는 자기의 세계 밖이었습니다. 아마 연주자의 음악이 그 팔 동작을 세는 데 방해가 되었을는지도 모르지요.

나에게도 강박관념이 있습니다. 그래서 장거리 운전할 때는 목표지가 어디이고 몇 마일이니까 몇 시간이면 갈 것이다. 그러니 어디까지는 몇 시에 도착해야 정한 시간에 도착할 수 있을 것이라는 생각에 여기가 어디이고, 몇 마일이 남았고 하는 것에 신경 쓰느라고 밖의 경치는 감상할 여지가 없습니다.

뉴저지에서 80번 도로를 타고 가자면 포코노 산을 지나고 아팔라치안 산맥도 넘어야 합니다. White Heaven을 넘어갈 때면 저 밑의 마을들이 까맣게 밑으로 보이고 절벽 밑으로 난 길로 차들이 줄을 지어 갑니다. 그 아름다운 길을 운전하는 나는 더구나 가을의 아름다운 단풍조차도 눈에 들어오지 않습니다.

오래전에 여러 사람이 유럽 여행을 갔습니다. 그런데 그중에 한 친구는 아침에 만나면 "오늘이 며칠이지요? 벌써 며칠이 지나갔네요. 이제 며칠밖에 안 남았어요."라는 인사로 시작했습니다. 지나간 날을 자꾸 계산하면 무엇하고 앞으로 남은 날을 자꾸 계산하면 무엇합니까. 아무리 막으려 해도 하루하루는 지나가고 여행은 끝이 나는데요.

요새 친구들에게서 카톡이 옵니다. 우리가 인생길을 얼마나 왔고, 나이가 드니 우리가 지켜야 할 노인 수칙이 무엇이고, 무엇을 먹어야 건강을 유지하고 오래 사느냐 하는 이야기들이고, 어떤 친구는 그런 이야기만 보내주는 친구도 있습니다. 또 한 친구는 우리 반에서 같이 공부하던 누가 죽었는데 우리 반에서 몇 명이 죽었고, 몇 명이 살아있는데 몇 %가 살아있다는 이야기를 보냅니다. 나는 이 친구도 나처럼 단풍 구경도 못 하고 도로표시와 자동차의 마일리지만 신경 쓰고 운전하는 나의 강박관념과 비슷하다고 생각합니다.

내가 인생을 얼마나 살았는지 자꾸 생각한다고 하여 나의 인생길이 변하는 것은 아닙니다. 바이올린 연주자의 팔이 몇 번이 올라갔다 내려왔느냐가 중요한 것이 아니라 그가 연주하는 아름다운 곡을 즐길 줄 아는 것이 참인생을 사는 모습일 겁니다.

우리는 얼마나 살지 모릅니다. 30대에 죽은 사람은 30대가 겨울일 것이고, 김형석 교수님처럼 103세를 사시면 60대가 인생의 중반일 것입니다. 그러니 마치 교도소에 있는 사람이 앞으로 며칠이나 있으면 석방이 될지를 달력에 적어가면서 계산하는 것처럼 우리의 하루하루를 계산하면서 산다는 것은 의미가 없을 것입니다.

"모든 것은 생각하기에 달렸다."라고 합니다. 나는 강박관념이 있어서 어디 여행할 때면 공항에 아주 일찍이 나갑니다. 만일에 가다가 자동차가 고장이 나면 택시를 불러 타고 갈 시간적인 여유가 있어야 할 것이 아니냐고 식구들을 들볶습니다. 그래서 아내에게서 안달쟁이라는 소리를 듣습니다. 그런데 이렇게 성질이 급하고 안달인 성격이 한국에서는 어느 정도 통하지만, 느림뱅이 나라에서는 통하지 않습니다.

그러니 이 안달쟁이 성격이 미국에서 살려니 여간 고생이 아닙니다.

어느 날 우리 자동차가 고장 나서 정비소에 전화해서 견인해 갔습니다. 그런데 정비소에서는 부품을 주문해야 하는데 부품이 언제 올지 모르겠다고 했습니다. 나는 안달이 나서 "아니, 차를 매일 타야 하는데 부품이 언제 올지 모른다니, 언제 고쳐질지 모른다면 나는 어떻게 하란 말이냐?"고 따졌더니 "So that is not my problem I just said that I can fix your car when part is ready."라는 것입니다. 그 옆에 있던 친구가 내가 "Rental Car 번호를 줄 테니까 차를 빌려서 며칠 타는 수밖에 없겠다."라고 했습니다. 그때 나는 차보다도 아무런 생각을 안 하고 늑장 부리는 직원이 더 원망스러웠습니다.

나는 병원을 운영할 때도 환자가 밀리면 점심과 저녁을 거르면서도 환자가 기다리게 하지 않으려고 노력했습니다. 그리고 토요일이나 일요일에도 환자가 있으면 월요일까지 기다리게 하지 않았습니다. 그래서 수술방에서 기다리지 않게 하는 의사로 소문이 났습니다. 은퇴하고 나서는 내가 암만 안달을 부려야 해결이 되지 않는다는 것을 배웠습니다. 그래도 어떨 때는 환자를 배려하지 않고 고객을 배려하지 않고 시시덕거리며 마냥 시간을 끄는 사람들을 보면 화가 납니다. 이렇게 사사건건 성질을 부리다가는 심장에 위험이 올까 봐서 자제해야 하지 않을까 싶기도 합니다.

이제는 안달은 그만하고 그저 흘러가는 대로 아름다움을 즐기면서 살고 싶습니다.

대필(代筆)

초등학교 3학년 때 제2차 세계대전이 끝나고 우리나라가 해방되었습니다. 그러니까 3학년 1학기까지는 일제강점기 때 학교에 다녔습니다.

초등학교 1학년 때부터 소설을 읽어서인지 그때 작문 시간에 선생님의 주목을 받았던 모양입니다. 초등학교 2학년 때는 위문품에 넣는 위문 편지를 대필하게 되었습니다. 동남아에 나가 있는 일본군에게 보내는 위문품에 초등학교 학생들의 편지도 함께 넣어야 했던 것 같습니다. 그런데 선생님이 읽어 보니까 변변하게 쓴 학생이 별로 없어서인지 반에서 몇 명을 뽑아 방과 후에 남아 하루에 10장씩 편지를 쓰도록 했습니다.

그런데 어린 학생의 머리에서 무슨 이야기가 나오겠습니까. 선생님이 준 편지지에 "조국 일본을 떠나 머나먼 이국땅에 가서 나라와 천황 폐하를 위해 싸우시는 군인 아저씨들 얼마나 수고를 하십니까! 우리들은 목숨을 걸고 나라를 위해 싸우시는 아저씨들 덕분에 오늘도 잘 있으며 공부하고 있습니다. 우리는 얼른 자라서 아저씨들처럼 나라를 위해 목숨을 바칠 것이고 만일 아저씨가 대일본제국을 위하여 꽃처럼 산화하면 당신들의 가족이 훌륭한 황국신민이 되도록 보필할 것입니다." 라는 그런 내용이었습니다.

선생님은 나의 위문 편지에 만족하셨는지 방과 후에 남아 이런 편지를 열 장을 써야 했습니다. 물론 이름은 출석부를 보고 1번에서 10번까지는 누구, 다음 20번은 누구하고 정해진 대로 편지를 썼습니다. 요새 같으면 국회 청문회에서 문제가 되었겠으나, 그때는 국회도 없고 청문회도 없던 시대였지요.

다음은 중학교 1, 2학년 때입니다. 우리가 세 들어 사는 집에 한 살 위인 여학생이 있었는데 이 여학생이 사랑에 빠졌습니다. 상대는 내가 다니는 학교 3학년생이었는데 부잣집 아들로 키도 크고 멋쟁이였습니다. 그런데 우리 주인집 딸이 나더러 그 학생에게 편지를 써달라는 것입니다. 이 요구를 하면서 나에게 시골에서 온 대추도 한 바가지 훔쳐다 주고 귀하디 귀한 오징어도 한 마리 갖다주었습니다.

나의 글씨체는 작고 오종종하여 아버님에게 꾸중을 듣곤 했지만, 여학생의 글씨체로는 괜찮은 모양이었습니다. 그 여학생이 주는 이쁜 종이에 사랑의 편지를 쓰곤 했는데 소설에 나오는 멋진 말을 인용해가면서 두 장의 편지지에 이쁘게 써서 봉투에 담아 주었습니다. 그 여학생이 학교에서 만나면 그 선배에게 전해주라고까지 했습니다. 그래서 다음날 학교에 가서 그 상급생의 교실 옆에 있다가 그를 만나 편지를 전해주었습니다.

며칠 후 학교 운동장에서 만난 그 선배가 내 손을 붙들고 구석진 데로 가더니 "야, 쪼고만 놈이 벌써 연애편지나 쓰고 전해주러 다니니?

다시는 그런 짓 하지 마라. 다시 그랬다가는 혼내 줄 거다."라고 눈을 부라리며 공갈을 치는 게 아닙니까. 나는 혼이 나서 그 사실을 여학생에게 알리고 다시는 편지를 안 써준다고 했습니다.

그 후로도 어쩐 일인지 나는 살면서 몇 번 편지를 남의 대필해주었고, 친구의 숙제도 대필해주고, 어른이 되어서는 논문도 대필해주고, 자서전도 대필해주었습니다.

군의학교에 있을 때의 일입니다. 같은 훈련생인데 친해져서 친구가 되었습니다. 이 친구가 주말에 나갔다가 한 아름다운 아가씨를 만났는데 그녀는 대구 지방의 큰 병원 간호사였다고 합니다. 그런데 이 친구는 불이 붙었는데 간호사가 냉정하더라는 말입니다. 그래서 나에게 그녀에게 보낼 편지를 부탁했습니다. 나는 또 멋진 대사를 읊어가며 편지를 써 주었습니다. 이 친구가 편지를 여자에게 주고 그 간호사는 이만한 사람이면 되었다고 여겼는지 둘이 연애를 시작했습니다. 그 후 이 친구, 그녀를 집으로 데리고 가서 어머니께 인사시켰는데 그의 어머니가 결사반대하여서 결혼은 못 하고 헤어졌다고 나에게 머리를 극적이면서 아쉬워했습니다. 그러면서 "야 인마, 네 책임이야."라며 공연히 나를 원망했습니다. 아마 대필도 나의 팔자인 모양입니다.

강연회의 원고도 대필해준 적이 몇 번 있습니다. 어떤 때는 사회 명사인 친구가 잡지사에서 원고 청탁을 받았는데 그걸 나더러 써달라는 것이었습니다. 그래서 그 원고를 써서 친구에게 주었습니다. 친구는 그 원고를 잡지사에 보내고 다음 달 잡지에 크게 실렸습니다. 아무것도 모르는 친구들이 "야, 그 친구 글을 잘 쓰더라. 이번 달 ○○잡지에 그의 글이 실렸는데 아주 잘 썼어."라고 칭찬했고, 그 친구는 사모님들로부터도 많은 칭찬도 들은 모양입니다. 친구가 나에게 "이제 다시는 원고 청탁 안 받을 거야. 또 써달라고 하면 그걸 어쩌누."라며 손사래를 쳤습니다.

몇 년 전 선배님이 자서전을 쓴다고 하시면서 나에게 간곡히 부탁하는 것이었습니다. 처음에는 부담이 많아 거절했지만 여러 번 간곡하게 부탁하셔서 허락하였습니다. 선배님이 대학 노트에 자기가 자라난 배경, 학교 이야기, 살아온 사회생활을 하면서 겪은 이야기를 대학 노트에 적어 오고 나는 그 줄거리를 따라 자서전을 썼습니다. 아마 3개월 걸렸습니다. 어떤 날은 종일 그 작업에 매달리기도 했습니다. 그래서 완성하여 선배님에게 드렸습니다. 문제는 그 이후부터입니다. 선배님이 하루에도 몇 번씩 전화하는 겁니다. 몇 페이지 이런 말을 다시 고쳐야 하겠다는 것, 이런 말을 삽입해야 하겠다는 것, 이런 말은 빼야 하겠다는 등등. 그래서 좀 짜증도 나고 힘이 들었지만 2~3주 동안 이런 일이 벌어졌습니다. 그리고 한두 달 후에 자서전이 출간되었습니다.

선배님은 아주 만족하셨습니다. 그리고 책의 후기에 나의 수고에 감사하다는 말을 집어넣었습니다. 하기는 그 말도 내가 썼지만…. 나는 이것이 범죄가 되는지는 모르겠습니다만 들리는 말에 의하면 한국에서 문단에 등단하면 당장 수입이 없으니 돈이 많은 회사 사장님이나 부자의 자서전을 대필해주는 사람들이 많다는 말을 들었습니다.

요새 국회 청문회를 보면서 그럼 나는 범죄를 지은 것인가 하고 걱정하게 되기도 합니다. 물론 내가 돈을 받고 자서전을 대필해주는 것은 아니지만…. 이것도 누가 트집을 잡으면 어쩌나 하고 염려가 되기도 합니다. 내가 쓴 자서전을 읽고 "야, 그 누구가 자서전을 썼는데 잘 썼더라."라는 평을 들으면서 이것이 죄가 아니기를 바라는 마음이 간절합니다.

천재불용(天才不用)

어느 날 공자님이 수레를 몰고 길을 가고 있었습니다. 그런데 두 소년이 길에서 손으로 모래성을 쌓고 있었습니다. 공자님이 기다리다가 수레를 몰려고 하니까 한 소년이 길을 막고서 서서 "성이 있으면 수레가 비켜 가는 것이지 성이 물러설 수 있겠습니까?"라고 말했습니다. 공자님은 말문이 막혀 가만히 있었습니다.

소년과 공자의 대화입니다.

"보아하건대 공자님은 학식이 많아 모르는 것이 없다고 하던데 무엇 하나 물어보아도 되겠습니까? 밤마다 하늘을 보면 별이 총총한데 별은 몇 개나 됩니까."

"글쎄 나도 모르겠다. 하도 별이 멀리 있어서 다 셀 수가 없구나."

"그럼 가까운 데 것을 물어보면 되겠습니까? 그럼 공자님 눈에서 가장 가까운 곳의 눈썹은 몇 개나 됩니까?"

"그것도 모르겠구나."

"그럼 먼 것은 멀어서 모르고 가까운 것은 가까워서 모르면 아는 것이 무엇입니까?"

공자님은 '그래 내가 졌다.'라고는 수레를 몰고 떠나갔습니다. 그 소년 이름이 황택(黃澤)이라고 합니다. 공자가 후에 그 지방에서 '황택'이란 사람이 벼슬을 했는지, 학자가 되었는지 알아보았으나 황택이란 사람은 찾아볼 수 없었다고 합니다.

공자님은 "머리가 좋아서 남을 공격하는 사람은 크게 되지 못한다."라고 했습니다. 가끔 머리가 좋은 사람은 자기의 천재성에 취하여 남을 천시하고 자기 재주만을 내세우는 사람이 많이 있습니다.

삼국지에 '예형'이라는 사람이 있었습니다. 그는 공윤과 양조의 친구였으나 사람이 오만하여 사람들이 싫어했습니다. 그런데 그는 재주가 출중하여 어떤 책이든 한 번만 읽으면 다 외우고, 어떤 어려운 수 계산도 척척 했습니다. 조조가 그를 시험하여 북을 치는 고수로 만들었습니다. 그가 치는 북소리가 아름다워 만인이 경탄했다고 합니다. 오만한 그가 조조의 책사인 순욱과 조용을 욕보이자 조조는 그런 그를 용납하지 않고 황조에게 보내면서 '계륵 계륵'이라면서 추천했습니다. 계륵은 닭의 갈비로 먹을 것은 없고 버리자니 아깝다는 뜻입니다.

황조에게 가서도 예형이 계속 오만한 행동을 해서 결국 황조에게 죽임을 당했습니다. 아무리 천재라 하더라도 인성이 나쁘면 쓰이지 못한다는 걸 삼국지에서 교훈하고 있습니다.

애플의 창업자 스티브 잡스는 많은 굴곡의 삶을 겪었습니다. 자기가 만든 회사에서 쫓겨나기도 했습니다. 그의 괴팍한 성격에 질려서 많은 사람이 그의 곁을 떠났습니다. 그가 임종에 가까웠을 때 자기의 행동을 후회했다고 합니다.

나는 이어령 선생님을 존경하고 그처럼 글을 쓸 수 있었으면 얼마나 좋을까 하고 사숙을 했고 그분의 글은 모두 읽었습니다. 누구나 그의 천재성을 부인할 사람은 없습니다. 그러나 이어령 선생도 말년에 친구가 없음을 후회했습니다. 그는 가르치고 지도하는 재능은 남이 따르지 못할만하였으나 그에게 농담을 건네고 어깨를 치며 마주 웃을 수 있는 친구는 없었던 것 같습니다. 그는 선생님으로서는 더할 나위 없이 훌륭한 분이었으나 농담을 주고받는 친구는 아니었나 봅니다.

나폴레옹도 훌륭한 장군이고 전술가였을지는 모르나 친구는 아니었습니다. 그는 자기의 천재성에 매달린 채 다른 사람의 의견을 듣지 않았던 것입니다. 그는 러시아 원정 때 주위 참모들의 의견을 무시하고 오로지 전진만을 주장했습니다. 그는 전쟁에는 이겼으나 기후에 패배하여 몰락했습니다. 50만 명이 프랑스를 떠났으나 추위와 굶주림으로 그의 부하들은 거의 전멸하고 3천 명 정도밖에 살아 돌아오지 못했다고 하니 그의 고집으로 그 많은 군인이 희생당한 것이었습니다.

모차르트 역시 천재였지만 너그러운 친구는 아니었습니다. 그도 영광의 정점까지 도달했지만 몰락하여 죽을 때는 공동묘지에 이름도 없이 버려졌습니다.

그렇습니다. 천재성이 좋은 인성과 합한다면 큰일을 할 수 있지만, 하나님은 두 가지를 모두 주시지는 않는 모양입니다. 지미 카터는 닉슨 대통령이 불명예스럽게 물러가고 들어온 포드 대통령을 이기고 대통령이 되었습니다. 들리는 말에 의하면 역대 대통령 중 머리가 좋은 사람으로 자기 책상에 오는 서류를 직접 읽어 보는 꼼꼼한 대통령이었습니다. 그런데 그도 남의 말을 잘 듣지 않는 고집이 센 사람이었고, 한국에서 미군 철수를 고집하여 반대하는 싱글레어 장군을 면직시키고, 한국방문 때도 박정희 대통령은 만나지 않고 김영삼 씨를 만나고 가는 등 고집을 부리더니 결국은 재선에 실패했습니다.

오래전 우리 도시에 그런 분이 하나 있었습니다. 그야말로 KS 마크를 달고 경기고등학교를 졸업하고 서울대 의과대학을 졸업했습니다. 그는 자신이 가장 머리가 좋다는 자부심이 대단했습니다. 그런데 자기만 잘났다고 하는 사람을 사회에서 잘 받아 주지 않습니다. 그러니까 모여서 이야기를 하다 보면 다른 사람과 부딪치게 마련입니다. 그와 부딪쳐 본 사람이면 그를 좋아하지 않게 됩니다. 그래서 그는 친구가 별로 없었습니다. 그는 항상 외톨이였고 가까운 사람이 없었습니다.

아돌프 히틀러도 마찬가지입니다. 그는 집권 초기 나치당을 조직하여 군중의 열렬한 환영을 받았습니다. 1차대전에 패배한 독일을 일으키고 베르사유 조약을 파기했습니다. 오토반을 건설하고 중공업을 일으켜 독일을 다시 강국으로 만들었습니다. 그는 프랑스를 점령하여 1차대전 패배를 앙갚음했습니다. 그러나 그는 자기의 천재성에 취하여 다른 사람들의 의견을 무시한 결과, 독일은 치명적인 패전국이 되었습니다.

우리는 천재들을 가끔 봅니다. 그러나 천재들이 그의 재능만큼 큰일을 하느냐고 하면 꼭 그렇다고 할 수 없습니다. 그것은 학교에서 일등으로 졸업한 친구가 제일 잘되는 것이 아니란 이야기와 같습니다. 일등으로 학교를 졸업한 사람이 사람들의 기대를 배반하고 자기만을 위해 살다가 간 친구들이 너무 많고, 학교에서 공부는 뛰어나지 않지만 올바른 인성을 가진 사람이 사회를 위하여 학교를 위하여 많은 일을 한 것을 봅니다.

지금 사회에서는 IQ Test를 하여 그것으로 사람의 등급을 매기려고 합니다. 물론 머리도 좋고 인성도 좋고 뜻도 좋은 사람이 있으면 좋겠지요. 그러나 꼭 그리되지는 않는 모양입니다.

인간만이 하는 일

교회에서 설교를 들으면 목사님은 가끔 인간만이 하는 일을 말씀하십니다. 인간만이 감사할 줄 알고 인간만이 웃으며 인간만이 생각할 줄 안다는 말씀을 여러 번 들었습니다.

그때마다 나는 '그게 맞는 말일까?' 고개를 갸우뚱해보곤 합니다. 가끔 말이 힝~ 하면서 이를 드러내고 웃는 듯한 표정을 짓는 것을 봅니다. 또 개도 주인의 무릎에 얼굴을 비비면서 마치도 웃는 듯한 표정을 짓는 것을 봅니다. 우리는 주인을 찾아 먼 길을 왔다는 개의 이야기도 많이 듣습니다. 그리고는 주인을 만나면 반가워서 꼬리를 치고 품으로 달려드는 모습을 얼마든지 볼 수 있습니다.

나는 이것이 감사의 표현이 아닐까 생각합니다. 개에게 먹을 것을 주면 꼬리를 흔들고 머리를 끄덕거리는 모습이 감사의 표시라고 생각합니다. 요새 새나 돌고래, 심지어 야생동물인 코끼리나 사자까지도 자기에게 잘해준 사람과 친하게 지내는 모습을 볼 수 있습니다. 원숭이의 하는 모습을 보면 사람과 거의 비슷한 행동을 합니다. 가족끼리 모여 앉아 무엇을 하고 음식도 나누어 먹으며 붙어 앉아있습니다. 하늘의 새가 일렬로 V자 모양으로 날아가고 또 선두의 새가 지칠 때면 뒤로 가고 다른 새가 선두에 나섭니다.

그리고 보면 사람만이 감사할 줄 알고 사람만이 웃을 수 있다는 건 틀린 말이라고 생각합니다. 우리와 같은 언어는 아니더라도 그들이 소통하는 것은 틀림없습니다. 개미들이 짐을 지고 줄을 서서 가거나 아프리카 밀림에서 코끼리나 야생마들이 모여 사는 것만 봐도 그들도 소통하고 기뻐하고 행복을 느낀다고 생각하게 됩니다.

구약성경 민수기에 이스라엘을 저주하러 가던 발람의 나귀가 주인에게 반항하자 발람이 말을 때립니다. 나귀가 말하는 장면이 나옵니다. "왜 때립니까? 내가 언제 주인의 말을 듣지 않고 꾀를 부린 일이 있습니까? 내가 그동안 당신에게 충성을 다하였는데 당신이 지금 잘못된 길로 가니까 내가 못 가게 하는 것입니다."라고 합니다. 그러니 나귀가 사물을 보는 눈이 주인보다 낫다는 이야기입니다.

많은 사람이 생각하지 않고 그저 보이는 대로 판단합니다. 그리고 그것이 사실인 양 사람들을 가르치려고 합니다. 남을 가르치는 사람은 많은 책을 읽어 지식을 쌓고 사고의 폭도 늘려야 한다고 생각합니다.

같은 언어를 사용하지 않는 사람들이 처음 만나게 되면 말로 소통이 안 되니 손짓, 발짓으로 소통하려고 합니다. 콜럼버스가 처음 서인도라고 생각한 땅에 도착하여 인디언들이 피우는 담배를 보면서 "What is it?"라고 묻자 인디언들이 'Tabaco'라고 대답하여서 지금도 담배의 '타바코'가 되었습니다.

인간만이 하는 일들이 있습니다. 글을 쓰거나 기계를 사용하거나 자동차나 비행기를 만들어 타는 것, 총을 쏘아 적이나 동물을 죽이는 것도 사람만이 하는 일입니다. 그러나 느끼고 아파하고 눈물을 흘리고 감사하고 슬퍼하고 성을 내고 싸움하는 것은 거의 같습니다.

요새 개의 숫자가 많아졌습니다. 그리고 개의 역할도 눈에 띄게 많이 변했습니다. 공항에서는 사람이 가려내지 못하는 마약이 든 가방을 찾아내고, 군용견은 적이 있는 곳과 적군이 지나간 곳을 알려주고, 포로를 지키는 일도 합니다. 심지어 장을 봐오는 개도 있는데 거스름돈을 제대로 주지 않으면 짖으면서 돈을 달라는 개도 있습니다. 주인이 위기에 빠졌을 때 구해주는 개의 이야기는 너무도 많습니다. 유튜브에서 보면 집에서 심부름하는 개들이 많이 나오는데 '머리가 나쁜 사람보다 낫구나.'라는 생각을 하게 됩니다.

멤피스에 사는 아들네 집에 가면 아주 큰 셰퍼드가 있습니다. 나는 개를 좋아하지 않기 때문에 아들 집에 가면 얼마 동안은 불편합니다. 그런데 하루만 지나면 그 개는 내가 가면 꼬리를 흔들고 내가 의자에 앉아있으면 내 옆에 와서 점잖게 앉아있습니다. 며느리의 말로는 자기가 애들과 집에 있을 때 얼마나 든든하게 느끼는지 모른다고 합니다. 더욱이 아들이 밤늦게까지 직장에서 일하면 밤에 집을 지키는 데는 이 셰퍼드보다 든든한 호위병이 없다고 합니다. 내가 간혹 개가 애를 물어 중상을 입혔다는 신문 기사가 있지 않으냐고 했더니 그런 경우는 아이가 개를 괴롭혔거나 개가 먹는 음식을 빼앗아서 화를 내는 것 같고, 개를 대접해 주면 된다는 것이었습니다. 그러니 개가 나쁜 사람보다 낫다는 말입니다. 요새 우리 동네에는 개를 위하다 못해 개를 유모차에 태우고 자기가 밀어주며 산책하는 여인들이 더러 있습니다. 개도 사람에게 충성하여 우편물을 가져오거나 장바구니를 물고 오는 개도 있고, 앞을 보지 못하는 사람을 인도하는 개도 있습니다. 인간은 자기의 이익을 위하여 주인을 배반하지만 개는 자기의 명예나 작은 이익을 위하여 주인을 배반하지 않습니다.

개뿐이 아닙니다. 나는 목사님들이 사람만이 하는 일이라고 너무 자랑스럽게 말씀하시지 말았으면 합니다. 동물을 우리의 생활에 이용하는 일이 너무나 많습니다. 자동차가 나오기 전에 말은 사람에게 반려자였습니다. 머나먼 광야를 말을 타고 건너갔으며 말의 등에 마실 물과 먹을 것을 싣고 다녔습니다. 기진해서 쓰러진 주인을 끌고 물가로 인도하는 말을 영화에서 많이 보았습니다. 낙타도 사막과 광야를 건너는 상인들과 군인들의 필요 불가결한 존재였고 그들은 광야를 건너면서 낙타와 대화를 주고받았습니다.

인간만이 하는 일이라고 주장하며 다른 세계를 이해하려 하지 않는 사람은 마치 한족만이 인간이라고 하던 옛날 중국인의 지적 수준이라고 생각을 합니다. 고대인들은 자기 나라 사람들만이 인간이고 타민족은 동물이나 마찬가지로 여긴 사례들도 많습니다. 그래서 전쟁에 이기면 패전한 국민을 모조리 죽여 버렸습니다. 이스라엘이 여리고 성을 점령한 후 모든 사람을 죽였고, 스페인 사람들이 잉카족을 죽였고, 영국인이 아메리칸 인디언을 죽였습니다. 우리가 그들을 이해하지 못할 뿐입니다. 인간만이 하는 일이라고 지나치게 우월감을 느끼지 맙시다. 동물보다 못한 인간도 많이 있습니다.

시니어의 탄식

우리는 늙었습니다. 그렇게 탄탄하던 팔뚝의 근육이 사라지고 큰 무보다도 단단하던 종아리가 물렁해졌습니다. 그렇습니다. 우리는 컴퓨터와 스마트 폰을 젊은이들처럼 다룰 줄 모릅니다. 그래서 젊은이들은 우리를 꼰대니 꼴통이니 하면서 업신여기고 천시합니다.

언젠가 3호선 지하철을 타고 강남고속버스터미널로 가는 길이었습니다. 지하철 안에서 나는 좌석에 앉는 것보다는 사람들이 타는 문의 반대편에 서 있는 것이 편합니다. 그런데 그때는 어쩔 수 없이 경로석 앞에 서 있게 되었습니다. 경로석에는 40대쯤 되어 보이는 사람들 셋이 앉고 그 앞에 한 사람이 서 있었습니다. 그중의 하나가 "여기 경로석이야."라고 했는데 앉아있는 사람 중 하나가 "그래서 뭐? 우리는 돈을 내고 탔는데 왜 무료 승차하는 사람이 앉고 돈을 내야 하는 사람이 서서 가야 하는데… 공짜로 태워주는 것만도 고마운지 알아야지."라고 남이 들을 수 있게 큰소리를 쳤습니다. 아마 자기 깐에는 아주 정당한 말을 한 것처럼 의기양양했습니다. 그런데 그 자리에 있는 사람 중에 반론하는 사람이 하나도 없었고, 내게는 승객 모두가 동조하는 듯했습니다. '이제 노인 혐오증 사회화가 되는구나.' 하고 느꼈습니다.

　나는 한국에 있을 때도 무료승차를 하지 못했습니다. 한국의 주민등록증이 없는 사람은 무료승차를 할 수 없기 때문입니다. 강남의 어떤 식당은 문 앞에서 노인들이 들어오지 못 하게 하는 식당도 있다고 합니다. 노인들이 식당에 있으면 젊은이들이 들어오지 않고 노인들은 젊은이들처럼 음식을 많이 시키지도 않고 시간을 끈다는 이유라고 합니다.

　오래전에 친구와 서울 시청 뒷골목의 돼지갈빗집에 간 일이 있습니다. 우리가 식당에 들어가니 안내원이 우리를 저 구석 자리에 앉히는 것이었습니다. 가운데 좌석은 술과 돼지갈비를 먹는 젊은이들이 차지하고 있었고, 남아 있는 자리는 젊은 손님들을 위하여 남겨두는 것 같았습니다. 우리는 같은 돈을 내고 먹는데도 마치 얻어먹는 것처럼 대접을 받아 기분이 상했습니다.

　신문이나 TV에서는 나라의 경제가 나빠지는 것은 사회가 고령화되기 때문이라고 불평하고 65세의 사람이 15% 정도가 되면 준고령화 사회이고, 16% 이상이 되면 고령화 사회라고 합니다. 지금 고령화 사회 때문에 나라의 경제가 나빠진다고 엄살을 부리고 있습니다. '나꼼수'의 김용민은 국회의원이 되어 세간을 어지럽게 하고 있지만, 그는 서울역 광장의 에스컬레이터를 없애버려 꼰대들이 모이지 못하게 하자고 떠들던 사람이고, 대통령 출마를 했던 정동영 씨는 야당 대표 시절에 '노인들은 투표하지 말고 집에 가서 쉬라.'고 공언한 사람입니다. 어떤 국회의원은 나이가 많은 사람에게 죽을 때가 된 사람이라고 부른 적도 있습니다.

아마도 진보적인 사람 중에는 노인 혐오증이 더 많은 모양입니다. 오래전 신문에 지하철에서 젊은이가 노인에게 폭행하여 노인의 갈비뼈가 부러져 병원에 입원까지 했는데 법원에서 그 젊은이를 무죄로 석방했다는 기사가 나왔습니다. 노인이 젊은이에게 욕을 했으니 같이 싸운 것으로 판단했다고 합니다. 한국에서 노인들은 젊은이들과 시비가 붙지 않도록 조심해야 합니다. 물론 미국에서도 젊은이들이 노인에게 불손한 것은 사실입니다. 그래도 한국처럼 그렇게 급진적이거나 노골적이지는 않습니다.

며칠 전 친구가 보내준 카톡에서 카이스트 대학의 교수인 이병태 교수의 강연을 들었습니다. 아주 공감이 가는 하소연이고 절규였습니다. "얼마 전 박정희 대통령 탄신 105주년 기념식에 나와서 이야기를 한 젊은 여성의 말대로 나는 보릿고개의 시대를 보지 못한 세대입니다. 박정희 대통령의 세대도 88올림픽의 시대도 지나서 태어났습니다. 나는 우리나라가 우리 조상 때부터 이렇게 잘 사는 나라인 줄 알았습니다."라고 고백했습니다.

그렇습니다. 해방된 지가 77년이 되었습니다. 한국전쟁이 끝난 지 69년이 되었습니다. 폐허가 되었던 잿더미 속에서 판잣집을 세우고 이층집을 짓고 3·1 고가도로를 놓고 머리를 잘라 가발을 만들어 팔아서 세계 10위 안에 드는 나라를 만들어 준 것이 우리 꼰대들입니다. 의과대학을 졸업하고 군의관으로 가서 식판에 보리밥과 뿌리가 달린 콩나물국을 먹으며 천막에서 잠을 자며 군 복무를 했습니다. 군의 월급으로는 혼자도 먹기 어려워서 월급을 좀 더 받자고 월남 전선에 지원하려 해도 돈을 써야 하는 시대였습니다.

그런데 군 복무를 끝마치고 나오니 직장이 없었습니다. 단칸 셋방을 얻을 돈도 없는데 집을 얻어 개업한다는 것은 생각도 할 수 없었습니다. 독일의 탄광에도 대학을 졸업한 사람들이 면접시험을 보는 등 경쟁이 치열했던 것처럼 우리도 의과대학을 졸업하고서도 미국의 의과대학 졸업 자격시험이라던 ECFMG 시험을 보고서야 미국에 왔습니다. 그때 우리는 영어 실력이 시원치 않아 인도 의사들과 필리핀 의사들에게 밀렸지만, 그럴수록 우리는 더 열심히 공부했습니다. 간호사가 한밤중에 전화하면 다른 나라 의사들은 전화로 해결했지만, 우리 한국인 의사들은 그 밤에 일어나서 달려가서 환자를 보아주는 열심을 보여주며 일했습니다.

그래서 병원에서는 한국 의사들의 인기가 좋았습니다. 우리 한국 사람들은 똑똑하고 손재간이 좋습니다. 그래서 미국의 병원에서 수술을 제일 잘하는 의사 중에 한국인 의사들의 이름이 오르곤 했습니다. 한국 의사들은 전공의가 끝나고 전문의가 된 사람들이 외국 사람들에 비해 월등히 많았습니다.

그렇게 열심히 살면서 자식들을 낳고 키웠습니다. 우리가 심한 고생을 했기에 자식들을 과잉보호한 것도 사실이고, 자식들과 많은 시간을 함께 보내지 못하고 아내에게 맡긴 것도 사실입니다. 이제 그 자식들이 사회의 중견들이 되었습니다. 한국이나 미국이나 양상은 비슷합니다. 그렇게 기른 자식들이 자기를 길러 주고 그들에게 풍요와 자유와 행운을 준 부모를 꼰대라고 부르고 꼴통이라고 조롱하고 천시합니다.

이병태 교수는 부르짖습니다.

"너희들이 누리는 자유 풍요 평안함 모두가 너희가 이룬 것은 하나도 없다. 너희가 천대하는 너희 꼰대들 70대 80대가 이룩한 거다. 그리고 좌파 주사파 정부가 나라를 망쳐놓고 북쪽에다 진상하려는 좌파의 세력을 지난 선거에서 막은 것도 60, 70, 80대들이다. 너희들은 그들에게 침묵하고 도리어 그들에게 협조했지만, 꼰대들은 추운 겨울 태극기를 들고 광화문 아스팔트에서 자면서 나라가 파탄되어가는 것을 막았다. 스마트 폰을 잘 뚜드린다고 컴퓨터 조작을 좀 잘한다고 꼰대들을 깔보지 마라. 우리는 핼러윈에 몰려다니다가 참사를 당하고 클럽에 몰려가 밤새도록 춤을 추는 2030세대보다 투잡을 뛰면서 나라를 살려낸 우리 꼴통들이 더 자랑스럽다."

스승과 뱃사공

이 세상을 살아오면서 수많은 선생님의 가르침을 받았습니다. 그 많은 선생님 중 스승님이라고 평생 나의 마음속에 모시고 사는 분도 있지만 대개 그냥 일 년 동안 강의해 주고 간 지식의 전달인도 많이 있었습니다.

헤르만 헤세의 ≪데미안≫이라는 소설의 싱클레어도 그의 삶에 많은 도움을 준 사람들을 가리켜 "그는 나에게 많은 것을 가르쳐 주었다. 그러나 나는 그를 넘어 더 멀리 가야 했다."라고 고백하고 있습니다. 내가 초등학교 일학년 때 선생님이 나는 다음 학년으로 진급했지만, 다음 해에도 일학년 교과서로 가르치셨고 그다음 해에도 일학년 교과서를 들고 다니셨습니다. 10년이 지나서 나는 고등학생이 되었는데도 그 선생님은 여전히 초등학교 일학년 교과서를 가지고 다니셨습니다.

나는 대학을 다닐 때 서울 용산구 보광동에 살았습니다. 보광동의 산기슭을 따라 내려가면 한남동 나루터가 나오고 뱃사공도 있었습니다. 이 뱃사공은 사람들을 태우고 강을 건네주고서는 다시 배를 타고 제자리로 돌아갑니다. 승객은 한강을 건너서 잠실로, 또 안양 쪽으로 갔지만, 사공은 그 자리에서 왔다 갔다 만을 반복할 뿐 아무런 진전이 없었습니다. 그 선생님의 처지가 그렇지 않았을까 하고 생각했습니다.

나의 친구 중에도 학교 선생님이 많았습니다. 그중에는 중·고등학교 선생님도 있고 대학교수들도 있습니다. 그런데 중·고등학교 선생님은 십 년이 넘어도 자기가 가르치는 교과서에서 몇 발자국 더 나가지 못하고 맴돌고 있는 친구가 많았습니다. 물리 선생님은 자기가 가르치는 물리 교과서에서, 수학 선생님은 자기가 가르치는 수학 교과서가 자기의 세상이었습니다. 그러나 대학의 교수는 좀 달라서 논문도 쓰고 학회에 발표도 해야 하니까 강을 건네주기만 하는 뱃사공은 아닌 것 같았습니다. 물론 의과대학 교수님이나 전공의 때 가르쳐준 교수님은 가르쳐주는 기간도 일 년이 아니라 오랜 기간이었고 전공의 때 가르쳐준 교수님은 내가 그 과를 전공하는 한 선생님이었습니다. 그러나 전공의 시절의 선생님도 그저 지식의 전달꾼에 지나지 않는 분이 있었고 스승님으로 일생 존경하며 살아갈 분은 많지 않았습니다.

선생님과 스승님의 차이가 있는지 모르겠습니다. 우리는 스승님 하면 소크라테스와 플라톤, 공자와 안유, 자공, 예수님과 베드로를 생각합니다. 그들은 지식만 가르쳐준 것이 아니라 스승이 가지고 있는 철학 인생, 진리를 전수했습니다. 그래서 그들은 스승을 닮으려 했고 스승님이 가르쳐준 진리를 일생 따르면서 살았습니다.

오래전 대구에서 피난살이 중에 중학교 3학년에 편입했습니다. 평양에서 피난 와서 일 년을 쉬고는 월반하여 편입했기에 공부에 대한 새로운 결의가 찼습니다. 그 편입한 학교에서 삼각함수를 가르치던 P

선생님을 좋아하게 되었습니다. 키도 자그마하고 또박또박 잘 가르쳐 주셨습니다. Sign Cos Cos sign, Cos Cos Sign sign 하면서 선생님의 강의를 하나라도 놓치지 않으려고 열심히 들었고, 집에 가서도 예습과 복습을 했습니다. 이렇게 3개월 공부하고 고등학교 일학년이 되었습니다.

그때는 석탄불을 피워서 밥을 할 때라 석탄불이 잘 꺼지곤 하여서 아침밥이 늦어질 때가 많았습니다. 그날도 석탄불이 꺼져 아침밥이 늦어졌습니다. 나는 아침을 먹지 않고 학교에 가고 싶었으나 꺼진 석탄불을 피우면서 자책할 어머님에게 너무 죄송했습니다. 그래서 학교에 지각할망정 아침밥을 먹고 학교에 갔습니다. 지각생들을 두 줄로 세우고 마침 P선생님이 규율이라는 완장을 차고 지각생들에 벌을 주고 있었습니다. 그러다가 나의 차례가 왔습니다. P선생님은 나를 보더니 "이용해 이놈, 모범생인 줄 알았더니 지각을 해." 하고는 대나무 자로 나의 손바닥을 때렸습니다. 나는 그것이 얼마나 서러웠던지 모릅니다. 석탄불이 꺼져 밥이 늦어졌고 내가 아침밥을 먹지 않고 학교에 갔다면 어머니는 "내가 왜 정신없이 잤지, 좀 더 일찍 일어나 밥을 해주지 못하고…."라며 자책하실 어머님의 마음을 위로하기 위해 어쩔 수 없이 지각한 것인데… P선생님은 "왜 늦었어?"라고 물었고 나는 대답을 하지 않아서 손바닥을 한 대 더 맞았습니다. 그리고 그 후부터는 P선생님에 대한 나의 존경심이 사라졌습니다. 역시 그도 나룻배 사공이었구나 하고….

의과대학을 졸업하고 육군사관학교 병원 외과 과장이었을 때 학교에 다녔던 고등학교를 방문한 일이 있습니다. P선생님은 아직도 삼각함수를 가르치는 선생님이셨고 방문한 나를 반갑게 맞아주셨지만 특별한 애정은 보여주지 않았습니다. 학교를 나오면서도 피난 시절 내가 그렇게 따랐던 선생님에 대한 섭섭한 마음이 사라지지 않았습니다.

　나의 일생에 나도 많은 학생을 가르쳤습니다. 그리고 나는 나룻배 사공이 아니라 스승이 되고 싶었습니다. 그러나 학생은 많았고 나는 혼자였습니다. 내가 그들에게 스승으로서의 그림자로 남았는지 아니면 뱃사공으로서의 모습을 남겼는지 모르겠습니다. 그래도 열 손가락에 들만큼이라도 나를 스승이라고 생각하는 제자가 있었으면 하는 마음이 간절합니다.

전쟁의 흔적

　Danielle Steel이 쓴 ≪아버지의 발자취≫라는 소설이 있습니다. 이차대전에 유대계 독일인과 유대계 프랑스인이 독일의 부헨발트 수용소에서 살아남아 전쟁 후 미국으로 왔습니다.

　이 수용소는 23만 명의 유대인, 폴란드인, 오스트리아인들을 수용했는데 56,000여 명이 죽고 나머지 많은 사람도 영양부족과 병으로 죽게 만든 악명 높은 수용소였습니다.

　여기서 살아남은 제이콥이라는 남자와 임마뉴엘이라는 여자는 가족을 모두 잃고 살아남습니다. 그리고 너무 비참한 전쟁터를 떠나려고 미국에 이민을 신청합니다. 둘이는 서로의 어려움을 도와주다가 서로 좋아하기는 했지만, 결혼까지는 생각하지 않았는데 미국으로 오기 위해 결혼합니다.

　그들은 뉴욕으로 와서 화장실 청소도 하고 공장에서 바느질하면서 삶을 꾸려 나가는데 제이콥은 일하는 금은방의 주인을 진심으로 섬깁니다. 금은방 주인도 가족이 없이 살다가 제이콥의 가족을 만나 가깝게 지냈는데 죽으면서 전 재산을 제이콥에게 물려주어 부자가 됩니다.

그런데 그들은 전쟁의 공포에서 벗어날 수 없어 고생합니다. 부자가 된 후에도 새 옷을 사 입지 않고 만들어 입고 검소한 생활을 하면서 '다시 전쟁이 일어나지 않을까, 다시 유대인이라고 수용소에 보내어지지 않을까.' 늘 두려움 속에서 삽니다. 자식도 하나밖에 낳지 않습니다. 전쟁이 나면 대가족이 도망을 갈 수 없겠다는 염려 때문입니다.

그 아들이 잘 자라서 공부를 잘하여 명문대학에 다니고 부자 친구들과 교제를 합니다. 아들은 유럽 여행을 하면서 부모님이 살아남았다는 독일의 부헨발트를 방문합니다. 부모님의 가족이 모두 죽고 부모님만 살아남았다는 수용소를 방문하고는 눈물을 흘립니다. 그리고 어찌하여 부모님이 항상 정신적으로 불안하고 어두운 삶을 사는지를 이해하게 됩니다.

나는 우리나라도 그런 전쟁의 처참했던 유적지를 몇 개는 남겨 놓아 후손들에게 보여주어야 하지 않을까 생각합니다. 우리나라에도 한국전쟁의 유적지가 많이 있습니다. 종로의 화신백화점 지하실에서 보았던 수많은 시체, 인민재판이 열렸던 초등학교와 죽창으로 사람을 찔러 죽인 야산의 몇 군데라도 보존하여 지금의 젊은 세대에게 보여주어 전쟁의 비참함을 가르쳐 주고, 공산당이 얼마나 잔인했는지를 가르쳐 주었어야 했습니다. 그랬다면 지금 한국이 앓고 있는 종북병은 앓지 않았을 것으로 생각합니다.

한국은 그런 자리를 남겨 놓지 않았습니다. 모두 개발하여 그 위에 아파트를 짓고 상가를 지었습니다. 전교조라는 북한의 끄나풀들에게 우리 학생들의 교육을 맡겼습니다. 그래서 지금의 젊은 세대에게 한국전쟁의 참사를 알지 못한다고 야단만 치고 있습니다.

오래전 한국에서 남해 일주를 관광했을 때 거제도에 들렀습니다. 그런데 한국에서 가장 큰 거제도 포로수용소 자리는 없었습니다. 여기가 거제도 포로수용소 자리였다는 안내원의 설명만 들으며 지금은 큰 건물이 서 있는 것을 보면서 나는 매우 아쉬웠습니다.

나는 한국전쟁이 한창이던 당시는 평양에 살았으므로 서울의 실상을 알지는 못합니다.

평양에서, 종로의 화신백화점과 사동 탄광에 수많은 시체가 쇠사슬에 손목들이 꽁꽁 묶인 채로 발견되었습니다. 그때 나를 사랑해 주던 살해 당하신 목사님의 시체라도 찾기 위하여 화신백화점으로, 이름도 잊어먹은 큰 건물 지하실로, 사동 탄광으로 그들의 가족과 교회 청년회 형님들과 함께 찾아 헤매었습니다. 죽은 지 이삼 주일이 되어 시체는 썩고 냄새는 고약했습니다. 결국 목사님의 시체는 대동강 건너 역포비행장에서 찾았고, 최지훈 형님은 사동 탄광에서 다른 사람이 찾아 주었습니다.

나도 궁금했습니다. 평양이 어떻게 변했는지…. 그래서 평양에 다녀온 목사님에게 물었습니다.

"목사님 제일중학교는 어찌 되었어요, 그리고 그 뒤의 대찰리는 어찌 되었나요?"

"그곳은 모두 불도저로 밀어버려 언덕이 없어졌어요. 그리고 큰 광장이 되었어요. 그래서 어디가 어디였는지 모르겠어요. 이제 전쟁의 아픈 상처가 모두 사라졌습니다."

그 참혹한 전쟁이 그림자마저 사라져 버리고 전교조가 만든 가짜 역사 교과서만이 남았습니다. 그러니 젊은이들은 왜곡된 교과서밖에 읽을 것이 없습니다. 한국전쟁보다는 영화에 나온 제1차 세계대전에서 더 많은 것을 봅니다. 한국전쟁은 흔적이 없이 사라졌습니다.

한국전쟁이 끝난 지가 50년이 지나고 전쟁 후에 살아온 나의 삶이 훨씬 긴데도 나의 머릿속에는 아직도 전쟁의 상처가 남아 있습니다. 나는 한국전쟁 때 많이 굶주렸습니다. 아침에 멀건 나물죽을 한 그릇 먹고 저녁때 감자 하나로 지낸 날들이 얼마나 많은지 모릅니다. 그래서 아직도 뷔페에 가서 사람들이 음식을 많이 남겨 버리는 것을 보면 죄스럽고 화가 납니다.

오하이오에서 살 때는 가을에 쌀을 한 10자루를 사다가 부엌 옆에 쌓아 놓아야 마음이 놓였습니다. 그리고 옷을 한 벌 사면 옷이 해어져야 새 옷을 입는 줄로 알았습니다. 그래서 옷도 여러 벌을 사다가 저장해 놓았습니다. 아내는 그런 나를 나무랐지만, 나의 정신적 강박관념을 알고서는 가만히 내버려 두었습니다. 그래서 우리 집에는 아직도 나의 유행이 지난 옷이 여러 벌 있고 아직도 쌀 몇 자루가 저장되어 있습니다.

전쟁으로 무너진 집들은 없어지고 그 자리에 크나큰 건물이 생겼지만, 나의 머리의 뇌세포 속에는 아직도 꽝! 하고 폭탄이 터지고 집이 무너지던 소리가 완전히 없어지지 아니하였습니다.

오래전 동남아 여행을 했을 때입니다. 그곳에 녹슬고 망가진 탱크가 한 대 들판에 서 있었습니다. 이차대전 때 일본군의 탱크로 포탄에 맞아 파괴되었다는 그곳 사람들의 이야기였습니다. 전쟁이 끝난 지 70년이 넘었는데 전쟁의 상처는 남아 있었습니다.

한국에는 아직도 이차대전 때 끌려가 온갖 고생을 한 위안부 할머니들이 몇 분 생존해 있습니다. 젊은이들은 마치도 박물관에 가서 전시물을 보듯이 그들을 바라보고 윤미향이라는 여자는 그들을 미끼로 돈을 벌고 국회의원까지 되었습니다.

　전쟁이 남겨 놓은 잔해는 옛날이야기가 되고 우리의 뇌리에서 사라졌습니다. 그리고 그것을 자기들의 정치에 이용하는 목소리가 큰 사람의 억지 속에만 남아 있습니다.

복수

요새 한국 드라마에는 복수극이 많이 있습니다. 첫사랑에 실패하고 버림받은 여자가 성공하여 자기를 버린 남자에게 복수한다거나 사업상 배반을 당하거나 사기를 당하여 망한 사람의 자녀가 자라서 부모의 원수를 갚는다는 이야기입니다.

그런데 극이 전개될수록 복수하는 사람도 나쁜 짓을 하게 되어 모두 불행해진다는 드라마가 많습니다. 사람이 복수를 시작할 때는 두 개의 무덤을 파야 하는데 하나는 상대방의 무덤이고 하나는 자기의 무덤이라고 합니다. 그런데 소설이 되려면 복수극과 남녀의 사랑이 얽히면 이야기가 재미가 더 있어지는 모양입니다. 그래서 한국이나 미국의 영화나 드라마에는 남녀 간의 사랑과 복수에 대한 스토리가 많은지도 모르겠습니다. 자신한테 피해준 사람에게 복수하려면 자신이 받은 피해보다 더 잔혹한 피해를 주어야 합니다. 그러려면 더 독한 마음을 먹어야 합니다.

우리나라의 역사에도 드라마보다 더한 복수극이 많습니다. 연산군은 자기의 어머니에게 사약을 내릴 때 "네"라고 대답한 대신들을 모조리 죽였습니다. 동인이 세력을 잡으면 서인들을 귀양 보내거나 죽였고, 서인들이 권력을 잡으면 동인들이 숙청당했습니다. 이런 복수극은 독재 국가에서 더 많이 자행되었습니다.

우리가 재미있게 읽은 통쾌한 복수극은 알렉상드르 뒤마의 〈몽테크리스토 백작〉을 들 것입니다. 순진하고 착한 에드몽 당테스는 원양 무역선의 선원입니다. 그리고 고향에는 사랑하는 메르세데스란 여인이 기다리고 있습니다. 그는 주인이 맡긴 원양 항해를 무사히 마치고 돌아와 애인인 메르세데스와 결혼하려고 합니다. 그런데 가장 행복해야 할 약혼식장에서 페르낭드와 빌포르의 음모에 걸려서 나폴레옹에게 편지를 전해주었다는 혐의로 체포됩니다. 그리고 재판도 대강 받고는 국가 반역죄라는 죄목으로 고도의 감옥에 갇힙니다. 그 감옥에서 파리아 신부를 만납니다. 그는 파리아 신부에게 지식을 전수 받습니다. 17년을 감옥생활 중에 파리아 신부가 죽습니다. 그가 신부의 시체가 들어있는 자루 안으로 숨어 들어가 탈출합니다. 그리고 신부님이 가르쳐 준 크리스토 섬에 가서 보물을 찾습니다. 그는 파리로 돌아와 신비의 백작 행세를 하면서 원수를 하나하나 갚아 나간다는 이야기입니다. 그는 애인이었던 메르세데스의 아들과 결투도 하고 애인의 가슴에 슬픔을 주며, 페르낭드를 파멸시키고 빌포르도 죽게 만듭니다.

복수를 한 그가 행복했을까요? 소설 마지막 장면은 남편과 아들을 잃은 애인 메르세데스가 멀리 떠나버린다는 것으로 끝이 나지 않습니까. 그의 마음에도 역시 폐허와 허무와 비애만이 남아 있었습니다.

나는 노무현 대통령을 인간적으로 좋아했습니다. 그는 소박했으며 오만하지 않았습니다. 그는 퇴임 후에 자기 고향으로 내려가 텃밭이나

가꾸며 살겠다고 이야기했고 그렇게 살았습니다. 그런데 그의 부인이 받았다는 뇌물죄에 얽혀서 검사의 조사를 받게 되었고, 그가 부엉이바위에서 몸을 던져 극단적 선택을 합니다. 노무현 대통령의 장례식에 참석했던 지지자들은 복수하겠다고 맹세를 했습니다. 그리고 힘을 길렀고 조직을 만들었고 계획을 했고 10년 후에 성공했습니다. 그들은 보수의 상징인 박근혜 대통령을 탄핵했고 노무현 대통령을 기소했던 정권의 이명박 대통령을 감옥에 보냈습니다. 그리고 30여 년의 징역형을 내렸습니다. 그리고 적폐 청산이라는 기치를 내걸고 이명박, 박근혜 대통령 때 지도부에 있던 사람 800여 명을 감옥에 가두고 명예를 짓밟았습니다.

많은 사람이 문재인 정권을 연산군 정권이라고 말합니다. 나는 민주 사회에서 그런 처절한 복수극을 한 사실을 그리 많이 보지 못하였습니다. 그들은 술자리에 모여서 시원하게 복수했다고 축배를 들었겠지요. 그러나 눈 덩어리를 굴리면 올 때보다는 갈 때가 더 크고 갈 때보다는 다시 올 때가 더 커지지 않습니까? 복수는 복수를 낳고 피는 피를 불러 좀 더 잔혹한 복수로 이어지지 않습니까? 나는 정권이 바뀔 때 그들도 복수를 당하지 않을까 싶어서 그저 고개를 흔들었습니다.

나는 이름이 '이용해'라서 그런지 살아오면서 많이 이용당했고 배반당했고 억울한 일을 당했습니다. 학생 때 알바하면서 몇 달치 월급을 받지 못한 채 공장주는 문을 닫고 사라졌고, 신문 배달을 할 때도 몇 개월씩 신문값을 미루던 사람이 하루아침에 딴 곳으로 이사를 해버리는 경우도 많이 당했습니다. 아내와 몇 년 동안 아끼며 모아 놓은 돈을 친구에게 사기를 당하기도 했습니다. 친구에게 가짜 수표를 받고 돈을 주었다가 잃어버리기도 했고, 같이 사업하자는 꼬임에 투자했다가 날리기도 했습니다. 파트너로 들였던 의사에게 돈을 도적 맞고도 도리어 소송에 걸리기도 했습니다.

그래도 나는 복수를 생각해 보지 못한 어리석은 사람입니다. 복수도 아무나 하는 것은 아닌가 봅니다. 복수하려면 머리가 좋아서 치밀한 계획을 세울 수 있어야 하고 마음도 잔혹해야 합니다. 그런데 나는 이런 조건들을 갖추지 못하였습니다. 그뿐이 아니라 그런 강한 성격도 아닙니다. 나의 일생에 아내와 싸운 것 이외에는 싸움을 제대로 해본 일이 기억나지 않습니다. 그러니까 성경에 너의 원수는 하나님이 갚아주신다는 말을 믿고 그냥 물러서는 어리석은 사람이기도 하고, 또 복수할 용기도 없었기 때문입니다. 그저 그 사람들을 이 세상에서는 다시 만나지 않기를 바랄 뿐입니다. 그 사람들을 생각하지 않을 때 평안하지만 그 사람들을 떠올리면 괴롭고 마음이 아프기 때문입니다.

그렇다고 내가 일생 좋은 일만 하고 산 건 절대 아닙니다. 나도 누군가의 가슴에 못을 박았을 것이고, 은혜를 베풀어준 사람에게 은혜를 갚지 못했습니다. 젊어서 한창 혈기가 있을 때 다른 사람에게 오만하게 행동한 일도 있을 것이고, 나에게 부탁하러 온 사람에게 매정하게 거절한 일도 있을 것입니다.

나에게 한을 품은 사람은 없을까요? 나에게 복수하겠다고 복수의 칼을 간 사람은 없을까요? 그런 것을 모르고 나의 억울한 것만을 기억하고 있지는 않을까요? 그러나 내가 용서하면 그들도 나를 용서해주지 않겠냐는 흐릿한 생각을 해봅니다.

여존남비의 시대

남존여비의 시대라는 게 있었습니다. 그러나 생각해 보면 그리 오래지도 않은 옛날입니다. 지금의 꼰대들이 살아본 시대니까요. 지금의 MZ 세대와 알파 세대가 태어나기도 전의 일입니다.

그때 남자는 하늘이고 여자는 땅이라서 남자와 여자는 다르다는 의미였습니다. 부부가 걸어가는데 여자가 남자의 앞에 서면 안 되고 여자의 목소리가 담을 넘어서 들리면 안 된다는 관습법이 있었습니다. 가족이 식사해도 남자의 상은 따로 있고 여자는 딴 상에서 먹든지 바닥에 놓고 먹어야 하는 세상이었습니다. 남자가 바람을 피워 첩을 데리고 들어와도 질투하지 말아야지 질투하면 칠거지악이라고 하여 쫓아내도 되는 시대였습니다.

이런 이야기는 한국만 아니라 세계 어디에서나 남존여비의 법이 횡행했습니다. BC. 1450년경 쓰인 모세 5경에도 여자를 남자보다 못하게 여기는 대목이 수두룩하고 사도 바울의 시대에도 여자를 억누르는 구절이 많습니다.

20세기에 들어서 여권이 신장이 되더니 정치도 하고 사업도 하고 사회의 지도층에 오르게 되었습니다. 그전에는 여자는 집에서 밥이나 하고 남편의 뒷바라지를 하는 존재로 여겼고 또 남자들이 그렇게 만들려는 법도 만들었습니다. 1960년대에 나온 영화 중 《말띠 여대생》이란 영화가 있습니다. 이형호 감독이 만들고 신성일, 엄앵란, 최지희 등이 출연한 영화인데 여자들이 인권을 부르짖으며 당시의 사회의식에 도전한 영화입니다. 물론 코미디의 영화였지만 사회에 큰 센세이션을 일으켰습니다.

지금은 법이 강화되고 피임약이 보급되고 사회의식이 많이 변해서 임신중절수술이 많이 줄었지만, 60년대에는 임신중절수술이 많이 유행했습니다. 제가 아는 의사도 내과 전문의였으나 내과를 집어치우고 산부인과 병원에서 임신중절수술을 배워서 돈을 많이 번 사람도 있습니다. 얼마 전 여성가족부에서 일하던 사람의 이야기를 들었습니다. 그런데 그분의 회고로는 말띠 해에는 임신한 여자들이 태아의 성별을 구별하여 여아이면 중절 수술을 많이 했는데 한 해에 약 3만 명이 수술을 받았다고 했습니다. 통계에 나온 것이니 통계에 빠진 것까지 합하면 그보다 많은 숫자가 될 거라는 했습니다. 그러고 보면 호랑이띠 해에는 얼마나 많은 사람이 중절 수술을 받았는지 짐작이 될 거라 했습니다.

지금은 21세기입니다. 디지털 시대에 들어서면서 남성우월주의가 사라지고 지금은 여성우월주의가 대세인 시대가 되었습니다. 땅값은 몇백 배, 아니 몇천 배가 올랐는데 하늘 값은 하나도 오르지 않았습니다. 하기야 하늘 같은 허공을 누가 돈을 내고 사기나 하겠습니까. 그러니 여자 값은 올랐는데 남자 값은 떨어진 게 아니라 값이 없어져 버렸습니다. 아들보다는 딸이 좋다는 시대가 되었고, 친구들도 늙어서 아들 곁에 가는 사람들보다는 딸 곁으로 가는 사람이 많아졌습니다. 크리스마스나 새해에도 아들이 찾아오는 집보다는 딸들이 찾아오는 집들이 훨씬 많아졌습니다. 우리 집도 마찬가지입니다. 아들은 일 년에 한두 번 전화로써 관계를 유지하지만, 딸은 일주일이 멀다 하고 엄마와 통화하고 선물을 주고받습니다.

이제는 결혼해도 자기의 이름을 가지고 사는 여자들이 많습니다. 미국의 대통령은 남자이지만 대통령은 바지사장이고 대통령을 쥐고 흔드는 것은 낸시 페르시, 힐러리 클린턴, 미셸 오바마라는 사실은 전 세계가 아는 사실입니다. 재벌의 총수도 여자가 점점 늘어나고 있으며 국회에서도 여자들의 발언이 늘어날 뿐 아니라 여자들의 발언이 남자들의 발언보다 더 주목할만합니다. 대학에 가면 1등에서 10등까지는 여자가 대부분이고 남자는 가끔 눈에 뜨일 뿐입니다.

이제 이러다가는 쥐띠해에나 토끼띠같이 작은 동물의 해에는 남자 태아를 없애는 중절 수술이 유행하지 않을까 싶기도 합니다. 가끔 한국에서는 남자들이 이제는 남녀평등이 아니라 여남평등이래도 좋으니 그렇게 해달라고 아우성을 칠 것 같습니다. 가끔 고속도로 휴게소에 가면 남자들이 아기의 기저귀를 갈아주고 주차를 하고서는 뛰어가 커피를 사 오고 여자는 가만히 앉아서 커피를 받아먹는 풍경이 보편화되었고, 지하철에서도 남자가 여자의 백을 들고 서 있고 여자는 앉아서 화장을 고치는 장면도 많이 봅니다.

SNS상에서 남자들은 흙으로 만든 토기품이고 여자들은 아담의 뼈로 만든 골제품이라 값이 다르다고 하며 깔깔 웃어대는 것도 많이 봅니다. 영국에서는 27세에 등극한 여왕 엘리자베스 2세가 60이 넘어 왕이 된 찰스보다 더 똑똑했다고 알려졌습니다. 독일에서는 메르켈이라는 여자가 총리를 할 때 정치를 잘했고, 영국에서도 대처라는 아줌마가 총리를 할 때 나라가 잘되었다고 야단들입니다. 북한에서도 김정은의 목소리보다 김여정의 목소리가 더 앙칼지고 독하다고 합니다.

사회도 역사도 변합니다. 남성우월주의 시대가 한 7천 년 지났으니 이제는 여성우월주의 시대가 다시 한 7천 년 올는지 누가 압니까? 그때는 일처다부제가 되어 여자가 남자 첩을 들여와도 남자가 감수하고 질투하면 칠거지악에 몰려 쫓겨나는 시대가 될지도 모릅니다. 하기야 남자들이 몇천 년 여자를 압제하며 살았으니 이제는 여자가 남자들을 압제하며 살 날이 와야 공평한 세상일까요?

3

변하지 않는 진리

변하지 않는 진리

노자의 ≪도덕경≫ 1장에 "名可名 不常名 道可道 不常道"라는 구절이 나오는데 "이것만이 영원한 진리라고 고집한다면 진리가 아니요, 이것만이 영원한 도라고 고집한다면 도가 아니다."라는 뜻입니다.

1540년경 코페르니쿠스가 태양을 중심으로 지구가 돈다는 주장을 하기 전까지 지구는 평평하고 태양이 지구를 돌고 있다는 사실이 진리로 되어 있었습니다. 그러나 코페르니쿠스의 지동설과 갈릴레오의 망원경이 나오면서 이 진리는 깨졌습니다. 옛날의 진리만 고집하던 가톨릭교회는 이 학설이 성경의 창조설과 다르다면서 종교재판에 회부했지만, 오래지 않아서 가톨릭교회가 잘못이었다는 게 증명되었습니다.

우리는 뉴턴의 질량 불변의 법칙을 진리로 배웠습니다. 유리병 안에서 이런 시험을 하면 $Hcl + NaOH = Nacl + H_2O$ 가 되는데 질량은 변하지 않더라는 물리학의 법칙입니다. 그런데 아인슈타인은 여기에서 에너지가 방출되면 질량이 방출된 에너지만큼 줄어든다는 에너지의 법칙을 설명했습니다. 그러니 뉴턴의 질량불변의 법칙도 전체가 변한 것은 아니지만, 약간의 수정이 필요하게 된 것입니다.

1915년 멘델 에프는 주기율표에 63개의 원소를 기재했지만, 지금은 주기율표에 118개의 원소가 기재되어 있습니다. 화학의 주기율표에서 새로운 원소가 발견되고 등재가 되면 그전에 있던 화학방정식에 교정이 필요하지 않을까요?

물론 역사나 사회에서는 정의라는 정의가 자주 변합니다. 공화정치를 주장하던 공화파가 애국자였다면 줄리어스 시저를 암살한 카시우스와 브루투스가 애국자가 되어 훈장을 받아야 하는데 로마 시민들은 브루투스의 집에 몰려가 집에 불을 질렀고 브루투스는 자살했습니다. 그래서 정치에는 진리라는 것은 존재하지 않고 오로지 승자만이 존재하는지도 모릅니다.

문재인 전 대통령은 대통령 선거 유세에서 "사람이 먼저다."라고 말을 했고 대통령으로 있으면서도 '사람이 먼저'라는 이야기를 자주 했습니다. 그런데 문재인 대통령에게 사람이라는 정의가 타당성이 있는 객관적인 것이 아니었나 봅니다. 그는 한국의 공무원이 서해에 표류하다가 북한군에게 사살을 당하고 불에 태워진 그 날 그가 보고를 받았는지는 모르지만, 그는 잠을 잤고, 또 북한에서 오징어배를 타고서 자유를 찾아온 어부들을 눈을 가린 채 북한으로 돌려보냈습니다. 물론 그들이 북한으로 북송되면 사형을 당하리라는 것은 뻔히 다 아는 일이었습니다. 그러니 문재인 씨의 사람이 먼저라는 말이 '내 사람이 먼저'라는 의미였겠지요. 아니면 '내'라는 말을 빼고 했는지 모르지만…. 하여간 그는 한 사람 한 사람이 꼭 같은 비중을 가지고 있다고 생각하지 않았습니다.

오래전 이런 이야기를 기독교인들이 모인 자리에서 하다가 어떤 사람이 "아니, 그럼 당신은 하나님도 변한단 말입니까?"라고 공격한 사람이 있습니다. 나는 "단연코 하나님도 변하십니다."라고 했습니다. 하나님도 스스로 변하시고 그 마음을 바꾸신 일이 여러 번 있습니다.

구약성경에 보면 하나님이 노아의 홍수를 내리시고는 후회하셔서 다시는 이런 일이 없게 하겠다고 약속으로 무지개를 보여주셨다고 합니다. 또 광야에서 이스라엘 백성들이 죄를 범하자 이 백성을 싹 쓸어버리겠다고 작정하시고 모세에게 통고했습니다. 모세는 간절히 기도하면서 "이 백성을 살려 주십시오. 차라리 내 이름을 생명책에서 지우는 한이 있더라도 그런 일을 하지 마옵소서."라고 간구하자 마음을 바꾸어 형벌을 내리시지 않았습니다. 또 며칠 안에 히스기야 왕의 생명을 거둔다고 이사야 선지자를 통하여 통고하셨는데 히스기야 왕이 눈물로 간절한 기도를 하자 생명을 15년이나 연장해 준 일도 있습니다. 하나님은 천지의 운행도 지연을 시키신 일이 있습니다. 여호수아가 아모리 족과 싸울 때 그리고 히스기야가 자기의 생명을 연장시켜 주신다는 하나님의 말씀을 믿어야 할지를 물을 때 태양의 위치를 뒤로 물리신 일이 있습니다. 그리고 구약의 하나님과 신약의 하나님의 변하신 경륜을 우리는 성경 곳곳에서 볼 수 있습니다. 구약에서는 오로지 이스라엘의 하나님이었지만 신약에서는 모든 인류의 하나님이 되셨다는 것입니다.

우리는 예수님이 이 세상에 오셔서 유대인만의 하나님이 아니라 온 인류의 하나님이신 것을 가르쳐 주셨습니다. 그래서 죄인이고 유대인들의 멸시의 대상이던 사마리아 사람을 칭찬하신 일이 여러 번 있습니다.

얼마 전 책을 보니 '1+1=2다'라고 말을 하고 이것을 과학의 진리라고 말하지만 '1+1'을 할 수가 있느냐는 것입니다. 물론 종이 위에서 컴퓨터의 모니터 위에서는 할 수 있겠지요. 그러나 세상에 꼭 같은 물체나 사물이 존재하지 않은데 어찌 '1+1'이 될 수 있느냐는 것입니다. 시장에 나가 사과를 사도 꼭 같은 것이 없고 한 기계에서 구워내는 붕어빵도 꼭 같은 것이 나오지 않는데 같은 것으로 다루는 것부터가 잘못이라는 것입니다. 가령 빵 10개를 열 사람에게 1개씩 나누어 주면 평등하다고 하겠지만 열 사람의 몸의 크기에 따라 다를 것이고, 그 사람이 언제 식사하여 얼마나 배가 고프냐에 따라 다를 것이고, 그 사람들이 그 빵을 먹을 때 얼마나 행복하냐 하는 행복도에 따라 다를 것입니다. 그러니 이 간단한 문제도 매우 복잡하게 될 수 있다는 말입니다. 마치 "우리 집은 다섯 식구예요."라고 대답하는데 틀린 말은 아니지만, 아버지와 생후 두 달이 된 막내 아기가 같은 무게를 가지고 '1'이 된다는 것은 아니겠지요. 우리나라 국민이 5천1백만인데 대통령과 감옥에서 사형을 기다리고 있는 사형수와 같은 레벨로 계산하자는 것은 아니겠지요. 그렇게 보면 '99+1=100'이라는 공식이 꼭 맞을 일이 아니란 말입니다.

임마누엘 칸트의 주장처럼 인간의 이성에 한계가 있는데 그 테두리 안에 있는 것은 이성으로 판단할 수 있지만, 그 테두리 밖에 나가면 우리의 이성으로써는 해결을 못 하고 절대의 존재 신이 인지하고 해결을 한다는 이론이겠지요. 우주의 진리가 있었지만, 우리가 이해하지 못하고 살았고 인간의 지혜와 지식이 넓어질 때 이해를 하는 범위가 넓어지고 그럴 때마다 마치 진리가 변하는 듯이 생각하는 것이겠지요.

우주가 창조된 날부터 지구가 둥글고 태양을 중심으로 돌고 있다는 진리가 있었지만, 인간의 지능이 그곳까지는 이르지 못하고 천동설에 머물다가 지능이 발전되니까 지동설까지 이해한 것이겠지요.

지금도 과학은 눈부시게 발전이 됩니다. 그러나 그것은 새로운 진리가 생겨나는 것이 아니라 그전부터 있었던 진리를 지금 우리가 깨달은 것뿐이라고 생각합니다.

권력형 사람들

나는 키가 작은 왜소한 몸집에 피부가 얇아서 그런지 카리스마가 있다는 말은 한 번도 들어본 일이 없습니다. 학교에 다닐 때는 키 순서로 하면 항상 1번이었고 항상 제일 앞자리에 앉으니 칠판에서 떨어지는 백묵 먼지는 뒤집어쓸지언정 일진들이 건드릴 이유도 없었습니다. 나도 보신책이라는 것을 알아 공부만 하고 선생님의 말을 잘 듣는 모범생이어서 반에서 큰소리를 쳐본 일도 없고 반장이나 학도 호국단 간부에 나선 일이 없습니다.

대학에 다닐 때도 머리만 길렀을 뿐 밖에 나가면 고등학생으로 오인받기도 했습니다. 전공의 때는 환자들이 나보다 키가 큰 후배에게 '과장님'하고 절하여 후배가 미안해한 적이 여러 번 있습니다. 아마 제일 권위적이었을 때가 있었다면 군의관 시절이었겠지요. 나라에서 모자와 어깨에 대위 계급장과 소령 계급장을 달아 주었으니 말입니다. 군의관으로 있을 때도 대위나 소령이 되어 군복을 입었으나 군의 장교로서보다는 착한 의사로서 행세를 했습니다. 원장님이나 일군 사령부의 장군님들에게는 착하고 자상한 의사로서 인기가 있었지만 무서운 장교는 되지 못하였습니다. 나는 하급 장교나 환자들에게도 군의 장교처럼 '해라'를 못하고 항상 존댓말을 써서 원장님과 외과 부장인 이 소령에게 말을 들었습니다. 더구나 담배도 술도 못하는 처지여서 술을 좋아하는 군의관들 측에 끼지도 못하고 회식이 있을 때면 콜라와 안주만 먹는다고 친구들에게 핀잔을 들었습니다.

그러니 카리스마가 있어야 한다는 높은 자리에는 앉아 본 일이 별로 기억나지 않습니다. 다만 병원의 교육부장으로 있으면서 미팅에 참석하지 않은 사람, 과제를 하지 않은 사람에게 싫은 소리를 하여 까다로운 사람으로 알려져 있었습니다. 그러나 환자들과 간호 장교들 사이에 인기가 있었습니다. 그래서 간호 장교들이나 병원의 직원들이 개인적으로 환자를 부탁하여 많은 환자를 보아주었더니 이 소문 때문에 일군 사령관, 참모장과 여러 장군의 가정의 노릇을 하기도 했습니다.

이것이 내가 가진 무기여서 일찍 제대하고 미국에 올 수 있었습니다. 간혹 내가 화를 내도 무서워하는 사람은 아내와 자식들뿐이고 무서워하는 사람이 없었습니다.

그래서 카리스마가 있어서 지도자가 되는 건 하늘이 내리는 것이라는 생각입니다. 나는 박근혜 대통령이 카리스마가 없는 사람이라고 생각합니다. 그는 보기에도 부드럽고 착하게 생겼지, 추미애처럼 독하게 보이지는 않습니다. 그는 새누리당과 한나라당에서 많은 일을 했습니다. 그가 선거 유세를 나서면 당할 사람이 없었습니다. 한동안 36대 0이라고까지 하여 선거의 여왕이라고 불렀습니다. 그는 외국에 가서 많은 환대를 받았습니다. 영국에 가서 엘리자베스 여왕에게서 극진한 대접을 받고, 심지어 중국에 가서도 중국의 시진핑에게서 김정은보다도 더 환대를 받았습니다. 그러나 그가 대통령이 되자 카리스마가 없어서인지 복종하는 사람들보다는 대항하는 사람이 더 많았습니다. 그러다가 유승민, 김무성, 이재오 같은 사람들이 반기를 들어 대통령 탄핵이라는 역사에 처음 있는 수치를 당하였습니다.

사람 중에는 보기만 해도 카리스마가 있는 사람이 있습니다. 오래전 국방부 장관을 지낸 서종철 대장은 키도 컸지만, 그에게는 카리스마가 있었습니다. 그가 군사령관으로 있을 때 여러 번 보고 그의 집에도 몇 번 간 적이 있는데 말을 하지 않아도 위엄이 있었습니다. 그런데 몸이 크다고 꼭 위엄이 있는 건 아닙니다. 박정희 대통령도 키가 크지 않았지만, 그의 몸가짐과 표정에서 카리스마가 느껴졌습니다.

삼국지에서는 유현덕이 카리스마가 있었다고 합니다. 그는 귀가 커서 자기의 귀를 볼 수 있을 정도였고, 인자하여 많은 사람이 그의 얼굴만 보고도 따랐다고 합니다. 물론 얼굴이 대춧빛 같고 용의 눈썹에 삼각수가 무릎에 닿을 만하였다는 관운장과 눈이 주먹만 한 게 광채가 나고 고슴도치 같아서 보기만 해도 겁이 났다는 장익덕이 카리스마가 있었다고 ≪삼국지연의≫에서 이야기합니다.

옛날에 이웃집 할머니가 "야, 생긴 대로 사는 거야."라고 자기 자식에게 하는 소리를 들었습니다. 착해도 마치 도둑놈처럼 우락부락하게 생긴 사람이 있고, 저런 사람이 어찌 그런 죄를 저질렀을까 싶은 살인자도 있습니다. 그래서인지 어떤 배우는 항상 악인 역으로 나오고 어떤 배우는 젊은데도 할머니의 배역만 맡는 사람이 있습니다. 배우 신성일은 청춘 배우여서 젊었을 때는 인기가 하늘을 치솟는 듯했으나 나이가 들고는 젊었을 때의 인기가 없어지는 것을 볼 수 있습니다.

카리스마가 있는 남자다운 모습도, 송혜교나 이보영 같은 아름다운 여인도 운명이라고 생각합니다. 내가 아무리 치장하고 군복을 입어도 무서운 사람으로 보이지 않는 것처럼, 이보영 같은 배우가 산적같이 분장하고 나온다면 잘 어울리지 않을 것입니다. 운명을 이기는 수 있는 힘은 없습니다. 내가 아무리 노력해도 윌리엄 왕자처럼 윈저궁에서 살면서 밖에 나가기만 하면 군중들이 손을 흔드는 삶을 얻을 수 없을 것 같은 이치입니다.

내가 노력하면 10층은 뛰어오를 수는 있겠으나 50층의 빌딩 꼭대기에는 오를 수는 없을 거로 생각합니다. 그러나 많은 사람에게 좋은 사람으로 살아갈 수는 있습니다. 요새도 매일 카톡과 이메일이 옵니다. 도널드 트럼프를 지지해주고 다음 2024년 대통령으로 지지해 달라는 선전입니다. 솔직히 트럼프 씨는 호감이 가는 모습은 아닙니다. 그리고 그가 찡그리고 화난 표정을 지을 때는 혐오감까지 느낄 수 있는 사람입니다. 그러나 그가 웃을 때는 마치 먼 친척 아저씨가 웃는 것같이 호감을 느낄 때도 있습니다. 그래서 그 기세가 좋던 힐러리 클린턴을 이기고 대통령이 되었습니다. 그런데 대통령이 되고서는 얼굴을 찌푸리고 다른 사람과 싸움하고 적을 많이 만들더니 재선에 실패했습니다. 그가 만일 계속 미소를 띠고 권력형의 카리스마가 아니라 마음씨 좋은 아저씨의 카리스마로 남았다면 그는 바이든 대통령에게 승리하지 않았을까 생각합니다. 험상궂은 카리스마와 웃는 얼굴의 존 프랭크 케네디의 카리스마 중 어느 것을 택하는가는 각자의 자유일 것입니다. 그 카리스마에 따라 운명도 바꾸어질 것으로 생각합니다.

말 바꾸기

'거짓말'은 사실이 아닌 것을 말하는 것이고, '말 바꾸기'는 자기가 전에 한 말을 뒤집고 다른 말을 하는 것입니다. 그러니까 사실 '말 바꾸기'는 거짓말을 두 번 하는 것이라고 할 수 있습니다.

어제 아버지가 내일 놀이동산에 데리고 가주겠다고 하고는 오늘 아침에 "내가 언제 그랬어, 오늘 우리 모두 집 청소하자고 했지."라든가, 어제 "내일 내가 한턱 쏠게."라고 장담하던 친구가 "내가 언제 그랬어? 나는 네가 오늘 점심 사준다고 해서 나왔는데."라는 것이 말 바꾸기입니다.

'말 바꾸기'는 연애하는 남녀 사이에 가장 많이 있을 것입니다. 결혼만 해주면 일생 여왕처럼 모시고 살고 바람을 피우면 천벌을 받을 것이라고 하던 남자가 결혼하고서 온갖 집안일들과 애들을 떠맡기고는 주말이면 나가서 친구들과 술 마시고 밤늦게 들어오는가 하면 바람을 피워 부인의 눈물이 마를 날이 없다면 이것이 '말 바꾸기'의 표본일 것입니다.

그런데 말 바꾸기는 힘이 있는 사람들과 지배계급의 사람들이 많이 하는 것도 사실입니다. 봄과 여름에는 여러분이 일을 열심히 해주면 연말 보너스를 듬뿍 주겠다던 사장님이 회사 형편이 좋은데도 엄살을 떨며 연말 보너스를 못 주겠다고 하면 역시 말 바꾸기입니다.

뭐니 뭐니 해도 말 바꾸기의 명수는 정치인들입니다. 국회의원에 입후보할 때의 말과 국회의원에 당선되고 난 다음의 말은 완전히 달라서 공약(公約)이 공약(空約)이 되는가 하면, 국민의 공복(公僕)이 되겠다더니 폭군이 되어 군림하는 것도 말 바꾸기의 표본입니다. 우리는 오래전 이번 대통령선거에서 이기지 못하면 정치에서 완전히 은퇴한다고 공언했던 사람이 대통령선거에서 실패하고는 외국에 가서 한 일 년 있다가 다시 나와서 당을 조직하고 다시 대통령 후보로 나섰습니다.

그것도 한번 그런 것이 아니라 몇 번을 말을 바꾸다가 대통령이 된 사람도 있고 대통령선거에서 지고 나서 히말라야에 가서 도를 닦는다고 했다가 다시 와서 촛불 데모에 편승하여 대통령이 된 사람도 있습니다.

이들은 모두 말을 바꾸었습니다. 이분들은 대통령이 되고도 말을 바꾸었지요. 어떤 분은 말을 바꾸다가 이런 말을 했습니다. "나는 일생에 거짓말을 한 일이 없습니다. 다만 약속을 지키지 못했을 뿐입니다."라고. 이 정도면 말 바꾸기의 달인이라고 할 수 있을 것입니다.

오래전 미국에서 전공의를 마치고 진로를 생각할 때였습니다. 서울에 있는 몇 병원에서 와서 같이 일하자는 청이 들어 왔습니다. 미국에 올 때 성형외과 전문의가 되어 다시 한국에 들어가 대학에서 일하는 것이 꿈이었습니다. 그래서 서울의 몇 병원과 이야기하고 있을 때였습니다. 저의 후배가 전문의가 되어 한국에 나갔다가 다시 들어온 친구가 있어 같이 저녁식사를 하면서 한국의 사정을 들어보았습니다.

"이형, 서울에 갈 생각조차 하지 마세요. 여기의 생활 근거를 다 집어치우고 한국에 나갔더니 오라고 할 때와 나간 후의 말이 그렇게 다를 수가 없어요."라면서 나를 말렸습니다.

서울에 나가려고 계획한 한 달쯤 전에 한국에서 연락이 왔습니다. 미국에는 없는 박사 학위를 받아야 과장을 시켜 줄 수가 있으니 나와서 한 6개월만 ×박사 밑에 있으면서 박사학위를 받은 후 과장을 시켜 주겠다고 했습니다. 나는 '아, 이것이 정말 말 바꾸기로구나.'라고 생각하고 한국행을 단념했습니다.

지금도 한국에서 말 바꾸기 때문에 온 사회가 들끓고 있습니다. 자기가 시장직에 있을 때 일을 시키고 같이 여행도 가고 골프를 쳤던 측근이 검찰 조사를 받고 자살했는데 "나는 모르는 사람이다."라고 부인했습니다. 그런데 그와 같이 찍은 사진들이 있고 같이 갔던 사람들의 증언이 쏟아지자 "갑작스러운 질문을 해서 경황이 없어 모른다고 했을 뿐이고 시장직에 있을 때 밑에서 일하던 사람들을 내가 다 기억 하느냐?"고 다시 말을 바꾸었습니다. 그러고는 그도 거짓말은 하지 않는다고 강조했습니다.

대통령 후보 시절에 '사람이 먼저'라던 문재인 씨도 대통령이 되고 난 후에는 사람이 먼저인데 '내 사람이 먼저'로 행동했습니다. 울산 선거에서는 사십년지기 자기 친구를 울산시장에 당선시키기 위하여 대통령실에서 상대방 후보를 피의자로 몰았습니다. 또 여러 가지 죄로 몰려 있는 사람을 피의자는 아직도 범죄자는 아니라고 하며 그를 장관에 임명했습니다. 기자들이 몰려들어 질문하자 대통령은 '나는 그에게 마음의 빛이 있다.'라면서 그를 두둔했습니다.

　나꼼수 김용민 국회의원의 아버지가 목사님이라고 합니다. 김용민 씨가 막말의 명수라는 사실은 국민 전부가 알고 있지 않습니까. 그는 서울역 광장의 에스컬레이터를 없애서 노인들이 오지 못 하게 해야 한다고 했고, 미 국무장관이었던 콘돌리자 라이스 장관을 잡아다 살인자로 하여금 강간하게 했으면 좋겠다고 공언한 사람입니다. 그의 아버지인 목사님이 김용민이 선거운동을 나갈 때 머리에 손을 얹고 기도를 해주었다고 합니다. 무어라고 기도했을까 궁금합니다.

　말이 반드시 기록에 남지는 않습니다. 그래서 '말은 물에다 쓰기'라고 합니다. 말은 자국이 남지 않는다는 뜻이겠지요. 그러나 듣는 사람의 마음속에 새겨진다는 사실을 잊어서는 안 됩니다. 내가 열몇 살 때 어머님이 하신 이야기, 다른 사람이 내게 가슴 아픈 이야기를 한 것을 아직도 잊지 못하고 있습니다.

　사실이 아닌 거짓말하는 것은 나쁩니다. 그러나 자기가 한 거짓말을 바꾸어서 다시 거짓말을 하는 것은 두 번 나쁜 거짓말을 하는 것입니다. "나는 일생에 거짓말을 해본 일이 없다. 다만 약속을 지키지 못했을 뿐이다."라고 한 전 대통령이나 "사람이 먼저"라고 하고는 '내 사람이 먼저'라고 행동한 전 대통령 역시 거짓말과 나쁜 거짓말을 두 번이나 한 사람일 것입니다.

첫사랑

트로트 가수들이 자주 부르는 노래 중에 "사랑이 무어냐고 물으신다면 눈물의 씨앗이라고 말하겠어요….'라는 노래가 있습니다. 이 노래를 좋아하는 사람들이 많다는 것은 사랑 때문에 눈물 흘린 사람이 많다는 이야기일 것입니다.

오래전 읽은 어느 소설에서는 젊은이 몇이 앉아 사랑이 무어냐고 토론을 합니다. 한 젊은이가 "열병이다. 어쩌다 열병이 걸리면 부모님이나 친구의 이야기가 귀에 안 들어오고 그냥 가슴이 뜨겁기만 한 열병이다."라고 했습니다. 다른 한 젊은이는 "아니야. 눈에 명태 껍질이 씌워지는 거야. 남들이 곰보라고 해도 그게 모두 보조개로 보여."라고 했습니다. 어떤 이는 유식하게 'DOPA 중독증'이라고 합니다. 뇌에서 도파민이 과잉생성으로 중독증이 되면 열이 오르고 흥분이 되고 생명까지도 버릴 수 있는 지경에 이른다고 합니다.

클래식이나 트로트 노래를 들어보면 잃어버린 사랑을 그리는 노래가 대부분이고, 오페라나 소설 역시 이루지 못한 사랑을 주제로 한 것이 대부분입니다. 그래서인지 사랑 때문에 자살하는 젊은이들도 많습니다. 그러나 시대가 흐르고 문화도 많이 바뀌었습니다. 물론 생명을 바칠 각오로 사랑하는 사람들이 있기는 하지만 이제는 스마트폰처럼 사랑도 쉽게 찍고 쉽게 지우는 시대가 되지 않았나 여겨집니다.

내가 만나는 사람들은 거의 모두가 첫사랑과 결혼으로 골인한 것으로 되어 있고, 실패한 첫사랑에 관한 이야기는 금기로 되어 있습니다. 고등학교 때 친구들은 그들의 결혼이 첫사랑이 아니라는 것을 내가 알고 있지만 입도 뻥긋하면 안 되는 절대 비밀입니다. 어쩌다가 실수로 이런 이야기를 하게 되는 날에는 곧장 부부 싸움으로 이어지고 그 말을 꺼낸 사람은 평생 원수가 되어 다시는 만나지 못할 것입니다.

지금은 초혼으로 결혼하는 사람들이 30대라고 하는데 1960년대만 해도 20대 초반에 결혼했습니다. 그런데 20대 후반까지 한 번도 마음에 사랑의 미풍이 지나가지 않았다면 믿기가 어려운 일일 것입니다. 명작 〈로미오와 줄리엣〉은 줄리엣이 17세 때의 이야기이고, 〈춘향전〉의 춘향이는 16세 때 일어난 일입니다. 옛날에는 열두세 살이면 결혼하는 남녀들이 많지 않았습니까. 〈춘향전〉에서 변 사또가 춘향이에게 '너의 나이가 무엇이냐?'고 물으니 춘향이가 '이팔이로소이다.'라고 대답을 하지 않았습니까. 그런데 우리가 고등학교에 다닐 때 여학생을 따라다니는 친구를 보고 "꼭대기에 피도 마르지 않은 녀석이…."라고 했습니다. 애가 태어날 때 머리에 묻은 피가 마르지 않은 녀석이라는 말이었겠지요. 그런데 요새 세상에 30세가 되도록 이성에 대한 사랑을 느껴 보지 못했다면 아주 희귀한 사람에 속하겠지요.

근래 십여 년을 서울의 대학병원에서 근무했습니다. 병원에는 의예과와 간호과 학생, 전공의, 젊은 간호사들이 많습니다. 우리 과에 있는 한 간호사의 이야기입니다. 요새 젊은이답게 아주 쉽게 사귀고 아주 쉽게 헤어집니다. 상대가 그녀에게 사귀던 사람이 있었는지를 묻는 것은 아주 실례의 말씀이고, 그걸 묻는 사람은 여자를 만날 자격도 없는 미친놈이라고 했습니다.

그녀는 나를 많이 따라서 자신의 이야기를 나에게 하면서 종종 조언을 구하곤 했습니다. 어떤 남자를 사귄다면서 폰에 같이 찍은 사진도 보여주고 함께 동남아 여행도 간다고 자랑했습니다. 그러던 어느 날 그와 찢어졌다면서 눈물을 훌쩍거렸습니다. 그런데 그게 오래가지 않았습니다. 몇 주일 후 다른 남자와 만난다면서 스마트폰에 같이 찍은 사진을 보여주었습니다.

이렇듯 요새는 첫사랑에 매달려 오랫동안 울고불고하지 않는 모양입니다. 스마트폰의 사랑처럼 찍기도 쉽고 지우기도 쉽습니다. 그러니 이제는 첫사랑의 노래를 부르는 트로트 노래가 없어지지 않을까요?

내가 솔직히 첫사랑에 대해 고백하자면 고등학교 때 전차에서 본 K 고등학교 여학생에게 혼을 빼앗긴 적이 있습니다. 물론 말 한마디 건네지 못했고 따로 만나지도 못했지요. 그러나 전차에서 처음 보았을 때 가슴이 두근거렸습니다. 어쩌다가 그 여학생의 이름과 그 친구들에게서 그녀가 어찌 되었는지도 알게 되었습니다. 정작 그녀와 말 한마디 해본 일이 없습니다. 또 대학에 다닐 때 교회 청년회에서 만난 여학생이 있었습니다. 그는 폐결핵으로 대학교 때 휴학했습니다. 그와 소설책을 나누어 보면서 좀 가까워졌습니다. 그런데 그녀를 사랑한다든가 그녀와 결혼해야겠다는 생각은 하지 못했습니다.

얼마 전 어느 가수가 부른 노랫말처럼 "사랑한다는 말은 못 하고 웃기만 했는데…." 그런 어느 날 그녀가 "우리 부모님이 결혼하래. 목사 예비생인데 집안이 좀 잘 산데…."라고 했습니다. 그때 나는 섭섭했지만 그걸 막을 생각도 없었고 막을 힘도 없었습니다. 그리고는 그녀가 '선생님 행복하세요'라는 말을 남기고 결혼해 버렸습니다.

나는 이런 감정을 첫사랑이라고 불러야 하는지 모르겠습니다. 그저 '좋은 친구가 떠나가는구나.' 하는 섭섭한 마음을 가졌을 뿐입니다. 먼 후일 군의관으로 있을 때 기차에서 그녀의 오빠를 만났습니다. 그녀는 나와 헤어지고 집에 와서는 많이 울었다고 하며 결혼 생활은 그리 행복하지 못하다고 전해주었습니다. 그녀에게 그리 뜨거운 사랑이라던가 하는 마음을 느끼지는 못했지만 먼 후일 가끔 생각이 나는 사람입니다.

나는 키도 작고, 나 자신이 보더라도 인물이 잘생긴 사람이 못됩니다. 그리고 집안이 가난하여 고생하면서 공부했습니다. 그래서 젊어서 소극적인 성격이었고 나의 주장을 펴며 살지 못했습니다. 교회에서 학생회나 청년회 때에도 여자들에게 당당히 나서지 못했습니다. 그래서 첫사랑이라든가 연애의 경험이 없습니다. 젊은이들이 몰려다니면서 데이트하고 파티에 가고 손을 잡고 다니는 것을 보면 '저게 첫사랑이란 거구나.'라고 부럽기도 하고 질투도 느낍니다. 그런데 나는 정작 그런 경험을 해보지 못했습니다. 그래도 역시 첫사랑을 하는 젊은이들의 모습이 아름답기만 합니다.

아방궁과 청와대

진시황은 전국시대의 진나라의 31대 왕이었습니다. 그러다 그는 전국시대의 6국을 평정하고 처음 황제가 되어 통일 진나라의 첫 황제가 되어 '시황'으로 불리었습니다. 그는 서안에 궁을 건설하였는데 가로 800미터, 세로 150미터나 되는 큰 건물을 세우려고 그곳에 살던 주민 8만 명을 철거시키고 인원 70만 명을 동원했다고 합니다. 정전에 1만 명이 들어앉을 정도로 웅장했는데 진시황이 이곳에서 온갖 영화를 누리며 만수무강하기를 바랐을 것입니다. 그래서 불로초를 구해오라며 동남동녀를 각처로 보냈는데 그들이 돌아오기도 전에 세상을 떠났습니다. 그리고 그가 지은 역사 최대의 아방궁은 항우에 의해 불타 버렸고, 아방궁은 역사에 이야기로만 남았습니다. 그가 죽어서 서안의 여산릉에 묻혔다고 하는데 여산릉 역시 대단한 건축물이며 무덤을 지키도록 병마용들에서 경호하도록 했습니다.

한국에 새로운 대통령이 선출되었습니다. 민권변호사, 평민 대통령이라고 선전하던 문재인 대통령이 물러나고 권위주의의 상징인 검찰 출신의 대통령이 나왔습니다. 그런데 정말 사람의 겉을 보아서는 모르는 것인지 민권 대통령이라고 하던 문재인 씨는 민주국가에서는 흔히 볼 수 없는 권위적이고 독재적인 대통령이었는가 하면, 검찰 출신의 대통령은 소박하고 탈권위적인 대통령입니다. 그리고 새로 당선된 윤 대통령은 자기는 구중궁궐인 청와대에는 들어가지 않고 정말 국민과 함께 하는 평민 대통령이 되겠다고는 용산의 국방부 청사에 집무실을 꾸몄습니다.

그리고 청와대를 국민에게 공개하고 개방하여 관광자원을 만든다고 했습니다. 청와대를 구경한 사람들이 한결같이 입을 벌리고 착잡한 심경을 이야기합니다. "우리나라는 민주주의 국가이고 대통령도 국민의 한 사람으로 생각을 했지, 청와대가 이렇게 화려하고 어느 나라 왕궁보다도 웅장한 곳인 줄 몰랐다."라는 것입니다.

영빈관을 구경한 사람들은 루이 16세의 베르사유 궁전보다 더 화려하면 화려했지 그에 못지않다는 평이었고, 80평이나 되는 대통령의 침실에는 침대 하나만 동그라니 놓여 있답니다. 대통령의 집무실도 백악관보다 더 화려하고 웅장하여 사무를 보는 곳인지 전시를 위한 곳인지 분간이 안 된다고 합니다. 대통령 부인의 집무실 역시 화려하여 재벌의 회장실보다도 넓다고 합니다. 대통령 부인이 얼마나 중요한 일을 했는지 아는 사람은 별로 없습니다. 대통령 부인의 분장실 의상실도 정신을 잃을 정도로 화려했다고 합니다.

이것이 국민과 함께하겠다고 떠들어대던 대통령의 실생활이란 말인가. 우리는 4·19혁명 때 서대문에 있는 이기붕의 집에서 4월 말에 수박이 나왔다 하여 국민이 흥분했습니다. 그런데 청와대의 사치는 진시황이나 루이 16세에 비교하여 조금도 손색이 없습니다. 이것이 한국 대통령의 이면의 삶이었나 배반감을 느끼지 않을 수 없습니다.

물론 사람들은 돈이 좀 생기면 맛이 있고 비싼 음식을 먹으려 합니다. 먹는 것도 천차만별이어서 2,500원짜리 김밥에서부터 16만 원짜리 메리어트 호텔 뷔페가 있고, 1인당 백만 원이 넘는다는 요정의 한정식도 있다고 하지만 그 차이는 그저 돈의 차이일 뿐이겠지요.

나는 출신성분이 천민 출신이라 그런지 자장면이나 냉면이 입에 더 맞고 고급호텔의 뷔페를 몇 번 가보았지만, 돈의 차이만큼 즐기지 못했습니다. 내 일생에 몇 번 요정의 한정식에 초대받아서 갔지만, 요정에서 음식을 맛있게 먹어본 일이 없습니다.

사람들은 돈이 좀 더 생기면 좋은 옷을 사 입습니다. 동대문시장이나 고속버스터미널 지하상가에는 정장 한 벌에 20여만 원이면 살 수 있지만, 호텔 양복점은 몇백만 원입니다. 내가 다시 미국으로 돌아올 때 모 교수님이 고급 양복점에서 양복을 맞추어 주셨는데 몸에 꽉 끼어서 도리어 불편했습니다.

또 돈이 많이 생기면 큰 집을 지으려고 할 것입니다. 영화나 드라마에 나오는 재벌의 집은 정원이 있고 방이 여러 개 있는 저택입니다. 그러나 땅값이 비싸고 집값이 비싸서 별채가 있고 행랑채가 있는 집은 요새 거의 볼 수 없습니다. 지금 개방된 청와대의 녹지원은 크나큰 공원입니다. 심은 나무나 주위에 국보급 문화재도 산재합니다. 언젠가 강남의 몇십억 하는 아파트에 가본 적이 있는데 입이 벌어질 만큼 화려하지는 않았습니다.

국민 중에는 작은 아파트도 없어서 고생하는 분들이 얼마나 많은지 모릅니다. 나도 젊어서는 집이 없어 고생했습니다. 한방에 4식구 5식구가 같이 생활했고 의사가 되고서도 셋방과 전셋집으로 전전했습니다. 그러다가 성형외과 의사가 되어 오하이오에서 처음 내 집을 샀습니다. 집 없는 설움을 보상받고자 했던지 비싼 집을 샀습니다. 철강회사의 사장이 집을 지었는데 그 집이 완공되자마자 전근이 되어 급히 팔려는 걸 시가보다 싸게 샀습니다. 마당이 넓고 방도 여러 개 있어서 동생네 네 식구까지 와서 같이 살아도 큰 불편이 없을 정도였습니다. 나의 서재도 따로 있고 넓디넓은 식당도 있고 다용도의 반 지하실이 있어서 편리했습니다.

그런데 동생네 식구도 가버리고 아들딸마저 대학으로 가버리고 나니 우리 부부가 살기에는 너무도 크고 적적했습니다. 내가 은퇴를 하고 나니 집 유지비를 감당할 수 없었습니다. 일주일에 잔디를 한번 깎는데 50여 불, 가을에 낙엽을 긁는 데 1천 불 이상이 들었습니다. 일년에 한두 번 정원과 집 주변 조경하는데도 1만5천 불에서 2만여 불씩 나갔습니다. 전기 수도세 등이 장난이 아니었습니다.

이 집을 한 달이라도 더 가진 게 짐처럼 느껴져서 서둘러 값을 내려서 팔고는 지금의 침실 두 개, 서재 하나 있는 작은 집으로 이사하였습니다. 비로소 평안이 찾아왔습니다. 나는 청와대에서 80평의 침실이 왜 필요하고 크나큰 분장실이 왜 필요하고 옷을 수백 벌 이상 넣을 수 있는 의상실이 왜 필요한지 이해가 안 됩니다.

베르사유 궁전에서 살던 루이 16세나 아방궁에서 살던 진시황이나 모두 불행한 최후를 맞았습니다. 그리고 청와대에 살던 전직 대통령들이 모두 불행하게 된 것도 지나친 사치에 대한 저주 때문이 아닐까 하는 생각이 스치는 게 나만의 생각일까요?

부드러움

우리는 강하고 껄끄러운 것보다는 부드럽고 매끄러운 것을 좋아합니다. 무엇이 가장 부드러울까요? 처음 드는 내 생각은 비단입니다. 그래서 비단은 천 가운데 가장 비싸고 좋은 게 아닙니까. 비단옷을 입었다는 것은 최고의 사치를 누린다는 의미겠지요. 그다음이 어린애들과 여자들의 피부가 아닐까요? 누구나 어린애를 좋아하고 또 여자들을 좋아하는 것은 그 부드러움 때문이라고 할 수 있습니다. 그래서 가수 최희준이 부른 "여자가 더 좋아 여자가 더 좋아."라는 노래가 한동안 히트했지요.

부드러움은 약한 것 같지만 부드러움으로 강함을 이기는 게 만고의 진리임은 여러 사례에서 봅니다. 얼마 전 유튜브에서 바다의 영상을 보았는데 우리가 제일 무서워하는 상어가 물렁한 다리를 가진 문어에게 걸려 꼼짝도 못 하고 죽는 것을 보았습니다.

노자는 부드러움은 강함을 이긴다고 했습니다. 칼을 가지고 싸우면 좀 약한 칼이 부러지거나 휘지만, 칼로 솜이불을 베기는 힘이 듭니다. 한국전쟁 때 우리 식구는 공습이 올 때면 방공호 속에서 이불을 뒤집어쓰고 엎드려 있곤 했습니다.

싸움에서도 부드러움은 강함을 이깁니다. 유도나 쿵후도 상대의 강함을 부드러움으로 이용하여 상대방을 제압하는 방법을 가르쳐 주고 있습니다. 노자는 부드러움은 생명의 상징이라고 했습니다. 살아있는 사람은 부드럽지만 죽은 사람은 사후강직이 와서 뻣뻣합니다.

2012년 한국의 대통령선거 후보들 간의 토론이 있을 때입니다. 이정희라는 여자는 똑똑하고 아주 강했습니다. 그런데 토론하다가 몰리니까 일어서면서 하는 말이 "나는 박근혜 후보를 떨어뜨리기 위해 나왔습니다. 반드시 떨어뜨릴 겁니다."라는 초강경 발언을 했습니다. 그는 중도 하차하고 대통령 후보자에게 주는 돈을 먹고 튀어 버렸습니다.

싸움할 때도 먼저 성질을 부리고 달려드는 사람은 실력이 없는 사람입니다. 자신 있는 사람은 웃으면서 여유 있게 상대합니다. 고등학교에 다닐 때 학교에서 제일 싸움을 잘한다는 깡패와 새로 시골에서 온 어리숙한 친구와 싸움이 붙었습니다. 싸움을 잘한다는 깡패는 '이 촌놈의 새끼' 하면서 먼저 따귀를 올려붙였습니다. 그런데 촌놈 같은 친구가 손을 툭 툭 털더니 몸이 붕 뜨더니 깡패의 가슴을 질러 버렸습니다. 이 깡패는 엎드러지고 다시 일어나지도 못했습니다. 그래서 어린 마음에도 '역시 자신이 있는 사람은 여유가 있고 부드러운 거로구나' 라고 생각했습니다.

오래전 미국의 대통령선거 때 로널드 레이건이 재선에 도전하여 민주당의 미네소타 출신의 먼데일과 토론했을 때의 일입니다. 먼데일은 레이건의 많은 나이와 레이건의 지난 정책이 잘못되었다고 공격했습니다. 그의 태도는 사납고 날카로웠습니다. 그러나 레이건은 웃으면서 "Here he come again for my age. My health will not be problem for president of United State."라면서 맞받았습니다. 그 선거에서 먼데일은 미네소타 한 곳에서만 승리했을 뿐, 나머지 50개 주에서 모두 패배했습니다. 역시 자신이 있었던 레이건 대통령은 여유 있고 부드러웠습니다.

우리는 ≪삼국지연의≫라는 책에서 많은 지도자를 봅니다. 조조, 손권, 원소, 원술, 공손찬, 손책, 손권, 유비 등등 영웅들이 나옵니다. 그들 중 현덕 유비가 가장 부드러운 사람이었을 것입니다. 유비는 누상촌이라는 시골에서 어머니를 모시고 돗자리를 짜서 팔던 사람으로 가장 온화한 인물로 나옵니다. 동탁의 토벌군에서 한자리에 끼지도 못하던 미천한 사람이었지만, 나중에는 조조의 위나라, 손권의 동오 그리고 서촉의 한나라를 일으키는 가장 출세한 사람이 현덕 유비입니다. 삼국지의 결말은 위의 조조, 동오의 손권, 서촉의 유비마저 다 성공은 이루지 못하고 결국 사마휘의 자손에게 넘어가 진(晉) 나라가 되고 말았지만, 가장 가난하고 보잘것없던 유비가 황제가 되었으니 가장 성공한 사람이라고 생각할 수 있습니다.

우리는 남아프리카공화국의 넬슨 만델라 대통령을 기억합니다. 그는 인종차별에 반대하는 단체에 가입했다는 죄목으로 1962년 재판을 받고 종신 징역형에 받습니다. 그는 돌 광산에서 돌 캐는 노동을 하여 폐에 돌가루가 들어가 평생 고생합니다. 1990년 28년 만에 석방이 됩니다. 그가 한 말은 "복수라는 말을 하지 말자."라는 것이었고, 그는 반대파 사람들까지 모두 포용하였습니다. 그는 1994년에 대통령에 당선되어 1999년까지 대통령직을 수행했습니다. 그가 죽었을 때 세계 많은 사람과 세계의 지도자들이 그를 조문했습니다. 남아공의 모든 국민이 애도했고 그를 감옥에 보냈던 사람들까지도 눈물을 흘렸습니다. 그의 무기는 아무것도 없었습니다. 단지 부드럽다는 것뿐이었습니다.

우리나라에도 그런 분이 한 사람 있었습니다. 바보 김수환 추기경이었습니다. 그는 사람을 대할 때 정말 바보처럼 부드럽게 대할 뿐, 잘난 척도 가르치려고도 하지 않았습니다. 그분은 군사 정권 때 민주화 운동을 하던 학생들이 명동 성당으로 뛰어 들어오면 감추어주고 보호해 주었습니다. 그래서 명동 성당은 민주화 운동을 하는 학생들의 은신처가 되었는데 이를 알면서도 경찰은 김수환 추기경의 위엄에 눌려서 차마 명동 성당을 뒤지지 못했다는 이야기입니다.

그런데 가장 부드러운 것이 무엇일까요? 물입니다. 그래서 노자는 물이 가장 강하다고 가르칩니다. 노자는 공자처럼 제자를 기른 적도 정치한 일도 없습니다. 도서관의 사서 노릇을 했다고 하고 노자가 남긴 것은 도덕경 5,000자밖에는 없습니다. 그러나 그는 공자나 사마천 그 누구보다도 귀한 가르침을 남겼습니다.

노자가 남긴 가르침은 상선약수(上善若水), '수유칠덕(水有七德)'이라고 물의 덕을 칭송하였습니다. 물은 항상 낮은 데로 흘러갑니다. 잘난체하고 남보다 위로 가려고 하지 않습니다. 물은 서로 먼저 가려고 다투지도 않습니다. 물은 가다가 막히면 돌아갑니다. 물은 남의 구정물이라도 마다하지 않고 받아 줍니다. 물은 어느 그릇에나 담기며 자기의 모양을 고집하지 않습니다. 물은 돌을 뚫는 끈기 있는 힘이 있고 폭포를 이루는 힘이 있습니다. 그리고 물은 큰 바다를 이루는 장엄함이 있습니다.

　물처럼 부드러운 것이 어디에 있습니까? 물은 어린애의 손장난에도 놀아나고 우리의 발가락사이에도 끼입니다. 가장 부드러운 물이 제일 강합니다. 이것이 진리입니다.

정치가와 정치꾼

　요새는 어린이들의 의식이 많이 달라져서 어린이들에게 장차 무엇
이 되겠느냐는 질문에 축구선수, 소방수, 경찰, 야구선수, 가수 등등
제각각 대답이 나옵니다. 그런데 내가 어렸을 때 장래 희망이 무어냐
고 물으면 거의가 다 대통령이었습니다. 학교에서 말썽만 부리고 싸움
질만 하는 놈도, 어려서부터 학교의 반장이 되겠다는 놈도, 거짓말 잘
하고 친구를 속여먹기를 좋아하는 놈도, 심지어는 반에서 제일 공부를
못하는 놈까지도 모두 대통령이나 국회의원이 되겠다고 했습니다. 그
리고 정치학과가 없는 대학은 없었습니다.

　오래전 종로 5가에서 건물을 빌려서 하는 세운 대학이 정치학과 하
나만으로 시작한 대학도 있습니다. 하기는 정치학과처럼 차리기 쉬운
학과도 없을 것입니다. 정치학과는 칠판과 백묵, 교수만 있으면 되지
실험실이나 연구실 같은 것이 필요가 없으니 대학마다 정치학과가 있
었을 것 같기도 합니다. 그 덕에 한국에 정치가가 많이 나왔는지도 모
릅니다. 선거 때가 되면 국회의원이나 자치구 의원이나 후보자 주위에
몰려다니면서 건달 짓을 많이 했습니다.

그런데 나의 의견으로는 정치가와 정치꾼은 구별되어야 하지 않을까 싶습니다. 올바른 사상과 가치관으로 국민에게 헌신하는 정치가와 국민을 상대로 장사(?)하거나 사기를 쳐서 자신의 이익을 챙기는 정치꾼은 구별해 봅니다.

그동안 우리나라에 많은 정치인이 있었습니다. 그러나 진정 정치가는 많지 않고 정치꾼이 많았던 것 같습니다. 그래서 나라의 정치판은 더욱더 아수라판이 되고 나라가 어지러워지는지 모르겠습니다. 오래전에 정주영 현대그룹 회장이 대통령에 출마한 적이 있습니다. 그는 당시 다른 대통령 후보자들을 향해서 "그들은 일생 일해 본 사람들이 아닙니다. 돈을 벌기 위하여 땀 한 방울도 흘리지 않은 건달들입니다."라고 비판했습니다. 물론 그는 대통령에 당선되지 않았고 대통령에 당선된 사람에게 손이 발이 되도록 빌었다는 후문이 있습니다.

얼마 전 김동길 교수가 이런 칼럼을 썼습니다.

"우리나라의 여의도 별로 쓸모없는 한쪽 땅에 개 사육장이 있다. 썩을 대로 썩고 악취가 나는 이 똥개 사육장에는 수컷 개가 251마리, 암캐가 49마리가 있다. 대다수 광견병에 걸려 은혜를 망각하고 주인에게 달려들어 할퀴고 물고 짖는다. 주인은 좋은 방을 내어주고 한 달에 2,000만 원의 거금을 주고 또 그 개들에게 5~7마리의 새끼를 거느리게 하고, 일 년에 두 번씩 해외여행을 시키는 등 호강을 하게 한다. 기차를 타도 무료로 특급 별실을 이용하고, 공항에서도 귀빈실로 드나든다. 나쁜 짓을 해도 면책 특권이 있어 체포되지 않고 정말 나쁜 범죄를 저질렀어도 체포 동의안이라는 자기들끼리의 허락이 없이는 잡아가지도 못한다. 그들은 온갖 허위 사실을 퍼트리고 음모를 하다가 아닌 것이 드러나면 아니면 말고 하고는 얼굴빛 하나 변하지 않은 채 자기 자리로 들어가 앉으면 된다. 그래서 오산에서 나온 똥개는 박정희 대통령이 스위스 은행에 몇조를 감추어 놓았다고 헛소리를 하고 돈을 찾으러 간다고 했다가 요새는 그 소리가 잠잠해지더니 민×당의 최고위원이 되어 거들먹거린다. 그런데 지능지수가 아주 낮은 이 똥개들이 밤낮으로 짖어대니 시끄러워 살 수가 없다."

이 똥개들이 누구인지는 말하지 않아도 모두 알 것입니다. 며칠 전 언론 규제의 법이 발의되었습니다. 그래서 신문에서 잘못 헛소리를 했다가는 벌금 폭탄을 맞아 파산될 것이라고 하고 말을 조심해야 한다고 합니다. 그 소리는 다른 말이 아니라 자기들을 헐뜯는 말을 삼가라는 말입니다. 자기들은 아무런 말이나 막 하면서….

그래도 어느 정도의 상식은 있어야 할 것이 아닙니까. 얼마 전 새 법무부 장관의 청문회에서는 논문에 나온 '이 모 교수'를 어머니의 동생인 '이모'라고 말했다가 망신을 당한 국회의원이 있는가 하면, 한 ××법인을 '한 모'라고 했다가 망신을 당한 국회의원도 있습니다. 초등학생도 아는 오스트레일리아와 오스트리아를 구별하지 못하는 국회의원도 있습니다. 또 낮술을 마셨는지 횡설수설하다가 다른 사람이 웃으니까 "왜 웃어요. 제 질문이 우스워요."라고 소리를 지른 의원도 있습니다. 아마 초등학교 학생도 이런 짓은 않을 것입니다.

몇 년 전 나꼼수라는 그룹이 있었습니다. 그들은 될 소리 안 될 소리를 막말로 떠들어대는 그야말로 사람이라고는 할 수 없는 인간 이하의 사람들이었습니다. 그들은 막말로 대통령이나 정치인들을 욕하고 그런 부류의 시민들에게서 '사이다 발언'이라고 평을 듣는 사람들이었습니다. 그중에 김용민이라는 사람은 미국 국무장관을 지낸 콘돌리자 라이스 장관을 잡아다가 윤영철(연쇄 토막살인범)에게 강간을 시키고 죽여버려야 한다고 마이크에 대고 말한 사람입니다. 그런 사람이 민주당 소속의 국회의원이 되어 그야말로 듣기조차 부끄러운 막말을 쏟아내고 있습니다.

그런 인간이 정치가일까요? 나는 정치꾼도 못 되는 정치 깡패라고 해야 할 것 같습니다. 그러나 이들 무리는 그런 규제를 받지 않습니다. 나는 이런 사람을 국회의원으로 공천한 당도 부끄럽고 이런 사람에게 표를 준 국민이 더 한심하다고 생각합니다. 어느 법무부 장관은 자기 아들의 휴가 문제로 증언석에 나와서 스무 번도 넘는 거짓말을 하고서도 표정 하나 바꾸지 않고 다른 사람의 비리를 캐겠다고 야단했습니다.

얼마 전 국힘당의 대표가 된 젊은 대표는 앞으로 국회의원에 입후보하려는 사람은 시험을 쳐야 한다고 했다가 혼이 난 일이 있습니다. 그러나 나는 이 말을 어느 정도 지지합니다. 왜냐구요? 우리는 정치가가 나와서 정치하고 국민을 이끌고, 나라를 이끌어 가는 풍토를 만들어야 한다고 생각합니다. 나는 정치인과 정치꾼들을 구별하는 방법이 있다면 시험 아니라 더한 방법이라도 썼으면 좋겠습니다. 학교 다닐 때 강의는 듣지도 않고 싸움질이나 하고, 화염병이나 던지고, 교수님들의 속이나 썩이던 정치꾼들은 정치판에서 몰아냈으면 좋겠습니다. 머리에 좀 지식도 있고, 인품이 국민과 나라를 사랑하는 사람이 정치해야지 조폭의 똘마니 같은 인간들이 국회의원이 되어 국민을 괴롭게 하는 일은 이제는 사라졌으면 합니다.

생우안락(生于安樂)

'생우안락'이란 삶이 너무 평안하면 위험을 모른다는 말입니다.

개구리를 미지근한 물에 넣으면 평안해서 아무런 걱정을 하지 않습니다. 그 물에 살살 열을 가해도 개구리는 도망쳐 나올 생각을 하지 않습니다. 나중에 물이 끓어 데어 죽을 때까지 개구리는 도망할 생각을 하지 않는다는 이야기입니다.

A.D. 79년 베수비오 화산이 폭발했을 때 폼페이시의 많은 시민이 피난을 했습니다. 그런데 부자들과 귀족들, 상류층 사람들이 피난하지 않아서 죽었다고 합니다. 베수비오 화산이 폭발하기 전 산 위에 연기가 솟고 우릉우릉 전조증상이 있을 때 가진 것이 없는 사람들과 노예들은 재빨리 그곳을 벗어났지만, 부자나 귀족들은 가진 재산이 아까워서 지금 잘살고 있는 환경을 버리기가 너무 아까워서 도망할 수 없었다는 말입니다.

한국전쟁 때도 마찬가지였습니다. 중공군이 한국전에 개입하고 미군이 후퇴한다고 했을 때 재산이 없는 사람들은 훌훌 털고 이불보따리 하나만 둘러메고 피난길에 올랐습니다. 그러나 재산이 많은 사람 중에는 재산을 아까워서 남았고, 늙은 부모님에게 집을 지키라고 두고 떠나와서 재산과 부모님까지 모두 잃는 불행을 떠안았습니다.

작가 해리스는 "네가 원하는 것을 모두 가졌을 때 조심하라, 살진 돼지는 위험하다, 운이 나쁠 가능성이 크다."라고 했습니다. 그렇습니다. 주인이 잔치를 벌일 때 살진 돼지가 제일 먼저 희생의 대상이 됩니다. 우리는 성경에도 아브라함이나 롯이 손님이 오면 살진 양을 잡아 대접했다는 기록이 있습니다. 그러니 살찌고 잘생긴 돼지나 양은 손님이 오거나 잔치를 하려면 잡혀 죽을 순위 1번인 것입니다.

지금 우크라이나 전쟁이 한창입니다. 그럼 왜 러시아가 그 옆의 나라도 많은데 우크라이나를 침공하기로 정했을까요? 두말할 것 없이 우크라이나가 다른 나라에 비해 잘살고 곡식이 많은 비옥한 나라이기 때문입니다. 즉 다시 말을 하면 살진 돼지이기 때문입니다. 우크라이나는 동유럽 가운데 가장 비옥한 곡창지대이고, 기후가 좋고, 흑해라는 바다를 끼고 있고, 그 밖의 좋은 점이 많기 때문입니다. 옛날 흐루쇼프가 러시아의 권력자일 때 우크라이나의 흑해로 휴가를 떠났다는 신문을 여러 번 읽은 기억이 납니다. 그래서 그 나라의 국기도 푸른 하늘 밑에 노란 밀밭을 상징하는 깃발이 아닙니까. 이왕 전쟁하려면 살진 돼지를 잡아야지, 북쪽의 거친 땅을 가지려고 전쟁할 이유가 없습니다.

중국도 기후와 척박한 땅을 가진 외몽고는 그대로 두고 조건이 좋은 내몽고를 침략하여 먹어버린 것도 마찬가지 이유입니다. 그래서 살진 돼지는 조심해야 합니다. 삶이 너무 평안할 때 조심할 필요가 있다는 것입니다. 줄리어스 시저가 전쟁할 때 "프랑스나 스페인을 먼저 침략하고 북부 독일을 치면 어떻냐고 부하가 물으니까 이 춥고 거친 땅을 가지기 위하여 로마군의 희생해야 한다는 말이냐?"라고 거절했다는 말이 있습니다. 그렇습니다. 이왕 전쟁하려면 기후가 좋고 비옥하고 환경이 좋은 땅을 침공하지, 거칠고 추운 땅을 침공하지는 않을 것입니다.

러시아 땅을 먹으려고 전쟁을 한 나라는 별로 없습니다. 물론 나폴레옹, 칭기즈칸, 히틀러가 러시아를 침공했지만, 러시아가 말을 안 들으니 굴복을 시키려고 한 전쟁이지 그 땅을 영원히 가지려고 한 것은 아닙니다. 그러나 기후가 좋고 땅이 비옥하여 곡물 생산량이 풍부한 나라는 외적에게 침략당하느라고 정신이 없었습니다. 폴란드가 그렇고, 오스트리아와 한국이 그렇고, 스페인이 그렇습니다. 그러므로 우리가 평안할 때 위험이 오지 않을까 걱정하고 대비해야 합니다.

지금 한국은 많이 발전되고 살기 좋은 나라로 평판을 받고 있습니다. 누구든지 한국을 방문한 사람은 서울을 칭찬하기에 입의 침이 마를 정도입니다. 이것은 서울에 와서 살았으면 하는 부러움도 있지만, 서울을 먹어버렸으면 하는 생각도 있을 것입니다.

그러면 누가 이런 생각을 제일 많이 할까요? 두말할 것 없는 백두혈통입니다, 김일성도 김정일도 그 손자 김정은도 어찌하면 한국을 먹어버릴까를 밤낮으로 연구를 할 것입니다. 그래서 김일성은 전쟁을 일으켰다가 성공하지 못하고 혼이 났습니다. 그리고 고픈 배를 움켜잡고 핵을 개발했고 군비를 양산했습니다. 그리고 종북사상으로 물든 나라의 지도자는 국민을 향해 거짓말만 합니다. "내가 북한에 가보니 북한은 핵무기를 개발할 힘도 없고 의지도 없더라. 만일 북한이 핵무기를 만든다면 내가 책임을 지겠다."라고 달콤한 말로 국민을 속였습니다. 그런데 그런 말을 한 그가 책임을 졌나요? 많은 전략가라는 사람들도 북한은 무기도 없고 탱크에 넣을 기름도 없다고 했습니다. 북한의 장교가 "걱정 마십시오. 우리가 20마일만 남쪽으로 쳐 내려가면 한국군이 쌓아 놓은 무기가 산처럼 쌓였고, 조금 더 나아가 파주에 가면 주유소마다 기름이 차 있습니다. 그저 몇 마일만 더 가면 기름도 무기도 걱정할 필요가 없습니다. 30분만 더 내려가 서울만 가면 우리가 필요한 모든 것이 있다."라고 말입니다. 그리고 우리의 소원은 이루어진다고 말합니다.

우리는 지금 물이 점점 따뜻해져도 걱정이 없이 누워있는 개구리가 아닐까요? 내가 한국에 있을 때 DMZ에 구경 갔습니다. 서울에서 한 시간도 못 가서 철망이 쳐있고 망원경으로 보면 북한의 초소가 보였습니다. 또 북한군이 판 땅굴을 따라가면 약 150미터 앞에 북한군의 보초병이 보입니다. 휴전 회담을 한 길 건너편 건물에는 북한군이 집총하고 보초를 서고 있습니다. <u>으스스하고</u> 참 기분이 나빴습니다.

DMZ를 구경한 후 버스로 45분쯤 타고서 연세대 앞에서 내렸습니다. 거리에는 화려한 차림에 스타벅스 커피를 손에 들고 희희낙락하는 젊은이들로 꽉 차 있습니다. 그런 그들을 보면서 생우안락(生于安樂)이란 말을 떠올렸습니다.

"지금 저 개구리들이 행복한 표정으로 누워있는 물의 온도가 몇 도일까? 아마 저들은 물이 끓어도 나오려고 안 하겠지. 베수비오산의 연기가 안 보이는 걸까. 한국의 대통령 문재인 씨는 무슨 말로 또 저 천진한 국민을 속일까."

비교의식

　얼마 전 듣게 된 목사님의 설교입니다. 젊은 여인이 결혼하여 열심히 일하고 저축하여 작은 집을 샀습니다. 셋집으로 전세로 전전하다 내 집을 샀으니 얼마나 기뻤는지 모릅니다. 그래서 오래간만에 집 자랑을 좀 하려고 동창회에 나가서 집을 장만한 걸 자랑하려고 기회를 엿보고 있었습니다. 그런데 동창들이 강남의 몇십억짜리 집을 샀고, 또 어떤 동창은 시아버지가 몇십억짜리 집을 사주었다는 자랑을 했습니다. 그녀는 기가 죽어 말도 못 하고 구석에 앉아있다가 집으로 왔습니다. 집에 와서 보니 아침까지만 해도 아담하고 깨끗하고 좋던 집이 그렇게 우중충할 수가 없었습니다. 거실도 작고 침실도 좁고 부엌도 오종종했습니다. 아까까지 행복하고 자랑스러운 집이었는데 지금은 전혀 그렇지 않더라는 말입니다. 행복했던 기분이 불행으로 곤두박질을 쳤습니다. 왤까요? 비교의식이 작용했기 때문입니다.

　어떤 여자가 남자에게서 프러포즈를 받고 작은 다이아몬드 반지를 선물로 받았습니다. 아마 3부나 5부 정도 되었겠지요. 그는 주위의 친구들에게서 부러움을 샀습니다. 그래서 자기가 다니는 직장에서 동료들에게 자랑했습니다. 그래서 이왕 자랑할 바에는 하고 동창 모임에 나갔습니다. 원래 동창회에는 잘사는 친구들이 많이 모이는 곳이 아닙니까. 그런데 밥을 먹으면서 은근히 자랑하려고 했는데 학교에 다니면서부터 밉상이던 친구가 약혼했는데 시집이 아주 부자라면서 받은 1캐럿도 넘는 약혼반지를 보여주며 자랑하더라는 것입니다. 그러니 자기의 아주 작은 반지는 보여줄 수도 없고 배는 아프고 하여 그 맛있는 점심도 제대로 못 먹고 집으로 왔다는 것입니다.

한국의 자살률이 OECD 국가 중에 최고라고 합니다. 그리고 행복지수는 마지막에서 3번째라고 합니다. 한국은 발전된 나라이고 잘사는 나라입니다. 세계 최고라는 미국에 살다가 한국에 가서 친구들의 집을 방문해 보면 마치 빈민촌에서 살다가 온 것처럼 기가 죽습니다. 강남에 90평짜리 아파트에 사는 친구들 집에는 우선 집 안 실내장식도 화려하고 가정부가 차를 내오고 식사가 준비되었다고 조용한 목소리로 알려주었습니다. 나는 일생에 가정부를 두고 살아보지 못했습니다. 그래서 아내에게 정말 미안하고 할 말이 없습니다. 오하이오 집은 시골집이라 무척 컸습니다. 그런 집을 청소부 없이 아내는 그 무거운 청소기를 끌고 청소했습니다. 친구의 집 벽에는 유럽 여행할 때 찍은 사진들이 즐비하게 걸려 있습니다.

그런데 그런 친구의 입에서는 불평이 떠나지 않습니다. 한국의 어린애는 3살 때부터 경쟁합니다. 유치원에서도 일등을 해야 하고 초등학교에서도 일등을 해야 합니다. 중·고등학교에서 1, 2등을 못 하면 서울대학교에 못 들어가고 서울대학교에 못 들어가면 비교의식 때문에 일생 불행합니다.

한 청년이 대학을 졸업하고 직장을 구하여 처음 자동차를 샀습니다. 그런데 아직 돈이 없으니 쏘나타를 샀습니다. 그래도 혼자 있을 때는 쏘나타나 제네시스나 달리기는 마찬가지입니다. 그래서 신이 나서 친구들을 만나러 갑니다. 그런데 돈 있는 친구들은 BMW나 제네시스를 타고 나타납니다. 좀 전만 해도 반짝반짝하던 자기의 쏘나타가 왜 그런지 깡통처럼 보이고 초라해 보입니다. 그렇다면 불행해집니다.

오래전 장난기 있는 친구가 한 말입니다. 친구는 죽기 살기로 따라다니던 여자와 결혼했습니다. 결혼 전까지는 그 여자와 같이 놀러 간 적도 없고 직장에서 일만 죽어라 하고 했습니다. 결혼식을 마치고 결혼 파티를 하면서 보니 신부의 친구들이 많이 왔는데 아름다운 여자가 많더라는 것입니다. 이 친구는 '아차 잘못 뽑았구나. 좀 더 골라 볼걸.' 하고 후회했다고 해서 좌중이 깔깔대고 웃었습니다.

나도 젊어서 경쟁의식이 강했습니다. 한국에서 전공의를 하고 군의관으로 근무하면서 남에게 칭찬을 좀 받으니 일등이 되어야 하겠다고 기를 쓰고 일하고 공부했습니다. 그리고 미국으로 와서 어렵다는 성형외과를 했습니다. 성형외과 전문의가 되고 나서 좀 더 올라가 보겠다고 1990년에 나온 수부외과 전문의 시험을 끙끙거리며 보았습니다. 그래서 우리 병원의 유일한 성형외과 전문의 겸 수부외과 전문의가 되었습니다. 그때 나는 인생의 정점을 찍은 줄 알았습니다. 그리고 오하이오의 내가 사는 도시에서는 가장 바쁜 의사로 'Best Surgeon'으로 추천이 되었습니다. '정말 잘났어!'였습니다.

그런데 성형외과 미팅에 오면 불행해지곤 했습니다. 시작하는 날과 끝나는 날 파티에 나가 보면 전국에서 모인 성형외과 의사들이 턱시도를 입고 모이는데 키가 작은 동양인이 입은 턱시도가 별로 어울리지 않는지 별로 상대해 주지 않았습니다. 인사를 나누고 몇 마디를 하고서는 자기들끼리 웃고 떠들고 잘 끼워주지 않았습니다. 파티가 끝나고 방에 돌아와 거울을 보면 나의 작은 모습이 끝없이 초라했습니다.

세계 정상들이 모였다는 정상회의에서 우리나라의 문재인 대통령이 꾸어다 놓은 보릿자루 모양 한쪽 구석에 서서 우두커니 서 있는 모습을 보았습니다. 그 모습을 보면서 그가 영어를 잘 구사하지 못해 교제하기가 힘들기도 했겠으나 여기서도 비교의식이 작용하지 않았는지 생각했습니다.

이제 현역에서 은퇴했습니다. 이제는 돈 많은 사람이 돋보이는 것 같습니다. 돈이 많아서 큰 집을 사고 좋은 차를 타고 다니는 사람이 빛이 납니다. 현역일 때는 건방지게 돈이야 일만 하면 언제든지 손에 쥘 수 있는 것으로 알았습니다. 그러다 보니 은퇴할 때까지 남처럼 돈을 거머쥐지 못했습니다. 좀 후회는 되지만 아내의 덕분으로 먹고사는 데는 아쉽지 않습니다. 그러나 남과 비교할 때 후회가 되는 것도 사실입니다.

결국 이 비교의식은 자신의 문제입니다. 내 집이 남의 집보다 작아도 우리 집안에 행복이 가득 차 있으면 남의 저택이 부럽지 않을 것이고, 내 안에 실력과 능력이 있으면 키만 크고 내용이 없는 다른 사람에게 기가 죽지 않을 것입니다.

목사님은 우리는 남들보다 더 많은 것을 가졌다며 설교를 마치셨습니다. 그렇습니다. 비교의식으로 기죽을 필요가 없습니다. 나는 세계에서 가장 귀중한 존재라고 생각해 볼 수 없을까요.

실루엣과 본질

얼마 전 같은 문학 교실에서 공부하는 분이 한쪽으로만 비치는 햇빛이 만들어내는 실루엣은 본질과는 다르다는 내용의 수필을 썼습니다. 그러니까 사물이나 인물이나 우리가 보는 면과, 보지 못하는 본질이 같을 수가 없다는 말이었습니다. 그는 예를 들어 007의 제임스 본드와 이 영화에 출연한 숀 코넬리, 다니엘 크레이그는 같은 사람이 아니라는 것이었습니다. 그건 너무도 당연한 이야기입니다. 다니엘 크레이그는 본드처럼 싸움을 잘하는 것도 아닐 테고, 숀 코넬리가 본드처럼 바람쟁이도 아닐 것입니다. 로저 무어가 그렇게 많은 여자와 놀아난 것도 아닐 테니까요.

예수님은 2천 년 전에 "사람을 외모로 판단하지 말라."는 말씀을 하셨습니다. 아마 예수님 이전의 많은 선생님도 같은 말을 했을 것입니다. 그런데 세상이 어찌 그럽디까? 사람들은 대개 외모를 보고 판단하고 반반한 사람을 좋아합니다. 특히 여자들이 더 그렇습니다. 그래서인지 반반하게 생긴 사기꾼에게 잘 속아 넘어갑니다. 오래전 박인수라는 반반한 남자가 수백 명의 여자를 농락하고 금품을 갈취한 사건이 있었습니다. 아마 그가 잘생기지 않았다면 있을 수 없는 일이었겠지요.

마찬가지로 백화점에서는 안의 물건은 어떠하든지 화려하게 포장하여 전시합니다. 크리스마스나 명절 때 배달이 된 선물의 내용을 보고서 실망한 적이 종종 있습니다. 한 번은 집으로 배달된 큰 선물 보따리를 뜯었는데 옥수수 튀긴 것이 나와서 그 선물을 보낸 사람이 원망스럽기까지 했습니다.

오래전 친구들과 잡담하다가 웃은 일이 있습니다. 실없는 친구가 길을 가다가 앞에 멋진 여자가 걸어가고 있었습니다. 그녀의 뒷모습은 늘씬하고 출렁거리는 머리카락이 물결을 이루며 이따금 휘날리는 스카프가 참 멋지더라는 것입니다. 이 친구, 뒷모습이 저렇듯 멋진 여자라면 한번 작업을 걸어 보리라 하고는 부지런히 그녀를 앞질러 가서 뒤돌아보았습니다. 그런데 그녀의 얼굴이 아니올시다, 나이 많은 아주머니가 치장을 안 해서 머리카락이 흩어져 있고 남루한 목도리를 하고 있었다고 합니다. 여자에게서는 매력을 느낄 수 없는 아줌마더라고 하여서 많이 웃었습니다. 이렇듯 그림자인 실루엣을 보고 판단한다는 것은 포장지만 보고 물건을 산다는 것보다 더 어리석은 일이라고 하면 지나친 판단일까요?

젊었을 때 영화를 좋아했습니다. 그런데 그때는 영화를 중간에 들어가 보고 다음 회에서 자기가 보기 시작한 데까지 보고 나오는 일이 많았습니다. 그런데 영화에서 누가 악한이고 누가 정의한인지는 금세 알수가 있습니다. 영화에 나온 사람이 잘생겼는가 못생겼는가에 따라 잘생겼으면 정의한이고 수염이 더부룩하고 우락부락하면 악한인 것이 대부분입니다. 그러니 내가 외모로 악한처럼 생기지 않게 태어난 것이 감사할 뿐입니다. 그리고 영화에 나오는 배우가 그 영화의 주인공과 동일인으로 착각하고 그 배우를 좋아했습니다. 영화 ≪성의≫에 나오는 빅터 마추어를 보고 그가 정말 순교자인 줄 착각했고, ≪쿼바디스≫에 나오는 데보라 카가 정말 성녀처럼 순결한 줄 알았습니다. ≪햄릿≫에 나오는 로렌스 올리비에가 햄릿처럼 깊은 사색가인 줄로 알았습니다. 그래서 그가 출연하는 영화라면 서울 어디를 뒤져서라도 봤습니다. ≪폭풍의 언덕≫ ≪애정≫ ≪리차드 3세≫ ≪스파타커스≫ 등등. 그는 배우일 뿐 셰익스피어가 쓴 각본을 그대로 외우는 꼭두각시 배우라는 것을 깨달은 것은 내가 중년이 되고 난 후였습니다.

우리가 존경하는 사람들 – 목사님, 정치가, 사회 사업가 – 의 실루엣을 보고 그를 추종하는 일이 많습니다. 그러다가 실상을 보고 실망하여 교회를 혐오하고 정치가를 미워하고 사회를 미워하게 됩니다. 그들 중 가장 실루엣과 본질이 다른 부류가 정치가인 것 같습니다. 정치가들은 그들의 실루엣을 말로 만듭니다.

"시작은 평등하고 과정은 공정하며 결과는 정의로운 사회를 만들겠다."던 어느 정치가의 말을 듣고는 참 올바른 사람이라고 생각한 일이 있습니다. 그리고 무엇보다 '사람이 먼저다.'라는 말에 환호했습니다. 그런데 그건 누가 써준 대본인 듯, 그의 실상 얼굴은 그게 아니었습니다. 많은 정치인이 정의로운 사회, 평등한 사회를 만들겠다고 공언을 했습니다. 우리는 그 실루엣을 보고 깃발을 흔들어 댔습니다. 그러나 그들은 거의 대본을 읽는 배우들이었고 그들의 민얼굴은 그게 아니었습니다. 그 실루엣과 본질이 많이 다른 사람을 '위선자'라고 불러도 될지 모르겠습니다.

그렇다면 실루엣과 본질이 판이하게 다른 사람은 앞서서 걸어가던 아줌마가 아니라 정치인이고 종교인이라고 하면 지나친 말일까요? 한국의 대형교회 목사님 중에도 가장 화려한 포장지로 포장한 위선자라고 생각합니다. 그는 예수님을 팔아서 장사하는 사업가이고 거짓말쟁이들이 많습니다.

그렇습니다. 빛은 굴곡하여 비춰주지 않습니다. 그래서 실루엣을 만드는 빛에게는 아무 책임이 없습니다. 실루엣을 보고 아름다운 여자인 줄 알고 따라간 그의 어리석음만이 있을 뿐입니다.

성소수자

지금 사회에서 동성 연애자들이 사회의 큰 화제를 일으키고 또 사회적 문제를 제기하고 있습니다. 얼마 전 서울에서 열린 퀴어문화축제는 그동안 차별받던 성소수자들이 사회 표면에 나서서 그들의 사회적인 신분 보장을 해달라고 나섰고, 정의당에서는 그들의 주장을 관철하는 데 적극적으로 돕겠다며 데모에 참여했습니다.

교회에서도 WCC에 속한 UMC(United Methodist Church)에서는 동성애자가 목사님이 될 수도 있고, 교회 안에서도 동성애자의 모임이나 조직을 가질 수 있고, 동성애 목사님이 동성애자들의 결혼식이나 행사를 인도할 수 있다고 합니다. 그래서 많은 교회에서 UMC를 탈퇴하는 현상이 일어났습니다. 그런데 UMC에서는 교회 건물은 자기네 소유이니 나가려면 그 건물에 해당하는 돈을 내고 나가라고 압박합니다. 그래서 교회에서 투표했는데 동성애 지지자가 약 2~3%나 나와서 많은 사람이 놀랐다고 합니다.

나는 차별주의자가 아닙니다. 내 친구 중에도 동성애자가 있습니다. 그들은 모두 착한 시민들입니다. 여러 번 기술했지만, 한 해 위의 성형외과 전공의였던 C선생은 동성애자로 평생 결혼하지 않았고, 집에 많은 개와 고양이를 기르면서 수입의 많은 부분을 자기가 사는 시의 교향악단에 기부하여 교향악단의 이사가 되고 이사장이 되어 해마다 교향악단을 끌고 유럽으로 연주 여행을 다녀오곤 합니다. 나는 그가 아무런 범법이나 나쁜 일을 하는 것을 본 적이 없습니다. 그런 친구를 동성애자라고 하여 사회에서 분리하고 차별을 둔다는 것은 잘못이라고 생각합니다.

그런데 내가 샌프란시스코의 거리에서 목격한 동성애자들은 팔뚝과 목에 문신하고 귀와 코에 구멍을 뚫고 가죽조끼를 입었습니다. 그런 사람이 교회에서 성만찬을 베풀고, 우리 어린이들과 캠핑을 가고 Youth Group을 인도합니다. 나는 그런 교회에 나가고 싶지도 않고, 그런 선생님이 아이들과 손잡고 놀이하는 학교에 내 아이들을 보내고 싶지는 않습니다.

어느 정도까지 동성애자들을 인정하고 같이 어울려야 할까요? 이것은 내가 해결할 수 없는 크나큰 과제입니다. 그러면 동성애는 병일까요, 고칠 수 없는 병일까요? 그것은 우리 사회가 해결할 수 문제일 것입니다.

고등학교 시절 또 대학에 들어가서도 내 친구 경학이와 한 이불 속에서 잤습니다. 또 고등학생 때도 대학에 들어가서도 손을 잡고 다녔습니다. 그리고 군에 들어가서 병원에서 침대가 모자라 다른 군의관과 한 침대에서 잔 일도 있습니다. 물론 군복을 입은 채 이불도 덮지 않고 잤지만…. 그렇다고 우리가 동성애자는 아니었습니다.

동성애자라고 하여 범죄자나 범죄 가능성이 큰 사람으로 취급을 하는 것은 옳지 않습니다. 그러나 동성애자가 우리 사회를 지배하고 우리도 그런 길로 이끌어 가려고 한다는데는 반대하지 않을 수 없습니다. 많은 사람이 동성애자를 선천적으로 타고난 성향으로 인정하고 그렇다면 교육으로 고칠 수는 없으니 그대로 인정하자고 합니다. 유전학자 Deam Hamer는 우리의 유전인자 가운데 동성애자들은 Xg 28인자의 위치가 변형돼 있다고 하고, 일란성 쌍둥이에서 동성애자들이 많다고 합니다. Michael Baily라는 사람은 일란성 쌍둥이 중에서 남자 11.1%, 여자 13.6%가 동성애적인 성향을 보았다고 보고했습니다. Niklas Langstrom은 일란성 쌍둥이 중 남자 9.9%, 여자가 12.1%가 동성애적인 성향이 있다고 했습니다. 켄들러라는 사람은 일반 사람 중 2~3%가 동성애적인 성향이 있다고 보고했습니다. 이것은 결코 적은 숫자가 아닙니다. 이 많은 수의 사람들을 사회에서 차별한다는 것은 옳지 않다고 생각합니다.

그러나 한편 동성애자 중 많은 사람이 퇴폐적이고 병적이라는 데 주목하지 않을 수 없습니다. 샌프란시스코에서 길을 안내하는 사람을 따라가는데 많은 동성애자가 온몸에 문신하고 귀와 코에 구멍을 뚫고 마약에 취해서 흐릿한 정신으로 거리를 방황하고 있었습니다. 이것은 정상이 아닙니다. 우리가 그렇게 무서워하는 AIDS가 동성애자들에게 만연해 있다는 사실도 경계하게 됩니다. 그런 분들이 교회 지도자가 되고 학교 선생이 되어 우리의 자녀들과 어울리고 우리 자녀들을 교육한다는 것에 나는 반대하는 것입니다.

나는 키가 작게 태어났습니다. 그래서 농구나 배구 선수가 될 것은 꿈도 꾸지 않았습니다. 또 아름다운 용모를 가지고 태어나지도 않았습니다. 그래서 배우가 되는 것은 생각해 보지도 않았습니다. 그렇습니다. 동성애가 선천적인 불치의 핸디캡이라고 한다면 그들은 성직자와 학생을 가르치는 직업을 애당초 포기하고 다른 직업을 택해야 한다는 말입니다. 그들이 생을 포기하고 마약 중독자가 되어서는 더더욱 안 된다는 말입니다. 이 사회에 그들이 할 수 있는 일은 얼마든지 있습니다. 또 동성애가 질병이라도 외모로 나타나지 않은 성격상의 문제일 뿐입니다. 내 친구처럼 의사도 될 수 있고 예술인도 될 수 있고 정치인도 될 수 있습니다.

요새는 결혼이 필수가 아니라 선택이라고 합니다. 결혼 안 하고 산다고 하여 조금도 이상할 게 없는 사회가 되었습니다. 지금 교회와 사회에서 떠들고 있는 성소수자의 권익을 위한 운동이 이제는 도를 지나쳐서 사회에서 군림하겠다는 운동이 되면 안 되겠다는 생각입니다.

비판

"비판을 받지 아니하려거든 비판하지 말라 너희가 하는 그 비판으로 네가 비판을 받으리니"(마태복음 7장 1~2절)라는 말씀이 성경에 있습니다.

사람은 남을 비판하기를 좋아합니다. 어떤 이가 이런 말을 합니다. "우리는 자기 얼굴을 볼 수 없지요. 하루에 한 번 샤워하고 거울을 보는 것 외에는 자기를 볼 수 없습니다. 그러니 앞에 보이는 남의 이야기를 하지 않을 수 없습니다. 거울에 흐리게 비치는 나보다는 앞에 환하게 보이는 남의 이야기를 하지 않을 수 없지요."라고 말합니다.

오래전 친구들이 모여 점심을 먹으면서 남의 이야기를 했습니다. 물론 칭찬보다는 헐뜯는 이야기가 많이 있게 마련입니다. "야, 그 친구 돈을 많이 벌었지. 부인이 부동산에 귀재라지. 그 친구가 소유한 빌딩이 수백억짜리래. 그런데 그 친구 아주 짜기가 왕소금이야. 이런 데 나와서 우리에게 점심이라도 사면 뭐가 잘못되나."라는 이야기부터 그 친구의 일화들을 들어가며 입에 거품을 물고 있었습니다. 여기에 그 친구만큼 돈을 많이 벌었다고 소문이 난 친구도 있었습니다. 잠잠히 이야기를 듣던 한 친구가 "야 남의 이야기 하면 뭐하냐 그만하자."
라고 하니까 옆에 앉아있던 친구가 "말은 해야 맛이고, 고기는 씹어야
맛이 난다니까! 남을 씹는 이야기가 제일 맛이 있나 봐."라고 하여 모
두 웃었습니다.

그런데 우리가 모여서 이야기할 때 모두 어거스틴이나 톨스토이의
≪참회록≫ 같은 이야기를 한다면 재미가 없어서 5분도 이야기를 계
속할 수가 없을 것입니다. 또 그 책이 베스트셀러도 아닙니다.

비판 잘하는 사람들을 들라면 공산주의자들일 것입니다. 북한에는
'자아비판회'라는 것이 있습니다. 어린이들은 소년단에서, 청년들은
민청에서 또 노동당에서 자아비판이라는 것을 합니다. 어떤 학생이 나
가서 "내가 지난주에 이런 일을 했는데 이것이 소년단의 명예를 실추
하는 일이라고 생각합니다. 그러니 반성하여 이런 잘못이 없도록 할
것이고 앞으로는 소년단을 위하여 충성하겠습니다."라고 자아비판을
하면 한두 명이 나가서 "그의 행동은 우리 소년단에 명예를 실추하고
김일성 장군이 우리에게 베푸는 은혜를 망각한 것입니다."라고 열띤
비판을 하고는 어떤 징계를 하자고 제의합니다. 지금 국민의 힘 이준
석 대표를 비판하는 것처럼…. 그리고는 이런 벌을 주어야 한다고 재
의를 합니다. 즉 경고, 견책, 일정 기간의 청소, 일정 기간의 단원 자
격정지, 출당입니다. 그런데 이런 비판회를 많이 해서 그런지 어린이
들도 비판을 아주 잘합니다. 그리고 평소에 친했던 것과는 관계없이
가혹하게 비판합니다.

우리나라 좌파들이 남을 비판을 잘하는 것도 거기에서 배워온 것이
아닐까 하는 생각이 듭니다. 진보에 속한 사람들은 보수에서 무슨 일

이 생겼다고 하면 고추처럼 맵게 비판하는데 보수 정치인들은 서툽니다. 부정선거에 대한 여론이 일어도 "지금이 어떤 세상인데 부정선거를 할 수 있겠습니까?"라면서 어리숙한 말만 하고 있습니다.

지난 정권에서는 청문회를 통과하지 못한 사람들이 많이 장관이 되고 기관의 수장이 되었습니다. 그러면 청문회에서 통과하지 못할 만큼 흠이 많은 사람인데 그가 장관이 되어 기관의 수장이 되면 일을 잘할 수가 있을까요? 나는 그런 염려를 하지만 그들이 장관이 되면 아주 엄숙한 얼굴로 국민을 가르치고 있으니 참 이해하기가 힘이 든 세상입니다. 아마 정치인이 되려면 우리와 다른 심장을 가져야 하는지도 모릅니다.

우리는 또 자기 자랑을 하는 사람들을 싫어합니다. 그래서 아들 자랑 손자 자랑을 하면 금방 시큰둥한 얼굴이 됩니다. 우리는 남의 자랑을 듣기보다는 남을 비판하기를 좋아합니다. 그리고 남을 칭찬하는 이야기보다는 남을 헐뜯고 깎아내리는 이야기를 좋아합니다. 그리고 그 상대가 자기와 사이가 좋지 않은 사람이라던지 자기의 라이벌이면 더욱 신이 나고 흥이 납니다. 그래서 여자들이 모이면 남편 흉을 보느라고 시간이 가는 줄 모른다지 않습니까.

남에게 들이대는 잣대는 쇠로 된 자이고 나를 재는 자는 고무줄로 된 줄자입니다. 그래서 남에게는 정확하고 가혹하지만, 자신에게는 관대합니다. 그래서 소위 '내로남불'이라는 말이 생겨나게 된 것입니다. 나는 그럴 수밖에 없는 사정이 있었고 남에겐 그런 사정을 모두 없애버리니까 나에게는 관대하고 남에게는 엄격할 수밖에 없습니다. 물론 지금 한국의 정치인들처럼 있는 사실을 은폐하고 없던 사실을 만드는 사람들도 있습니다. 그리고 자기의 잘못이 발각돼도 자기는 그런 일이 없다고 생떼를 쓰는 정치인이 많습니다.

정말 인격자는 자신에게는 엄격하고 남에게는 관대하여 남을 용서하는 것입니다. 그러나 세상에는 그런 존경할 만한 인격자가 몇 사람이나 됩니까? 그런 사람이 혹시 있다 하여도 그런 사람은 지금 한국의 정치판에서는 살아남을 수 없을 것입니다.

이 세상은 남을 흉보고 헐뜯는 사람들이 더 많이 사는 세상입니다. 인간은 공격적입니다. 내치는 주먹이 강하지, 안으로 치는 주먹은 강하지 못합니다. 발로 남을 차기는 쉬워도 자신을 발로 차지는 못 합니다. 그렇게 공격적이므로 인간이 이 험한 세상에서 생존하는지도 모릅니다. 그러니 이런 세상에서 남에게 존경만 받고 살기는 힘이 들 것입니다.

국회 청문회에 올라오는 사람들을 보면 그래도 좋은 사람들을 골라서 추천했을 텐데 어떻게 저런 사람이 장관으로 추천이 되었을까 하고 의심이 들 지경입니다.

오늘 어떤 모임에서 나를 씹는 이야기가 한창일지도 모르고 나를 욕하는 것이 즐거워 웃는 사람들이 있을지 모릅니다. 무슨 원한이 있어서보다 공연히 나를 싫어하는 사람들일 것입니다. 그건 어찌할 도리가 없습니다. 그래서 노자가 이야기한 대로 물처럼 살아야 하는지 모르겠습니다. 막히면 돌아가고 구정물도 받아 주고 어떤 그릇에나 들어가고 바다로 흘러가는 물처럼 살아야 할 것입니다. 그래서 남들이 욕을 해도 씩 하고 웃어넘기는 사람이 되었으면 합니다. 남들이 나를 비판할 때는 그럴만한 소지가 있을 테니까요.

표절

오래전에 이어령 선생님에게 표절했다고 시비한 사람이 있었습니다. 이에 이어령 선생은 "우리 말이나 글을 쓰면서 표절이 아닌 것이 어디 있겠는가. 내가 말을 만들어내는 사람이 아니라면…." 하고 반박했습니다.

우리가 하는 모든 말이 수천 년을 내려오면서 남들이 한 말이고 우리가 쓰는 글이 우리 선배들이 써온 글입니다. 아이들은 부모님이 하는 말을 들으면서 말을 배우고, 학생들은 선생님이 쓰는 글을 읽으면서 글쓰기를 배웁니다.

표절은 남의 글을 그대로 베껴 내는 것입니다. 그럼 우리는 전혀 남이 쓰지 않은 글을 새롭게 만들어내느냐 하면 그건 또 아닙니다.

'청명한 가을 하늘에 달이 휘영청 밝다.'라고 한다면 이런 말을 쓴 사람은 수백 명이 넘을 것이고, 그런 시를 쓴 사람, 글을 쓴 사람이 수없이 많을 것입니다. 그럼 그들은 모두 표절을 했나요? 나는 그것을 표절이라고 생각하지는 않습니다. 그러나 남이 쓴 글을 적어도 한 센텐스를 그대로 옮겨 자기 글 속에 넣었다면 그게 표절입니다.

코로나바이러스로 가택연금 아닌 연금 생활하면서 책을 많이 읽었습니다. 또 글을 쓰는데 남의 책에서 감명받은 내용이나 아름다운 문장을 차용했을 수도 있습니다. 그걸 누가 트집을 잡고 나더러 표절했다고 하면 표절이 될지도 모릅니다. 그래서 나는 남의 글을 인용할 때는 누구의 글임을 꼭 밝힙니다. 특히 의학 논문은 참고서적 란에 인용하는 대목은 꼭 표시해야 합니다. 그러지 않고 남의 실험 결과를 그대로 옮긴다면 표절을 넘어 남의 노력을 훔치는 도적이 됩니다. 그래서 학위 논문이나 학회에 제출하는 논문은 이 원칙을 철저히 지킵니다.

그러나 시나 수필, 소설을 쓸 때는 참고 논문이라고 따로 표시하지는 않지만 남의 글을 인용할 때면 '누구의 말에 의하면'이라든가 '누구의 책에 의하면'이라는 설명을 붙입니다. 만일 그런 설명 없이 남의 글을 갖다 쓰면 표절했다는 비난을 받을지도 모릅니다. 나의 일생에 남의 책이나 논문을 펴 놓고 베껴댄 일은 꿈에도 없지만 누가 나의 글을 갖다 대고 누구누구의 글에 이런 말이 있더라고 하면 무엇이라고 변명할 수 있을는지 모릅니다.

그동안 쓴 글을 모아서 펴낸 책이 16권이 되었습니다. 가끔 그 책을 잠들기 전에 읽어 보는데 옛날에 했던 말을 또 반복하고 있었습니다. 그러면 내가 나의 글을 표절했다고 할까요?

오래전에 선배 수필가에게 들은 이야기가 생각이 났습니다. ○○○ 선생님이 책을 써서 정리해달라고 가져오셔서 읽었는데 한 말씀을 또 하고, 한 말씀을 또 하는 반복되는 이야기를 삭제했더니 글의 양이 확 줄어들더라고 해서 웃었습니다. 나도 옛날에 한 엄살을 또 하고 옛날에 고생한 이야기를 다시 하는 등 몇 번 육수를 낸 다시마를 다시 우려낸 것 같아서 나 스스로도 맛이 없어진 걸 알 수 있었습니다.

친구 목사님이 시카고에서 목회하다가 10년이 되고 나서 교회를 떠나겠다고 선언했습니다. 교인들이 깜짝 놀라서 이유를 물으니까 "내가 이 교회에서 10년 동안 설교를 했습니다. 이제는 내가 성경 구절을 읽기만 해도 여러분이 무슨 선교를 하려는지 짐작하실 것입니다. 지금 제게는 여러분이 모르는 새로운 이야기가 없습니다. 그러니 이제 여러분들에게 새로운 영감을 줄 수 없습니다. 저는 좀 쉬며 공부를 하고 싶습니다. 그리고 새로운 영감으로 충만해졌을 때 교회를 다시 맡겠습니다."라고는 교회를 떠났습니다.

그렇습니다. 목사님의 설교도 마찬가지입니다. 교회에 가서 목사님의 설교를 들으면 한 이야기를 또 하는 경향이 많이 있습니다. 그럴 수밖에 없겠지요. 그러니 매 주일뿐 아니라 수요일 저녁, 새벽 기도회까지 인도해야 하는 목사님에게서 새로운 이야기를 바란다는 것은 거의 불가능합니다.

나는 이어령 선생님의 애독자입니다. 젊어서 《지성의 오솔길》부터 나이가 드셔서 기독교에 귀의하시고 쓰신 《이성에서 영성까지》 이 선생님의 책이 나왔다고 하면 무조건 다 샀습니다. 그리고 마치 목이 마른 사람이 물을 마시듯이 읽어댔습니다. 그리고 집에 보관해 놓았습니다. 아마 이어령 선생님의 책이 우리 집에 50권은 넘을 것 같습니다. 20권짜리 전집도 두 질이나 가지고 있습니다. 그리고 이 선생님의 책을 읽으면서 영감을 받으려고 노력할 때도 많았습니다. 이 선생님의 글을 인용도 하고…. 그런데 이 선생님의 글도 읽어 보면 이 선생님의 글도 되풀이되는 이야기가 있을 때도 있습니다. 그러면 나의 쌓여있던 긴장이 확 풀어지기도 합니다. 이 선생님도 한 이야기를 또 할 때가 있는데 하고…. 그러고 보면 나의 책 중 16권 속에 한 이야기가 다시 나와도 변명의 여지가 생겨날 것 같습니다.

집의 서가에는 김소월 시 전집, 이상 전집, 김현승 전집, 한하운 전집, 한용운 전집, 안병욱 전집이 있습니다. 그런데 그 전집을 들고 앉아있으면 그의 전집 중에 애송되고 있는 명시들은 몇 개 되지 않습니다. 그러니 그런 분들의 시에도 잘된 것이 몇 개 있을 뿐 그의 시가 다 애송되는 명시가 아닙니다.

가끔 글을 쓰면서 겁이 날 때가 있습니다. '내가 쓰는 글을 옛사람이 비슷한 글을 써놓은 게 아닐까, 그래서 누가 나더러 표절했다고 시비 걸지 않을까. 그리고 나더러도 한 이야기 또 하고, 한 이야기 또 해서 더 읽을 필요가 없다고 내가 애를 써서 써놓은 책을 벽에다 집어 던지는 사람은 없을까.'라는 생각이 들 때입니다. 남들이 안 해본 이야기 한 번도 책에 쓰이지 않은 이야기를 할 수는 없을까요? 아마도 남들이 가보지 않은 오지에 다녀와서 여행기를 쓴다면 가능할 것도 같습니다.

그런데 나는 중국의 장가계나 황산은 고소공포증이 있어서 못 올라가겠습니다. 아마 삼천갑자를 살았다는 즉 18만 년을 산 동방삭이가 옛날이야기를 한다면 몇십 년 정도야 새로운 이야기를 할 수 있겠지만 아무리 책을 읽어도 새로운 이야기를 매일 할 수는 없습니다. 아라비아의 천일야화처럼 말입니다.

책을 읽고서 쓴 글이라면 표절이 될 수가 있습니다. 자기가 새롭게 지어낸 글이 아니니까요. 그저 남의 책에서 한 문장 정도 같은 이야기를 한다면 표절은 아니고 용납되지 않을까 생각해 봅니다.

아름다운 말

≪삼국지≫의 백미는 적벽대전일 것입니다. 백만대군이라고 허풍을 떨며 30만 대군을 수륙 양쪽으로 진군해 오는 조조 군을 유비는 대항할 길이 없었습니다. 이때 유비의 책사 제갈량이 자기가 동오 손권에게 가서 이 싸움이 조조와 손권과의 싸움이 되도록 유인하겠다고 나섭니다.

동오에 온 제갈량을 동오의 대신들은 제갈량을 죽여야 한다고 야단이었습니다. 더욱이 도독 주유는 제갈량을 죽이려고 여러모로 애를 썼습니다. 이것을 제갈량은 좋은 말로 막아냅니다. 나중에는 〈동작부〉라는 시를 읊어 조조가 '동작대'라는 큰 정자를 세우고 강동의 이교(소교, 대교)를 데려다가 술을 따르게 하겠다는 의미의 시를 읊습니다. 대교는 손책의 부인이고 소교는 주유의 부인입니다. 이에 격분한 주유도 전쟁파로 돌아서서 적벽대전을 일으켜 조조를 대패시킵니다. 한 사람의 세객이 유비를 살리고 동오도 승전하는 역사를 만듭니다.

어떤 왕이 연회를 베풀었는데 잔치에서 광대가 춤을 추다가 옷자락이 걸려 왕이 애지중지하는 도자기를 떨어뜨려 깨집니다. 왕은 대로 하여 저 광대를 사형에 처하라고 명령합니다. 왕이 가만히 생각하니 '자기가 좀 너무했구나.'라고 생각이 들었으나 한번 내린 명령은 철회할 수가 없습니다. 그래서 다음날 "너는 죽어 마땅하지만, 오랫동안 궁궐에서 봉사한 정의를 보아서 너에게 죽음의 방법을 허락한다. 그러니 네가 어떻게 죽을지 선택을 하라."고 했습니다. 아마 목을 베어 죽이든지, 목을 매달아 죽이든지, 화형을 하든지 아니면 사약을 내리든지를 생각했을 것입니다. 이 광대가 "성은이 망극하나이다. 허락해 주신다면 소인은 늙어 집에서 자리에 누워 죽고 싶습니다."라고 했다고 합니다. 왕은 자기가 한 말을 되담을 수 없으니 "그래, 저놈을 늙어 죽게 하라."고 석방했다고 합니다. 참 현명한 광대의 말입니다.

지금 한국이나 미국의 정치가들은 현명한 말을 할 줄 모릅니다. 직선적이고 공격적이고 품위 없는 말을 막 쏟아냅니다. 언어는 발달할수록 수식어가 많아지고 아름다워지고 또 직설적이기보다는 우회적이고 암시적으로 됩니다. 우리가 읽는 시나 소설, 수필 등 문학작품은 직설적이고 공격적이 아니면서도 작가의 뜻을 잘 표현하여 독자의 공감을 이끌어내는 것은 발전이 된 언어를 구사합니다.

그런데 대부분의 한국의 정치인은 공부하지 않아서 그런지 직설적이고 공격적이고 일반 시민도 잘 쓰지 않는 막말을 합니다. 그래서 우리나라의 정치계는 삭막하고 황폐하고 마치 조폭들이 싸움 직전에 하는 막말의 싸움터 같습니다. 우리 국회의원의 많은 숫자가 법조인들로 이루어졌습니다. 그런데 사법고시에서는 인문학에 대한 부분이 없는 모양입니다. 앞으로 우리나라의 사법시험에 인문학을 넣어야 하지 않을까 싶기도 합니다.

오래전 미국의 의회에서도 상당히 정제된 아름다운 언어를 구사했었는데 요새 진보주의라고 하는 민주당 의원들은 역시 공부를 하지 않는지 아니면 아름다운 정신을 잃어버렸는지 직선적이고 단세포적인 말을 합니다. 물론 트럼프 대통령도 그런 면에서는 꽤 부족했습니다.

오래전에 처칠이 국회 출석 때 늦게 참석했습니다. 야당의 국회의원이 의회를 무시한 태도라고 공격하자 웃으면서 "당신들도 이쁜 여자와 같이 살아보세요. 이쁜 부인과 같이 살면 늦게 일어나게 되는 것이 있을 수 있는 일이 아닙니까."라고 대답하여 공격하던 의원도 웃어 버렸다고 합니다.

미국에서는 레이건 대통령이 유머 섞인 말로 대답을 잘했습니다. 먼데일 민주당 대통령 후보가 레이건 대통령이 나이가 많다고 공격하니까 "오! 또 나이 타령이네. 당신도 곧 내 나이가 된다니까."라며 흘려버렸습니다. 그 선거에서는 먼데일 출신의 미네소타만 빼놓고 전국에서 레이건이 승리했습니다. 레이건 대통령이 존 힝클리의 저격을 받고 병원에 도착하여 카트를 타고 수술실로 들어가면서 외과 의사가 공화당 지지자였으면 좋겠다고 하여 한바탕 웃은 일이 있습니다.

물론 한국의 신문 같으면 레이건 대통령이 의사조차도 정치화한다고 야단했겠지만, 미국의 신문은 그런 위험 상태에서도 유머를 날리는 레이건 대통령을 칭찬했습니다.

지난번 대통령선거 때도 트럼프가 온화한 말투로 대응했으면 이겼을 것입니다. 그러나 트럼프는 어디서나 공격적인 말투로 기자들과 싸우고 심지어 공화당 상원들과도 싸워대니 적이 많아지고 이길 수가 없었습니다. 심지어 자기와 그렇게 가까웠던 볼턴과도 원수가 되니 어떻게 선거에서 이길 수가 있었겠습니까. 선거는 사람을 상대하는 것입니다. 자기 주위의 사람들 그리고 자기를 위하여 일해 주는 사람들이 모두 단결해야 국민에게 접근할 수 있는 것 아니겠습니까.

지금 한국에서도 대통령선거를 앞두고 대통령 후보들이 여기저기서 싸움을 하고 있습니다. 그런데 어디에서도 유머러스하고 온화한 말로 이야기하는 사람이 없고 그저 이전투구(泥田鬪狗)의 흙탕물이 튀기는 싸움만 할 뿐입니다. 그리고 나이가 많거나 적거나를 가릴 것 없이 자기의 적이면 가장 저질스러운 화법으로 가족까지 물어뜯는 잔악한 방법으로 공격합니다. 그리고 정치인들도 많이 사용하는 SNS에도 가혹하게 물어뜯는 싸움이 계속될 뿐입니다. 후보들만이 아닙니다. 더불어민주당, 국민의 힘, 정의당 당직자들도 그렇고 정부의 고위관리들도 그렇습니다. 그러니 한국의 사회는 그야말로 싸움판이지 정치의 협상이나 타협은 없는 흑백전만이 있습니다.

한국 사람들은 머리가 좋다고 합니다, 그런데 고등학교 교과에서 인문학을 빼버려서 그런지 아름다운 언어를 구사하지 않습니다. 아닙니다. 청와대에는 시인인 도종환도 있고 노영민도 있습니다. 그런데 노영민은 정부의 지시를 어기고 시위를 주도한 집단을 향해서 '코로나바이러스를 전파 시킨 살인자들'이라고 국회에서 소리를 질렀습니다. 나는 '시인이라는 사람에게서 어찌 그런 말이 나올까.' 아연했습니다.

사법고시에서 수석했다는 정치인들이여, 그런 좋은 머리로 레이건이나 처칠 같은 아름답고 고급스러운 대화를 이끌어 낼 수가 없을까요?

어리숙한 사람

"물고기는 낚시에 걸어놓은 먹이를 입으로 물다가 걸린다. 사람도 입으로 한 말 때문에 스스로 덫에 걸린다."라는 말이 있습니다.

요새 거의 매일 신문이나 유튜브에 거론되는 것이 문재인 전 대통령의 어록입니다. 그는 노무현 대통령의 민정수석을 거쳐 비서실장을 지냈습니다. 그리고 거의 10년을 야당의 대표로 살았습니다. 그는 대여투쟁을 하면서 많은 말을 했습니다. 그는 소위 인권 변호사로 일을 했고 야당의 대표로 있을 때 '사람이 먼저다.'라고 말했습니다.

그렇습니다. 정치라는 것이 사람을 제일 중요하게 다루는 것입니다. 그는 촛불혁명에 앞장을 서서 "박근혜 대통령 물러나라!"라고 구호를 외쳤습니다. 그가 대통령이 되자 그는 참 멋진 말을 했습니다. 그의 정부에서 "기회는 균등하고 과정은 정의롭고 결과는 공정할 것." "우리가 한 번도 경험해보지 못한 나라를(물론 좋은 의미로) 만들겠다."라고 했습니다. 참 멋진 어록입니다.

그런데 그가 대통령에서 물러난 후 유튜브나 신문에서는 그의 공약 38개 중 하나만 지켰다고 했습니다. 그것이 바로 국민이 '한 번도 경험해보지 못한 어려운 나라를 만들었다.'라는 것입니다.

많은 사람이 문재인 씨가 어리숙하다고 말합니다. 그러나 나는 그가 어리숙한 것이 아니라 어리숙한 척 행동함으로써 얻어지는 이득을 최대한도로 이용하는 약은 사람이라고 생각합니다. 비서라는 직업은 똑똑해야 합니다. 자기 주인의 눈치를 잘 살펴서 주인이 무어라고 하기 전에 그의 의도를 알아차려야 합니다. 그리고 주인의 하루의 일정뿐만이 아니라 그의 한 달 전 일정까지 암기하고 있어야 합니다. 방문객이 오면 방문객이 어떤 인물이고 무엇을 하러 왔으며, 그 방문이 주인에게 어떤 일을 만들까도 파악하고 있어야 합니다. 그러니까 어떤 일에나 보통 사람보다 두세 수 앞을 볼 줄 알아야 합니다.

이렇듯 문재인 씨는 똑똑해도 아주 똑똑한 인물입니다. 그가 임기 초기에 살기등등한 모습으로 적폐 청산을 부르짖고 나올 때 그는 머리가 좋은 사법고시 합격자의 면모를 보여주었습니다. 그리고 임기 말에 그의 정부의 잘못이 여기저기 드러나고 부정부패가 드러나고 그것이 자기의 신변에 나쁜 영향을 미칠 것이라고 생각했는지 어리숙하게 행동하기 시작했습니다.

그가 얼마나 치밀한 사람인가를 아는 것은 그가 임명한 안보 특보, 통일부 장관, 비서실장, 국정원장 등을 보면 알 수 있습니다. 그가 임명한 사람들은 인성은 그 자리에 맞지 않지만, 문재인 씨의 뜻을 맞추는 데는 더 할 말이 없을 정도로 좋은 사람들이었습니다. 자기가 북한에 직접 말을 하지 않아도 이인영 통일부 장관은 김정은의 마음에 들도록 행동을 했으며, 안보 특보는 문재인의 뜻에 맞게 북한의 도발을 왜곡했습니다. 국방부 장관은 한국전쟁 참전 국가의 국회에 편지하여 다시 한국전쟁이 일어나도 도움을 주지 말아 달라는 요청을 하기도 했습니다. 한국의 청년이 서해에 표류하여 북쪽 경계선으로 떠밀려가 북한군에게 사살되어 화염 방사기로 태워졌습니다. 그런 사실을 젊은이가 월북하려다가 일어난 사고로 위장시켰습니다. 죽은 자는 말이 없으니 모두가 잘되었다고 생각했는데 지금 세상에는 통신과 CCTV가 너무 잘 되어서 완벽하게 증거 인멸이 되지 않아 세간의 문제가 되고 있습니다.

이럴 때 그는 자기만의 처세술로 가면을 씁니다. 어리숙하게 보이는 것입니다. 며칠 면도를 안 하고 허름한 셔츠에 허름한 운동화를 신고 어리숙한 표정으로 컵라면을 먹는 사진을 공개하는 것입니다. 대깨문들은 그 사진을 들고 "자, 얼마나 순진하고 어리숙한 사람이냐."라고 떠들어댈 것입니다. 문재인 씨는 "나는 아무것도 모른다. 다만 밑에서 그렇게 보고를 하여 그렇게 발표한 것뿐이다."라고 말할 것입니다. 그는 그가 물러나는 마지막 국무회의에서 과거에 검사가 노무현 대통령을 수사한 것처럼 자기를 수사하지 못하게 검수완박법을 통과시켰으며, 자신의 연금도 배로 올리고 면세까지 받도록 법을 바꾸었습니다. 경비실도 대폭 확장하고 많은 특혜를 누리도록 했습니다. 또 자기는 몰랐다고 하겠지요. 밑에서 그렇게 만들어 보내니 재가하였을 뿐이라고 어리숙한 웃음으로 대답하겠지요.

나는 제3공화국에서 대통령 비서였던 이후락 씨를 기억합니다. 그는 말을 더듬는 사람이었습니다. 그러나 그의 머리는 비상하였습니다. 그는 박정희 대통령의 총애를 기회로 정말 많은 권력을 누렸습니다. 한때 이후락의 권력이 박정희 대통령보다 더 크다는 소문이 자자했습니다. 김종필 씨도 대통령과 면담해야 하는데 이후락 씨가 문을 막고 "지금 안 계십니다. 지금 손님이 계십니다. 지금 만나지 못한다고 하십니다."라고 문을 막았고 자기의 뜻을 "이것이 박 대통령의 뜻입니다."라고 했다고 합니다. 그래서 그때의 정치인들이 이후락을 소통령이라고 불렀습니다. 제3공화국에서 가장 많이 치부한 사람이 이후락이라고 공공연히 말했습니다. 그래서 3선 개헌 때 공화당의 중진들이 청와대로 몰려가 이후락 비서실장과 김형욱 중앙정보부장을 경질해 달라는 조건으로 개헌안을 통과시키겠다고 대통령과 담판을 지었다고 합니다. 나중에 정권이 바뀌고 기자들이 이후락 씨에게 얼마나 많은 돈을 빼돌렸느냐고 하니까 더듬는 말로 떡을 만지면 콩고물이 떨어지게 마련이라는 어수룩한 표현으로 발뺌을 하고는 경기도 이천에 숨어 살면서 도자기를 구우면서 여생을 보냈다고 합니다. 중국의 역사 속에는 황제를 에워싸고 있는 환관의 위세가 무섭고 그 때문에 한나라가 무너졌다는 기록이 있습니다.

나는 살면서 얼마나 비서들의 세력이 강한지를 알았습니다. 병원에서도 병원장이나 총장님 비서의 위력은 대단합니다. 원장님의 기분보다 비서의 기분이 어떤가에 따라서 일의 성사가 좌우될 때도 있었습니다. 이런 비서, 더구나 대통령의 민정수석, 비서실장을 지낸 사람이 바보라구요, 천만의 말씀 만만의 콩떡입니다.

그가 걸어온 길을 한번 살펴보십시오. 지난번 대통령 후보를 자기가 하고 당권을 안철수에게 준다고 하고는 선거에 패배하자 자기의 패거리를 모아서 다시 당권을 잡은 사람입니다. 그 똑똑하다는 안철수 씨를 바보로 만든 사람입니다. 세월호의 주인이던 유병언의 변호인으로 그의 대저택을 손에 넣은 사람, 그리고 촛불혁명을 일으킨 사람, 언론 사법 국회를 한 손에 쥐고 가장 강력한 권력을 휘두른 사람이 어리숙하다고요? 나는 그가 우리나라 정치사상 가장 간교하고 잔머리가 잘 굴러가는 인물이라고 생각합니다.

청와대의 저주

　이번에 당선이 된 윤석열 대통령이 오랫동안 대통령궁이었던 청와대를 마다하고 용산에 있는 국방부로 옮기고 관저도 외무부 장관이 사용하던 공관으로 옮겼다고 합니다. 문재인 대통령과 탁현민 의전비서관이 그렇게 반대하고 방해했는데도 윤 대통령은 청와대에서는 하룻밤도 자지 않겠다고 버텼습니다.

　청와대는 오랜 역사가 깃들여진 곳입니다. 고려 말기에 '남궁'이라고 하여 궁터가 있었고 일제강점기에는 일본 총독이 살았습니다. 우리 정부가 들어서고 초대 대통령이 된 이승만 박사가 살았는데 그때는 지붕에 비가 새고 낡은 집이었다고 합니다. 그래도 대지는 무척 넓었던 모양입니다. 세월이 흐르면서 나라의 돈이 넉넉해지자 김영삼 대통령과 김대중 대통령이 대대적으로 보수를 했습니다.

　그런데 이 집의 터는 기가 무척 센 모양입니다. 이 집에서 산 사람이 해피 엔딩으로 끝이 난 사람이 별로 없습니다. 일본 총독은 해방이 되자 패전국의 관리가 되어 치욕 속에서 쫓겨났습니다. 그리고 이승만 대통령은 4·19 부정선거 반대 혁명에 밀려나 트럭에 책상과 걸상 몇 개를 신고 이화장으로 쫓겨났고, 얼마 후 하와이로 망명하여 그곳에서 고향과 된장찌개를 그리워하다가 영면하셨습니다. 그다음이 윤보선 대통령인데 윤보선 대통령은 '경무대'란 이름이 나쁜가 하여 지붕에 푸른 기와를 얹어놓고는 '청와대'라고 명명하여 오늘에 이르렀습니다. 그리고 윤보선 대통령도 5·16혁명으로 오래 있지 못하고 청와대를 물러나야 했습니다. 그가 청와대에 오래 있지 못한 덕인지 그 후 그의 삶은 그리 힘들지 않았습니다.

그 후 청와대에 산 사람이 박정희 대통령입니다. 그는 청와대에서 불행을 당한 사람입니다. 그가 청와대에 있는 동안 육영수 여사를 잃었고 자신도 심복이던 김재규의 배반에 쓰러졌습니다. 그리고 딸과 아들은 풍파 속에서 삶이 요동을 쳤습니다. 잠깐 최규하 대통령이 청와대에서 살았고, 그다음이 전두환 대통령입니다. 전두환 대통령도 그리 행복한 사람은 아니었습니다. 그의 임기 동안 평안한 날이 별로 없었고 퇴임한 후 백담사 감옥생활로 힘이 들었고 살아있는 동안에도 많이 시달렸습니다. 그다음이 노태우 대통령입니다. 사실 전두환 대통령과 노태우 대통령은 5년 단임제 약속을 지키는 등 노태우 대통령은 나름으로 치적이 있습니다. 그래도 그들이 군부 출신이라는 것 때문에 살아있는 동안 감옥에 갔었고 퇴임 후 툭하면 언론에 반대하는 사람들 때문에 시달림과 고통을 당했습니다.

아마 그다음이 김영삼 대통령입니다. 물론 그는 한국을 지배하던 좌파 세력들이 자기편이라고 인정했기 때문에 민중의 반대는 없었지만, 재임 중 아들이 감옥에 가고 IMF라는 어려움도 당하고 퇴임 후에는 기가 죽어 거의 숨어 살다시피 했습니다. 아마도 청와대에 살면서 화를 가장 적게 당한 사람이 김대중 대통령이었을 것입니다. 그는 대통령이 되기 전 많은 고초를 겪어서인지 대통령이 되고 가장 평안한 삶을 살았습니다. 그러나 재임 중 두 아들이 감옥에 가고 국민 앞에 나와 사죄하는 불운을 겪었습니다. 퇴임 후에도 개인적으로 아무런 말썽이 없이 살았습니다. 그에게도 많은 적이 있었던 것은 사실입니다. 그러나 그는 호남의 절대적인 지지를 받아 그를 보호하는 세력이 강해서 호남의 보호를 받았다고 해도 과언이 아닙니다.

그다음이 노무현 대통령입니다. 노무현 대통령도 대통령이 되기까지는 평탄한 삶을 산 사람은 아닙니다. 민권변호사로 살면서 어렵게 살다가 국회의원이 되고 김대중 대통령의 힘을 입어 대통령이 되었습니다. 그도 재임 중 많은 정적의 비판을 받고 탄핵도 국회에서 가결이 되었지만, 헌법재판소에서 그를 살려주어 대통령 임기를 마치었습니다. 그러나 청와대의 저주가 그에게도 미쳤듯이 퇴임 후 많지도 않은 돈의 뇌물 수수에 휘말렸고 청렴을 최고 가치로 여겼던 그의 자존심에 상처가 나자 극단의 선택을 했습니다.

그다음이 이명박 대통령입니다. 뺑튀기 소년에서 일어나 학생운동으로 영창까지 갔다 나온 그가 현대건설에 입사하여 입지적인 사람으로 성장을 했고 서울시장이 되더니 대통령에 출마하여 진보파의 정동영을 이기고 대통령이 되었습니다. 그러나 대통령이 되자마자 광우병 파동에 시달렸고 임기 내내 민노총에게 시달렸습니다. 그리고 다음 대통령을 박근혜에게 물려주니 우리는 청와대의 저주가 멈추는 줄 알았습니다. 그리고 박근혜 대통령은 임기 중 무난하게 지냈습니다. 그런데 아마도 청와대의 저주가 가장 무섭게 친 것이 박근혜 대통령 때인 것 같습니다. 좌파들의 무서운 저주와 선동이 촛불 시위로 나타나기 시작했습니다. 박근혜 대통령과 아무런 상관이 없는 세월호의 사건까지 뒤집어쓰면서 온갖 음모로 대통령에서 탄핵되었고, 감옥에 갔습니다. 그리고 이명박 대통령도 감옥생활을 했습니다.

그다음 문재인 대통령이 청와대에서 살았습니다. 그는 말끝마다 촛불혁명을 찬양하였고 모든 문제는 정의롭고 과정을 평등하고 결과를 공정할 것이라고 이야기는 하였으나 행동은 그 반대로 했습니다. 그가 대통령직에서 물러났습니다. 그러나 민심은 곱지 않습니다. 그를 법정에 세우자는 국민이 너무나 많고 그는 과오를 많이 저질렀습니다. 청와대가 개방되고 난 후 청와대 내부를 본 국민은 마치 4·19 때 이기붕 씨의 집을 본 것 같은 분노가 자라고 있습니다. 아무래도 청와대의 저주를 피할 수 있을 것 같지 않습니다. 그의 법정 소환 부정부패의 재판을 기다리는 그의 하루하루가 편치 않을 것입니다. 그가 얼마나 혹독한 청와대의 저주를 받을는지는 모르지만 그리 간단할 것 같지는 않습니다.

윤석열 대통령은 그래서일까, 청와대에는 발도 들여놓지 않겠다고 발버둥을 칩니다. 아마 나 같아도 청와대에서는 하룻밤도 자지 않을 것 같습니다.

청와대의 저주…, 그것은 자초한 것일까요, 운명일까요?

소설 쓰시네

추미애 법무부 장관이 국회에서 자기 아들의 탈영 문제로 질의를 받을 때 질문하는 국회의원에게 "소설을 쓰시네."라고 빈정대는 말을 함으로써 없는 사실을 만들어 거짓말을 한다는 의미로 이 말이 유행하게 되었습니다. 역시 추미애 의원은 머리가 잘 돌아가고 말을 잘하는 사람입니다. 그렇게 머리가 잘 돌아가고 임기응변을 잘하니까 민주당 대표도 하고 법무부 장관도 했을 것입니다.

요새는 이재명 야당 대표가 검찰에 불려 나가 대장동 게이트나 성남 FC 뇌물 공여 사건, 변호사비 대납, 북한에 송금한 사건 등으로 언론과 검찰의 공격에 그가 기가 막히게 방어를 잘해서 베스트셀러 소설가 뺨친다는 소식입니다. 요새 뉴스를 보면 국회에는 작가들이 많이 모인 집단인지 소설을 쓰는 의원이 많은 것 같습니다. 야당의 김×× 의원, 정×× 의원, 고×× 의원, 김×× 의원이 소설을 많이 쓰는 것 같습니다.

나도 아내와 가끔 논쟁합니다. 그러면 어디에서 그 말을 들었는지 아내는 자기의 말이 궁지에 몰리면 '소설을 쓰시네.'라고 빈정댑니다.

사전에 찾아보니까 '소설'은 작가의 "상상력에 바탕을 두고 허구의 이야기를 꾸려나가는 산문체의 문학 형식"이라고 정의되었습니다. 그러나 이것은 Fiction을 말하는 것이고, Non Fiction의 소설은 사실을 바탕으로 하여 이야기를 끌어가는 것도 있기는 합니다. 사실적인 바탕이 그렇다고 해도 전체가 사실은 아니고 사실을 미화하거나 과대팽창을 시켜서 흥미 있게 만드는 것도 사실입니다. 그러니 추미애 장관이 이야기한 것은 질문도 소설이 될 수 있고 답변이 소설이 될 수도 있다는 이야기입니다. 그러니 거짓말쟁이나 사기꾼이 소설가가 될 소질이 많은 것도 사실입니다.

가까운 친구가 있었습니다. 사람은 참 좋은데 '뻥'이 좀 있었습니다. '뻥'은 사실을 과장하여 부풀려 이야기하는 걸 말합니다. 예를 들면 냉면을 네 그릇 먹고는 여섯 그릇을 먹었다고 부풀린다거나, 또 같은 말을 다섯 번쯤 하는 동안 자기 자신도 완전히 그 말이 진실인 것처럼 믿어진다는 것입니다. 그러나 Fiction인 소설이라고 하더라도 대개는 작가의 삶의 냄새가 나거나 작가의 머릿속에 그런 사상의 기초가 있기에 그런 이야기를 만들어내는 것 아니겠습니까. 예를 들면 톨스토이의 대표작 〈죄와 벌〉은 톨스토이가 젊었을 때 크림전쟁에 참전하기 전의 생활상의 그림자가 있고, 카뮈의 〈이방인〉은 주인공 뫼르소와 같은 기질이 카뮈에게도 있었던 것이고, 이광수의 〈사랑〉에도 춘원 선생이 안빈과 같은 인격자의 그림자가 있었을 것이 아니겠습니까. 소설가가 허구로 된 그의 상상에 살을 입혀 이야기를 꾸민다는 말만을 한다면 거짓말을 잘하는 사람이 소설을 쓴다고 하겠지만, 작가의 상상에 말을 붙이는 것이니까 말을 잘 만들어내는 사람이 소설을 쓴다고 하겠지요.

우리 부부는 매일 아침 운동을 같이 나갑니다. 매일 아침 한 7~8킬로미터를 걷는데 만 보가 됩니다. 1시간 2, 30분을 걷습니다. 같이 걸으니 자연히 이야기하게 되는데 지나간 일로 논쟁할 때가 가끔 있습니다. 대개의 부부 논쟁에는 부인들이 지기를 싫어하지요. 어떨 때는 아내가 착각하여 사실이 아닌 것을 우길 때가 있습니다. 나는 그것이 말싸움으로 진전이 될까 봐 가끔 내기를 합니다. 그리고는 아들이나 딸에게 전화하여 판정해달라고 하고는 벌금을 받아 같이 점심을 사 먹기도 합니다. 아내가 한두 번 지고 나서는 내가 내기를 걸면 내기는 안하고 나더러 "당신은 말도 잘하고 글도 잘 쓰니까 내가 당신을 이길수 없지요. 그러니까 당신이 이기면 당신이 소설을 잘 써서 이긴 것이고 내가 이기면 진리가 이긴 것이에요."라고 미리 선고해 버립니다. 그러니 내가 이길 수가 없지요. 그러면서 추미애 씨의 팬이 되었는지 나의 주장에 '소설 쓰시네.'라고 딴지를 겁니다.

소설은 정치가들이 제일 잘 씁니다. 있지도 않은 사실을 말하고 과거에 자기가 한 말도 잘 번복을 합니다. 오래전 ≪다이제스트≫라는 책을 보았더니 제일 거짓말을 잘하는 사람이 중고 자동차 중개인이고, 두 번째가 정치인이라고 했습니다. 지금 국회도 정치인들의 소설로 시끄럽습니다. 그런데 정치인들이 쓰는 소설이 문학상을 탄 일은 없습니다. 왜냐하면 그들의 소설은 사실과도 너무 멀고 하나도 재미있지 않기 때문입니다. 대통령의 부인이 무슨 옷을 입었다느니 대통령 부인이 어떤 슬리퍼를 신었다느니 하는 이야기는 삼류 대중소설에도 인용이 되지 않는 천박한 이야기이기 때문입니다.

처칠 수상이 이런 면에서 유머가 있는 소설을 쓴 모양입니다. 그가 자주 출근에 늦어진다고 야당 의원이 공격하자 미안하다는 표정을 지으며 "여러분도 나처럼 이쁜 여자와 결혼을 해보세요. 아침에 일찍 일어나기가 힘이 들지 않아요."라고 하는가 하면, 화장실에서 야당 의원과 같이 소변을 보다가 처칠이 옆에 야당 의원이 서 있는 것을 보고 돌아섰다고 합니다. 야당 의원이 의아해하자 "야당 의원은 큰 것만 보면 국영화하자고 해서….."라고 했다지 않습니까.

우리 언론은 너무 원시적이고 천박합니다. 우리 정치인들부터 아름다운 상상력을 발휘하여 부디 소설을 쓰셔도 해롭지 않고 재미있는 소설을 쓰면 안 될까요?

4

마음에 없는 말

요리사가 되었더라면

TV에 〈냉장고를 부탁해〉라는 프로가 있었습니다. 장안에 유명한 요리사들이 모여 유명인사네 냉장고를 옮겨와서 그 냉장고에 있는 재료로 냉장고 주인이 원하는 요리를 15분 안에 만들어 냉장고의 주인을 만족을 시키고 그곳에 모인 패널들의 평가를 받는 프로그램이었습니다. 정해진 15분 안에 냉장고에 있는 재료만으로 요리하는데 정말 일류 요리사들이어서인지 우리가 상상 못 할 음식을 만들어냈습니다. 그리고 일 년 동안의 성적으로 연말에는 결승전을 열어 최고의 요리사를 뽑았습니다. 나는 그 프로를 열심히 챙겨서 시청했습니다.

길지 않은 나의 삶임에도 사회적 인식이 많이 변했습니다. 옛날에는 딴따라 가수라며 별로 탐탁지 않게 생각하던 가수들이 이제는 대중의 인기를 얻으면 사회의 상류층이 되고 돈도 많이 벌고 사회에서 존경을 받는 직업인이 되었고, 몰려다니면서 싸움질이나 하고 동네를 시끄럽게 하던 건달들이 국회의원이 되어서 권세를 부리는 사회가 되었습니다. 학생과 학부모들에게서 존경을 받던 선생님은 교육 노동자가 되어 별 볼 일 없는 직업으로 전락했습니다.

아직은 어느 정도의 권위를 유지하고 있지만, 의사들도 그 권위가 많이 떨어져 환자들이 의사가 마음에 맞지 않으면 '그럼 딴 병원으로 가지.' 하고 택시를 불러 타고 다른 병원으로 가거나 고객만족센터에 민원을 넣어서 의사들을 골탕을 먹입니다. 그리고 응급실의 의사는 가끔 술 취한 환자들이나 불만족한 환자나 그 가족에게 얻어맞는 일도 생깁니다.

아마도 제일 많이 권위가 실추한 직업은 경찰관일 것입니다. 옛날에는 '저기 순사가 온다.'라고 하면 울던 애들도 무서워서 울음을 뚝 그치곤 했는데 요새 경찰은 데모 대원에게 얻어맞거나 죽창으로 얼굴을 맞아 눈이 멀기도 하고 파출소에 근무하는 경찰은 동네의 술 취한 사람들에게 얻어맞고 행패를 당하는 일이 많다고 합니다.

그러면 요새 소위 뜨는 직업이 무엇일까요? 여자 연예인들이 가장 선호하는 직업이 요리사라고 합니다. 다른 직업에 비해 수입이 좋고 안정적이며 연예인들이 집에 가면 항상 맛있는 음식을 먹을 수 있으니 그보다 더 좋은 배우자가 어디 있느냐는 것입니다. 그래서인지 〈냉장고를 부탁해〉에 출연하는 요리사들의 배우자가 연예인이 많다고 합니다.

백종원이라는 요리사가 있습니다. 이제는 요리사인지 사업가인지 잘 모르지만, 연세대학교 사회복지학과를 졸업했지만, 사회복지 쪽으로 가지 않고 요리사로 성공했습니다. 들리는 말에 의하면 그의 재산은 거의 재벌급이라고 하고 정치계에서 손짓했다는 말도 있었지만 '내가 그 짓을 왜 하느냐.'고 일축했다는 소문입니다.

그의 부인은 소유진이라는 여배우로 백종원 씨 덕에 연예가에서도 더 주목을 받는다고 합니다. 그는 방송이나 유튜브에서 요리 교실과 요리법 강의를 하여 인기가 있습니다. 그래서 유튜브를 보고 그의 방식 대로 요리를 따라 해보면 다른 방법으로 했을 때보다 훨씬 맛이 있습니다. 그가 TV에서 음식을 참 쉽게 하는데 그렇게 되기까지에는 수많은 숨은 연구를 했다고 합니다. 예를 들면 간단한 떡볶이를 할 때도 양념을 언제 넣느냐에 따라 떡에 스며드는 양념이 달라진다고 제자들에게 설명합니다. 또 어떤 재료를 쓰는가에도 신경을 씁니다.

그는 요리에 대한 지식은 해박합니다. 식당을 하려는 젊은이들에게 자문하고 조언도 해줍니다. 그래서 그의 제자가 얼마나 많은지도 모릅니다. 그는 먹거리 여행을 하면서 외국의 맛집 식당은 음식을 어떻게 만드는지 어떤 재료를 어떻게 쓰는지를 공부합니다.

또 그는 자기의 창작품을 특허로 냅니다. 서울 강남고속버스터미널에 우동집이 몇 개 있습니다. 그런데 보통 우동집의 우동은 3천 원인데 백종원 우동집의 우동은 4천 원입니다. 그뿐이 아닙니다. 김치찌개 종류에도 그의 이름이 붙어있는 음식들이 많이 있고 그의 이름이 붙은 식당이 한국에 많이 퍼져 있습니다. 그래서 그의 수입은 재벌을 방불하게 한다고 합니다.

백종원 씨뿐 아니라 유명한 식당의 주방장의 세력은 대단합니다. 특히 호텔 식당 주방장의 위력은 군대의 지휘관보다도 엄격합니다. 그리고 주방장의 명령은 의과대학 교수나 군의 사단장보다도 더 권위가 있습니다. 오래전 영화에 나온 주방의 규율이 매우 엄한 것에 놀란 일이 있습니다.

나는 어려서부터 음식을 만들었습니다. 평양에서 아버님이 월남하신 후 어머님과 남동생, 여동생, 나 이렇게 살았고 어머님이 출근하시고 나면 내가 집안 살림을 맡아 했습니다. 그때부터 음식을 할 줄 알았고 중·고등학교에 다니면서도 음식을 만들었고 대학생 때는 학사에서 자취생활을 했습니다.

미국에서 은퇴하고 한국으로 왔습니다. 한국의 대학병원에 근무하기도 했고, 또 몽골에서는 의료 선교사로, 서울과 대전에서 의대 교수로 있으면서 독거남으로 자취를 했습니다. 나는 음식 만들기를 좋아해서 성형외과 의국원들과 간호사들을 불러 대접했습니다. 그때 그들에게서 내가 만들어 내놓은 음식이 맛이 있다는 칭찬을 많이 들었습니다.

내가 만일 의사가 되지 않고 10대의 소년 시절부터 음식을 만들었더라면 그래도 일류 요리사가 되었을 게 아닐까 생각합니다. 그 고생을 하고 밤잠을 못 자며 의과대학에 가서 공부하고 시험을 보고 남들이 잘 때 응급 수술을 하던 그 정성을 요리하는데 기울였더라면 나도 웬만한 요리사는 되었을 것이고, 고생도 덜하지 않았을까 생각합니다.

요리사는 은퇴도 없습니다. 80이 넘은 할머니가 아직도 주방에서 일하며 다른 요리사들을 지휘합니다. 그리고 나이가 많은 요리사일수록 권위가 있고 존경도 받습니다. 병원에서는 밑의 사람들에게 밀려나고 환자들도 기피하는 늙은 의사의 처지는 되지 않았을 거라는 생각을 합니다.

요새는 환자들의 요구 사항이 옛날과 달라져서 환자를 취급하기가 힘이 든 것도 사실입니다. 수술을 받기 전 컴퓨터로 담당 의사를 조회하고 다른 성형외과 의사들을 여러 번 거쳐서 요구 사항도 많고 의료

비도 흥정하려고 듭니다. 그리고 수술을 한 자국이 며칠 더 부어 있거나 붉은색이 빨리 없어지지 않으면 불평을 합니다.

그런데 음식점에서는 웬만큼 마음에 안 들어도 먹고 나가면서 '잘 먹었습니다.'라고 인사를 합니다. 그러니 감사의 깊이는 알 수 없지만, 요리사가 더 존경을 받는 시대입니다. 그렇듯 경쟁이 심한 성형외과 의사가 되지 말고 요리사가 되었더라면 하고 생각할 때가 가끔 있습니다.

해파리 이불

≪흥부전≫에 보면 흥부는 가난한데다가 애들이 많아 25명이나 됩니다. 그런데 집은 오막살이로 밤이면 방에 앉아서도 별을 볼 수 있고 비가 오면 천정에서 물이 새는 것이 보통이었습니다. 가난하고 돈이 없어 각자의 이불을 만들어 줄 수 없어 멍석에 25개의 구멍을 뚫고 그 구멍으로 머리만 내밀게 하였습니다. 그 이불 속에서는 냄새는 좀 났겠지만 따뜻한 형제애가 푸근하게 익어갔을 것입니다. 그래서 그런지 흥부의 애들이 서로 싸웠다는 이야기를 읽은 기억이 없습니다.

캐나다의 아브라로드라는 원주민의 집에도 이런 이불이 있었다고 합니다. 큰 이불에 구멍을 뚫어서 목을 내밀고 여럿이 들어가 앉아있으니 서로의 체온으로 따뜻하고 마주 닿는 스킨십으로 사랑의 열기도 무르익었을 것 같습니다. 그래서 그런지 캐나다의 아브라로드 주민은 유대감이 강하고 단결이 잘된다는 이야기입니다.

몽골의 게르에는 온 가족이 삽니다. 게르는 둥근 천막 아래로 부엌, 거실 침실이 한 곳에서 이루어집니다. 그러니 아버지 어머니 큰형 동생들이 모두 한방에서 삽니다. 게르 안으로 들어가 보면 형과 동생은 같은 자리에서 잠을 자는 것 같습니다. 떨어진 자리가 없으니까요. 그런데 그들의 얼굴에는 행복이 가득 찬 모습입니다.

얼마 전 카톡으로 온 글에 옛날 방에 펴있던 검은 무명 이불이라는 이야기가 떴고 많은 댓글이 올라와 있었습니다. 옛날 단칸 온돌방에 불을 때면 방바닥이 식을까 봐 이불을 펴 놓았고, 이 이불에 식구들이 모두 다리를 넣고 앉아 낮에 있었던 이야기를 나누고 식구들의 즐거운 목소리를 들었던 추억의 이야기였습니다. 몇 식구가 되었는지 모르지만, 할아버지, 할머니, 아버지, 어머니, 형, 동생들 7~8명이 한 이불에 발을 넣었겠지요. 더욱이 어머니가 고구마라도 몇 개 삶아 오면 고구마를 먹으며 지냈던 그 밤의 추억이 눈물 나게 그립다는 것이었습니다.

그렇습니다. 옛날 우리가 살던 집은 방이 두 개, 많아야 세 개였고 식구도 적어야 5명, 많으면 열 명이 넘었습니다. 우리 집도 식구가 여섯 명에 방이 두 개였습니다. 안방에는 아버님 어머님 그리고 막내 여동생이 잤고, 윗방에서는 형님과 나 그리고 동생이 잤습니다. 형님은 요와 이불이 있었지만, 동생과 나는 한 요 한 이불에서 서로 살을 부딪치며 잤습니다. 이런 생활은 고등학교를 졸업하고 내가 가정교사로 들어갈 때까지 계속되었습니다.

그런데 사회가 변했습니다. 지금은 웬만한 아파트에는 방이 3~4개가 있고 어린아이들에게도 제 방이 있어서 어릴 때부터 독립성을 가지고 생활합니다. 그래서인지 요즘 어린애들은 누가 자기 방에 들어오는 것을 싫어합니다. 물론 친구가 와서 같이 들어가는 것 말고는⋯. 대개는 자기 방의 문을 꼭 닫고 무엇을 하는지 아버지 어머니에게도 알려주려고 하지 않습니다. 어머니라도 애들 방에 들어가려면 노크하고 기다렸다가 들어오라는 허락을 받은 후에 들어가야 합니다. 만일 어머니가 허락 없이 문을 열었다가는 애들에게 싫은 소리를 듣습니다. 지금의 어린애들은 어려서부터 프라이버시를 가지고 있고 이 프라이버시를 침범받는 것을 싫어합니다.

가끔 한국 드라마에서 여자애가 "엄마, 오빠가 내 책상에 ××을 건드렸어." 하고 일러바치는 장면을 봅니다. 어려서부터 나의 영역을 침범받아서는 안 된다는 독립성이 있어 좋기는 하지만 이기적인 인성을 길러 준다는 요인도 될 수 있습니다. 그래서 식탁에 앉아서도 초등학생, 중고등학생, 대학생 그리고 취업 초년생들이 모두 자기의 스마트폰을 들여다보고 있는데 내용은 다른 내용입니다. 이제는 해파리 이불 속에 들어가 가족이 모두 한 제목을 가지고 이야기하고 즐기는 현상이 없어졌습니다.

지금의 MZ 세대나 알파 세대는 이기적입니다. 방만 혼자 쓰는 것이 아니라 컴퓨터도 혼자의 것이고 스마트폰도 혼자의 것입니다. 가족들과는 별개의 세계를 가지고 있습니다. 친구들 자기가 속한 학교의 동아리들 모두 독립적이고 비밀입니다. 그러니 문 대통령의 가족도 아버지는 더불어민주당인데 딸은 급진적인 정의당입니다. 그리고 자기들과 생각이 다르고 자기들보다 컴퓨터 지식이 적은 부모님 세대를 꼰대라고 부르며 멸시합니다.

옛날의 세대는 나이 든 사람에게 배우려고 했지만, 지금의 알파 세대는 "꼰대 아저씨, 우리가 더 많이 알아요."하고 나이 든 세대를 무시합니다. 그러니 나이 든 세대를 따라야 할 이유가 없습니다. 할아버지와 할머니는 보수인데 아버지 어머니는 진보이고 젊은 세대들은 바람에 불리는 세대입니다.

이태원에서 핼러윈의 축제를 즐기다가 150여 명이나 되는 사람들이 죽었습니다. 미국에서도 아이리시의 귀신축제인 핼러윈은 장사하는 사람들 외에는 이렇게 요란하지 않은데 어찌 한국의 젊은이들에게 광적인 인기가 있었는지 모르겠습니다. 우리의 생떼 같은 젊은이가 희생된 것은 매우 슬픕니다. 그런데 그들이 나라의 영웅은 아닙니다. 물론 조치를 잘하지 못한 경찰서장이나 구청장들이 책임을 져야 할지는 모르겠지만 대통령이 책임을 지고 물러나야 할 사항은 전혀 아닙니다. 그런데 이태원 희생자 가족협의회를 만들고 정부에 압력을 가하는 처사를 나는 이해할 수가 없습니다.

이것이 알파 세대의 생각일까요? 요즘 젊은 사람들은 특별한 사상적인 흐름은 없는 것 같습니다. 그저 삶을 즐기고 자기들에게 사탕을 쥐여주는 정치인들을 쫓아다니고 있습니다. 나는 그것이 아이들에게 해파리 이불을 경험시켜주지 않은 우리 어른들의 책임이라고 생각합니다. 한 이불에 발을 넣고 생각을 나누고 기쁨과 슬픔을 느끼는 감정의 교류를 했더라면 이 지경이 되지는 않았을 것입니다. 자식들에게 어려서부터 딴방을 주면서 독립심을 키워준다고 생각할 수 있지만, 어떻게 보면 방관하고 버려졌다고 생각하지 않았을까요?

지금은 알파 세대들은 단결은 잘하지 못하는 것 같습니다. 그들의 중심점도 없고 알파 세대를 이끄는 지도자도 없습니다. 그들을 이끄는 사상적인 조류도 없습니다. 모래알처럼 흩어지는 세대를 보며 우리의 앞날을 걱정하는 것은 하늘이 무너질까 봐 걱정하는 한 늙은이의 기우일까요?

전염병

　나의 길지 않은 삶 속에서도 많은 전염병이 지나가는 것을 보았습니다. 지금은 흔치 않지만 어려서는 천연두, 홍역, 소아마비, 백일해라는 전염병들이 유행했고, 소년이 되어서는 1947년에 유행한 콜레라와 일본형 뇌염이 우리를 괴롭혔습니다. 그리고 청년이 되어서는 내 주위에 결핵을 앓는 사람이 많았습니다. 아까운 젊은이들이 결핵으로 삶이 좌절되었습니다. 내가 알던 한 여인도 약학대학에 다니다가 결핵으로 진단이 되어 학교도 그만두고 마음에도 없는 결혼을 하였습니다. 아마 결핵으로 희생된 사람의 숫자는 최근에 유행한 코로나바이러스보다도 많았을 것입니다.

　전염병인 장티푸스와 말라리아도 우리를 괴롭혔습니다. 물론 전염병 중에 하늘이 내렸다는 천형(天刑)인 나병도 있었습니다. 한하운 같은 시인은 나병을 앓으면서 평생 자신을 저주하며 살았습니다. 원주기독병원에 있을 때 자원하여 나환자 마을인 천양원에 봉사를 나가기도 했고, 그런 환자들을 병원에 데려다 치료한 일도 있습니다. 그때 나병이 왜 그렇듯 처절하게 불행한 병인지를 알았습니다. 해마다 유행하는 독감을 몇 번 앓았지만, 며칠 앓고 나면 후유증 없이 살아남을 수 있었습니다. 인간들은 끊임없이 미생물의 습격을 받아 많은 사람이 희생되면서도 또 살아남기 위해 백신을 만들어 싸워 이겼습니다. 그런데 눈에 보이지도 않는 미생물과 싸운다는 것이 그리 쉽지 않습니다. 누구든 말년은 원인이 뭐가 됐든 폐렴으로 죽는 일이 제일 많습니다.

역사적으로 보면 전염병으로 인해 많은 사람이 희생되었습니다. 1347년에 시작이 되어 1351년까지 유행했다는 페스트는 2,500여만 명의 희생자를 내었고 유럽 인구의 삼 분의 일이 희생되었다고 합니다. 이 병 때문에 유럽의 역사가 바뀌고 신성로마제국이 붕괴되었다고 이야기합니다. 백신을 만들 수 없었던 그들은 환자가 생기면 환자가 있는 마을을 고립시키고 불태워 버렸습니다. 오래전 본 영화 ≪싱고아라≫에서 페스트 환자가 생기니 동네를 에워싸고 불을 질러 마을을 전소시키는 비참한 장면을 보았습니다. 아마도 그래서 희생자가 더 많았을 것입니다. 우리는 까뮈의 소설 ≪페스트≫에서 그 참상을 상상할 수 있습니다.

그다음은 1918년경에 유행했다는 스페인 독감입니다. 세계 제일차대전이 끝나자마자 유행한 이 병은 유럽과 미국을 휩쓸었고 2,500만에서 5,000만 명을 감염시켰으며 일차세계대전에 희생된 전사자보다도 훨씬 희생자가 많았다는 이야기입니다.

그러나 독감 백신이 발전되면서 인플루엔자는 많은 희생자를 내는 심한 병에서 밀려났습니다. 우리는 오 헨리의 ≪마지막 잎새≫라는 소설에서 이 병이 얼마나 심했던지를 짐작할 수 있습니다. 그리고 1980년경에 유행하기 시작한 것이 후천성면역결핍증(AIDS)이었습니다.

이병은 성적 접촉으로 유행되지만, 간염과 마찬가지고 성적 접촉이 없이 체액으로도 전염이 되는 병입니다. 간염은 자연적 면역력이 생기기 때문에 희생자가 그리 많지 않지만, AIDS는 면역력을 만들지 못하기 때문에 희생자가 많을 수밖에 없었습니다.

우리가 아는 많은 유명인이 이 병으로 희생이 되었습니다. 아더 애쉬 같은 테니스 선수도 수혈로 전염되어 죽었고, 록 허드슨 같은 배우도 이 병으로 희생되었습니다. 아프리카나 동남아의 위생 관념이 허술한 곳에서 희생이 많았고 현재까지 약 4,000만 명 이상이 감염되었다고 하니 무시할 수 없는 병입니다. AIDS는 지금도 아프리카에 몇천만 명이나 되는 어린애와 여자들이 이 병을 앓고 있고 이 병으로 죽어 가고 있습니다. 치료 약이 나와 이 병으로 죽는 사람이 미국에서는 거의 없다고 하지만 아직 아프리카까지는 미치지 못하는 것 같습니다.

그다음이 2015년경에 발생한 Merse병입니다. 역시 호흡기 전염으로 생기고 사망률이 높은 병이기는 한데 유행한 시기가 길지 않아서 한때의 유행병으로 끝이 났습니다.

최근에 온 것이 코로나바이러스입니다. 2019년 이른 봄부터 시작한 이 병이 2년을 넘게 끌면서 전 세계를 휩쓸었고 많은 희생자를 냈습니다. 지금은 다른 전염병에 비해 사망률이 낮아서 1.28%의 사망률이 떨어졌지만, 초기에는 사망률이 높았습니다. 이 병으로 세계 경제는 파탄이 났고 많은 사업체가 파산했습니다. 많은 교회가 문을 닫았고, 여행사, 항공업계가 어려움을 겪었습니다. 지금까지 보고된 것으론 670만여 명의 희생되었다고 합니다. 그리고 오늘까지도 계속되고 있습니다. 앞으로 얼마나 많은 희생자가 더 생길지 모릅니다.

흥미로운 것은 페스트, 스페인 독감, 코로나바이러스가 모두 중국에서 발생했다는 설이 있으나 중국 정부에서 강력하게 부인하고 있고, 그런 이야기를 하면 세계보건기구를 통하여 압력을 가하고 있습니다.

며칠 전 어떤 학자가 앞으로 오는 전염병은 더 위험할 것이라고 경고하고 있습니다. 지구가 온난화가 되면서 빙하 속에 묻혀 있던 동물의 시체가 녹거나 바이러스가 다시 활성화하면 어떤 전염병이 발생할지 모른다는 이야기입니다.

어떤 학자는 2099년에는 약 70억을 희생시킬 전염병이 올 것이라고 경고합니다. 정말 인류의 멸망이 3차 세계대전이 아닌 지구의 환경 변화나 전염병으로 오지 않을까 싶기도 합니다.

멕시코의 유까딴을 가보았습니다. 잉카인들이 지어놓은 건축물이나 성에는 화살 자국도 없고 총탄 자국도 없는데 그 많던 사람이 흔적도 없이 사라졌을까, 외적에게 침략을 당했다는 기록도 없고 그런 역사도 없는데 그 많은 주민이 어떻게 전쟁의 흔적도 없이 잉카족이 사라졌을까, 우리 인류도 그렇게 소리도 없이 전부 사라질까요? 관광 안내원은 스페인군이 쳐들어와서 인플루엔자로 죽은 시체를 성안으로 던져서 면역력이 없는 잉카족이 전염되어 몰살됐다는 설을 이야기합니다.

그럼, 앞으로 코로나보다도 더 전염력이 있고 치사율이 높은 바이러스를 만나면 어찌 될까요? 우리가 백신을 만들기 전에 인류를 멸망시킬 수 있는 강력한 바이러스가 나타나면 어찌 될까요 하는 걱정을 해봅니다.

고전과 대중음악의 섞임

 얼마 전 읽은 책에서 "요새 음악은 순수예술과 대중예술의 경계가 뒤섞인 탈 장르의 현상이 이루어지고 있다."라고 했습니다. 산업화와 IT의 발달로 클래식과 대중음악이 크로스 오버(Cross over)하며 요동을 치고 있습니다. 유튜브나 TV에서 보면 스페인 합창단이 오케스트라의 연주에 맞추어 "바위고개 언덕을 혼자 넘자니…"를 부르고, 러시아 합창단이 〈황성옛터〉를 부르고 어떨 때는 "두만강 푸른 물에…"를 부르는 것을 보면 나는 당황합니다. 우리의 이런 곡을 클래식으로 연주하고 있습니다.

 내가 어릴 때는 딴따라 음악이니 딴따라 노래니 뽕짝이니 하면서 트로트를 경시했고, 클래식 음악은 오페라의 아리아나 베토벤이나 하이든의 가곡을 불러야 하는 줄 알았습니다. 그런데 요새 클래식 음악과 대중가요들이 크로스 오버를 하여 그 경계가 혼란스러워졌습니다. 요새 TV에서는 트로트의 리바이벌 바람이 부는지 젊은 가수, 아니 어린 가수들이 반세기도 넘은 〈신라의 달밤〉이나 〈굳세어라 금순아〉 〈타향살이〉를 구슬프게 부르고, 십대의 여자애들이 〈섬마을 선생님〉이나

〈동백 아가씨〉를 불러서 대중들의 환호를 일으키기도 합니다. 얼마 전에는 클래식 가수가 나와서 〈넬라 판타지아〉를 부르고는 바로 연달아 "남쪽 나라 바다 멀리 물새가 날으면…"을 불러 나를 아연하게 했습니다. 한 일 년 전입니다. 판소리를 하는 가수 송소희가 "두만강 푸른 물에…"를 불렀습니다. 물론 조명도 좋았고 분위기도 화려했지만, 그녀가 부르는 두만강 푸른 물에는 어느 순수음악보다도 나에게 깊은 감흥을 불러일으켰습니다.

나는 영화를 대단히 좋아합니다. 그런데 영화에도 대중영화가 있고 예술 영화가 있는 모양입니다. 그래서 칸 영화제나 아카데미 영화에서 예술상을 받는 영화가 있고 주연 영화상 또는 감독상을 받는 영화가 있습니다. 그런데 상을 받는 영화를 보면 무슨 주제인지는 대강 알겠으나 영 재미가 없습니다. 몇 년 전 상영된 윤정희가 주연한 ≪시(詩)≫라는 영화를 보았는데 나에게 감명을 주지는 못하였습니다. 이런 이야기를 하면 나더러 무식하다고 하시겠지만 베를린 영화상을 받았다거나 아카데미 예술상을 받았다는 영화보다는 ≪벤허≫나 리처드 위드마크의 ≪Last Wagon≫이 나에게 더 깊은 감동을 주었습니다. 물론 ≪Wuthring Height≫이나 ≪안나 카레니나≫ 같은 영화는 원작이 워낙 명작이어서 감동을 주었지만….

나는 문득 생각했습니다. 예술이 무엇인가? 사람의 마음속에 공감을 일으키고 사람의 영혼에 영감을 일으켜 준다면 구태여 딴따라니 뽕짝이니 하면서 낮게 볼 것은 아니지 않은가라는 생각을 했습니다. 문학도 마찬가지입니다.

오래전 제가 학생 때 국어 선생님이 누구는 대중 소설가라고 악평을 했습니다. 선생님은 이광수 선생과 황순원 선생은 순수 문학가이고 방인근 선생과 정비석 선생, 김래성 선생, 박계주 선생을 대중 문학가라고 폄하를 했습니다. 그런데 다시 생각해 보면 명작 중의 명작이고 시성(詩聖)이라고 불리는 호메로스의 ≪일리아스≫와 ≪오디세이아≫는 전쟁 서사시이고 전쟁이 끝나고 집으로 돌아오는 오디세이아의 모험 소설이 아닌가요?

그러면 무엇이 대중음악이고 무엇이 순수음악일까요? 토스카의 〈별은 빛나건만〉, 파바로티가 부르던 〈남몰래 흐르는 눈물〉은 순수음악이고, 정훈희의 〈안개〉는 대중음악이라는 폄하하는 기준은 무엇을 기준으로 삼은 걸까요? 현대 들어와서 젊은 세대들이 Cross Over 하여 혼합하고 편집하여 새로운 탈 장르의 음악을 만들어내는 것에 감탄합니다. 요새는 '팝페라'라고 하여 오페라의 아리아와 팝송을 섞어 부르는 가수가 인기입니다. 안드레아 보첼리도 팝페라 가수로 분류하고 있고, 나는 한국에서 팝페라 가수 임형주의 발표회에 가본 일도 있습니다. 팝페라 가수로 송은혜니 유지희, 박상우 같은 가수들이 활동하고 있습니다. 그러고 보면 이들을 순수음악가인가 대중 음악가인지 논쟁할 필요가 있을까요?

나도 트로트 음악을 좋아합니다. 얼마 전 친구의 집에 갔다가 TV에 나오는 소녀 가수들이 부르는 트로트 음악을 듣는데 집주인 여자분이 그저 혼잣소리로 "저런 재능을 왜 딴따라에서 썩힐까, 클래식 음악을 했으면 얼마나 좋을까." 하는 말을 들으면서 나는 아직도 우리가 잘못된 고정관념에 속해 있구나라고 생각했습니다.

그렇다면 내가 쓰는 수필은 순수문학일까, 대중문학일까요? 작가

'이상'은 우리 문학계에서 천재로 인정합니다. 그의 문학성을 기려 '이상문학상'을 제정하여 시상하는데 아주 귀한 문학상으로 인정합니다. 그런데 수상자들의 작품을 사서 읽어 보지만, 깊은 감동하지 못합니다. 작가가 이 글을 쓸 때 심정을 애써 생각해 보려 하지만 나 같은 속물이 이해하기는 너무 버겁습니다. 물론 '한 번 더 날자꾸나' 하는 이상의 〈날개〉 같은 작품에서 그의 천재성에 와락 손이라도 붙잡고 싶어지지만 늘어놓은 숫자들이나 또 〈권태〉에서는 나는 그를 생각을 따라갈 수 없습니다.

지금 수많은 시인이 등단하고 시집을 내고 상을 받기도 하고 문학잡지에서 많은 시인이 쏟아져 나옵니다. 나는 시간이 날 때마다 서점에 들러 신간 시집들을 뒤적거려 봅니다. 그런데 내가 무식해서인지 풍부한 어휘와 형용사로 아름답게 나열해 놓은 시를 읽고는 마음에 꽂히는 화살이 없습니다. 나의 마른 눈에서 눈물이 아니라 진물이라도 나게 하는 시가 별로 없습니다. 나는 그런 시인들의 예술성을 품평할 재간이 없습니다.

나는 남에게 읽히지 않는 순수문학보다는 독자가 읽고 동감하는 대중문학에 속하고 싶습니다. 비록 대중 작가라고 예술가로서 인정을 받지 못하더라도, 장안의 지가를 올리고 독자들이 다음의 나올 제5권을 기다리면서 서점을 기웃거리게 했던 ≪청춘극장≫의 작가 김내성 선생 같은 작가가 되고 싶습니다. 파바로티의 부른 〈토스카의 별은 빛나건만〉 〈남몰래 흘리는 눈물〉처럼 몇 사람에게만 불리는 게 아닌 〈신라의 달밤〉처럼 많은 사람이 불러주는, 또 읽어주는 글을 쓰고 싶습니다.

귀족 식당

밤에 자기 전에 나는 책을 읽습니다. 젊을 때는 엎드려서도 잘 읽었는데 이제는 30분도 못 읽겠습니다. 아마 그것이 온돌방이 아니라 침대라서 그럴 것이라고 가끔 핑계를 대지만, 사실은 늙어서 몸의 유연성이 떨어졌기 때문일 것입니다. 또 30분이나 한 시간쯤 책을 읽다 보면 눈이 아파서 쉬어야 합니다.

그러면 침대 맞은편에 있는 TV를 켭니다. 어지러운 세상을 시시각각 보도하는 뉴스를 보다 보면 화가 나서 채널을 돌려버립니다. 바보들이 보는 프로그램들 그냥 웃기지도 않은데 '하하하하' 하는 프로그램이나 총을 쏘아 사람을 죽이는 범죄 영화뿐입니다. '에잇!' 채널을 돌려 유튜브로 갑니다. 유튜브에는 내가 보고 싶은 걸 골라 볼 수가 있기 때문입니다. 그런데 그곳도 이제는 볼 게 별로 없습니다. 배승희의 따따부따, 정규태 TV, 신의 한 수를 보다 보면 한 소리 또 하고, 그 소리에 그 소리여서 길거리 음식점에나 가자 하고 집을 나섭니다.

종로에서 떡볶이, 순대, 김밥, 튀김, 장터국수, 심지어 뷔페까지 돌았습니다. 남대문, 동대문, 강남, 청량리, 창신동 시장까지 돌았습니다. 거의 매일 조금씩 돌다 보니 그곳도 돌 데가 별로 없습니다.

그러다가 들른 곳이 비싼 뷔페 집입니다. 힐튼호텔, 롯데호텔, 신라호텔, 워커힐을 거쳐 강남의 트레이드센터 52층의 Crab 52이라는 곳까지 가보았습니다. 그리고는 깜짝 놀랐습니다. 식사 한 끼에 200불이고 한국 원화 246,000원이라는 것입니다. 맨해튼에 있는 고급 한국 식당에서도 200불이라는 말을 듣기는 했습니다. 그곳을 소개하는 여자 MC가 비싼 해산물을 감질나게 먹다가 먹고 싶은 해산물을 실컷 먹을 수 있으니 가끔 와 볼 만하다고 추천합니다. 둘이서 가려면 50만원을 내야 하니 돈이 좀 있는 사람은 안 되겠고 돈이 아주 많은 사람이나 갈 수 있는 곳입니다. 또 1인당 백만 원을 내야 하는 한식집도 등장합니다. 나는 정말 '한국이 사치스러운 사회가 되었구나.' 놀랍기도 하고 한편 걱정도 됩니다.

얼마 전에 친구들과 그런 음식점 이야기를 했더니 한 친구가 나를 측은하게 쳐다보면서 지금 서울의 사치스러움은 말로 할 수 없다면서 웬만한 양식집에 가도 그 정도는 내야 고급 스테이크를 먹고 와인 한잔을 마실 수 있다고 했습니다.

한국의 빈부의 차이는 우리가 상상할 수 있는 정도를 넘어섰다고 생각합니다. 길거리 음식점에서는 맛있는 음식을 1만 원 이내면 먹을 수 있습니다. 김밥에 어묵 국물까지 하여 5천여 원이면 먹을 수 있고 잔치국수는 7천 원이면 먹습니다. 설렁탕이나 해장국은 1만5천 원 이내로 먹을 수 있다고 합니다. 그런데 25만 원이라니…. 어떤 양식집에 가면 이보다 더 비싸다고 합니다.

오래전 남산의 힐튼호텔 입구에 전시된 스테이크 종류를 본 일이 있습니다. 그리고 전시된 고기 종류와 값을 보고 놀랐습니다. 여기 미국에서도 가끔 스테이크 집에 갑니다. 그런데 나는 종류가 그냥 Sirloin, Rib eye, New York strip 정도이고 얼마나 굽느냐의 종류만 있는 줄 알았지, 고기 종류가 그렇게 많은 줄 몰랐습니다. 그래서 작정하고 찾아보았습니다. 한국의 미식가는 소고기의 부위를 분리해서 먹나 본데 대강 이렇습니다. 등심, 채끝, 설도, 안심, 우둔, 앞다리, 양지, 갈비, 목덜미살, 꽃살, 치마살, 대접살, 도가닛살, 설깃살, 홍두깨살, 증치, 사태, 업진살, 양지머리, 홍때기, 차돌박이, 안창살, 날갯살, 쇠가리, 힘줄, 제비추리, 등성, 마주살, 혀밑, 꼬리, 족, 쇠머리, 우설, 골, 등골, 우신, 우랑 주곡지뼈, 무릎뼈, 앞거리, 결낭, 업적미, 뒤뜰이, 족통, 이부구나, 수구레, 염통, 간, 영, 콩팥, 양, 지라, 방광, 허파, 대창, 곱창, 군자소나 깃머리, 벌집 등등 30~40가지로 구분이 된다고 합니다. 여기에 겹친 부위도 있고 빠진 부위도 있다고 하니 나같이 머리가 좋지 않은 사람은 이런 시험 문제가 나온다면 합격하기도 힘들 것 같습니다. 이렇듯 세분하여 맛을 구별하고, 부위에 따라 값을 정하니 이런 미식가가 찾는 부위의 스테이크는 20만 원도 훨씬 넘는다는 말이 맞을 것 같습니다.

미국 친구에게 이렇게 물어보니 소를 잡아 대강 고기를 잘라 쇠꼬챙이에 구워 먹던 야만의 후손인 그들은 이런 것을 알 수가 없고 웬만한 것은 버렸다고 합니다. 1970년대 미국의 그로서리에서는 볼 수도 없었고, 소를 잡는 곳에서 그냥 거저 주던 소꼬리, 양, 닭똥집, 닭다리들을 한국 사람들 덕에 가격표를 달고 팔기 시작했습니다. 그들도 여기 입맛을 붙여 뉴저지의 '감미옥'에 가면 노란 머리들의 사람들이 설렁탕

국물을 먹고 있습니다. 지금 뉴저지 큰길에 곱창집이 간판을 걸고 영업하고 있습니다. 얼마 있으면 Out Back이나 Long Horn Steak House에서 소 혓바닥 Steak가 나오고 Family Restaurant에 곰탕이 등장할지도 모릅니다.

요새 유튜브를 보면 한국이 세계 문화를 리드하는 것 같은 소식들이 들려오고 있습니다. 피아노 경연에서는 한국 젊은이들이 여기저기 입상하고, K-Pop은 세계인들의 인기를 끌고, 이번 카타르의 월드컵 경기장 장식을 맡았던 한국의 IT산업은 세계인의 눈을 끌었습니다. 유럽에 진출해 있다는 한국의 길거리 음식점에는 사람들이 모여들고 몽블랑 언덕의 편의점에서는 신라면이 하루에 1,500봉지 이상이 판매된다고 합니다. 타일랜드나 베트남에서는 한국산 라면이 당연히 최고 인기품이고, 뉴욕의 맨해튼에서도 한국 음식이 인기리에 팔린다고 합니다.

이런 것이 모두 자랑스럽습니다. 그런데 염려가 되는 것이 있습니다. 좀 칭찬을 받으면 천방지축 어찌할 줄 모르는 어리석은 사람들이 준동한다는 것입니다. 대부분의 한국 사람은 온순하고 겸손합니다. 그러나 몇몇 사람의 경거망동이 우리 한국 사람의 명예를 실추시킨다는 말입니다. 중국이 발전하기 전 중국에 관광 갔던 한국인들이 백 불짜리를 꺼내 들고 거드름을 떨어서 중국인들이 한국인 혐오증을 갖게 하였고, 미국의 흑인들이 한국 사람은 돈을 많이 가지고 다닌다고 하여 한국 사람만 공격한다든지 하는 그런 일을 일어나지 말아야 한다고 생각합니다.

한국에 좌파가 성행하는 것이 빈부의 차이가 심하고 돈 있는 사람들의 지나친 사치와 오만과 갑질에 분노한 국민이 자본가나 재벌에게서 등을 돌렸습니다. 또 일부 돈 많은 부모를 둔 젊은이들의 분별없는 행동에 많은 젊은이의 분노가 좌파가 생겨난 것입니다. 246,000원짜리 Crab 52 뷔페의 광고를 보면서 불쾌한 감정을 가진 것은 나 혼자만이 아니었을 것입니다. 2천 원짜리 김밥으로 점심을 때우는 많은 젊은이가 "에잇 이놈의 세상 망해야지"라고 불만을 토로하는 사회가 되지 않았으면 합니다.

화종구출(禍從口出)

가장 현명한 사람이 썼다는 성경의 잠언 10장 13절에는 "명철한 자의 입술에는 지혜가 있어도 지혜 없는 자의 등에는 채찍이 있느니라." 또 6장 2절에는 "네 입의 말로 네가 얽혔으며 네 입의 말로 네가 잡혔느니라."라는 말씀이 있습니다. 즉 자신이 한 말로 자신의 운명이 결정된다는 말입니다. 예수님도 입으로 들어가는 것이 더러운 것이 아니라 입에서 나오는 것이 더러운 것이라고 했습니다.

언어는 그 사람의 인격이라고 합니다. 그런데 만나기만 하면 상대방을 씹어야 만족하는 사람이 있습니다. 오래간만에 만난 친구인데 "야, 너 그동안도 자라지 못했구나. 밥 먹은 게 모두 어디로 가냐?"라고 마치 아주 재미있는 말이라도 한 것처럼 크게 웃는 친구가 있습니다. 자기 자신은 재치 있는 농담한 것으로 착각하겠지만 듣는 사람에게는 조금도 유쾌한 농담이 아닙니다.

얼마 전 친구들을 만날 기회가 있었습니다. 친구를 만나서 "그동안 잘 있었니? 건강해 보여서 참 좋다."라고 하고, 부인에게도 "여전히 아름다우십니다."라고 하면 얼마나 좋을까요? 그런데 아까 그 친구는 다짜고짜 하는 말이 "야, 너 똥배가 많이 나왔구나. 팔자가 좋은가 보다."라고 했고, 그 부인에게도 "머리가 많이 희어졌네요. 쟤가 속 썩이나요?"라고는 하하하 웃어댔습니다. 자기가 한 말이 아주 재미있는 줄 아는 모양입니다. 그는 저녁을 먹으면서도 자기 자랑을 하느라고 좌중을 시끄럽게 합니다. 그때 친구들이 말은 하지 않았지만, 그 다음 파티 때는 그 친구 옆에 잘 가지 않으려고 하는 것 같았습니다. 나는 그 친구를 보면서 저 친구는 친구들과의 모임이 아닌 점잖은 사람들과의 모임에서도 저럴까 하고 생각했습니다.

가끔 입이 빠르고 남의 약점을 노리는 사람들이 있습니다. 오래전 어떤 식사 자리에서 목사님 옆에 앉게 되었습니다. 교인들의 모임이 아니라서 각자 기도를 하고 먹게 되었습니다. 그런데 목사님 맞은 자리에 앉았던 사람이 "목사님은 기도도 안 하고 잡수시네요"라고 시비를 걸었습니다. 목사님이 왜 기도를 안 했겠습니까, 자기가 못 본 것이겠지요. 목사님은 "네, 친자식이 밥을 먹을 때마다 아버지에게 고맙다고 하나요?"라고 응대했습니다. 나는 옆에 앉아 식사하면서 좀 민망했지만, 목사님의 답변에 마음이 놓였습니다.

왜 그럴까요? 남의 약점을 노리고 있다가 독사처럼 물어뜯어야 속이 시원한 심리는 무엇일까요? 그렇다고 자기에게 무슨 큰 이익이 생기는 것도 아닌데…. 아마 하루에 몇 사람을 물어뜯지 않으면 잠이 안 오는지도 모르겠습니다. 어떤 회의든지 말썽을 피우고 이의를 제기하여 시간을 끌고 회의의 분위기를 망치려는 사람이 있습니다. 저는 교회에서 하는 교인 총회에 별로 참석을 안 하려고 하지만 어쩌다가 참석하면 사사건건이 질문하고 이의를 다는 사람이 한두 명은 꼭 있습니다. 군주 시대였으면 왕이 채찍으로 때렸으련만 지금은 인권을 존중하는 시대여서 그런 사람도 모두 대접해야 하니 어떨 때는 괴롭습니다. 교회에서나 교수회의, 동창회에 꼭 그런 사람을 볼 수가 있습니다.

나는 한국의 국회에는 가본 일은 없습니다. 그러나 언론에 보도되는 것을 보면 그래도 국민을 대표하고 양식을 갖추었다는 국회의원들이 하는 말들이 저급하고 예의가 없는 것을 봅니다. 국회에 들어가기 전에는 점잖고 양식이 있던 사람이 국회의원이 되어서 막말과 상식 이하의 발언을 해서 실망한 일도 많습니다. 그런데 그렇듯 직설적으로 퍼붓고 막말하는 국회의원이 사람들의 시선을 모으고 인기가 올라간다고 하니 잘못되어도 한참 잘못된 사회 현상이라고 할 수밖에 없습니다. 친구들끼리 그런 이야기를 했더니 여의도 국회 자리가 한강의 하류에 있어서 온갖 쓰레기들이 밀려오기 때문에 그렇다고 해서 웃었습니다.

우리나라의 말과 글은 아름답습니다. 세계 어느 나라 말보다 아름답게 구사할 수 있고 표현할 수 있는 언어입니다. 물론 우리나라 말이 다양하니까 욕도 다양하게 할 수가 있을 것입니다. 나의 영어 실력이 부족해서 그런지 모르겠지만 영어의 욕은 몇 가지밖에 없는데 한국 욕은 수십 가지가 넘습니다. 한국 드라마에서 젊은이가 한 마디 건너 욕하는 것을 보고 놀란 일이 있습니다. 좀 부드러운 욕도 있을 텐데 직설적이고 모욕적인 말을 해야 속이 시원한지 모르겠습니다. 나쁜 말은 상대방의 분노를 사고 적의를 일으키지만 온화하고 부드러운 말은 있던 분노를 잠재우고 마음을 감동하게 합니다.

하긴 논쟁할 때 직설적이고 원색적인 욕을 하면서 대들고 싸우자고 하는 사람을 대적하기는 힘이 들 것입니다. 몇 년 전 남대문시장 안에서 본 일입니다. 어떤 남자가 장사하는 아줌마와 싸움이 붙었습니다. 이 남자도 화가 났는지 아줌마에게 욕을 했습니다. 그랬더니 아줌마 둘이서 그 남자에게 욕을 해대는데 "이 쌍놈의 새끼야. 너는 집안에 어미누나도 없냐, 이 염병할 놈, 논두렁을 베고 자빠질 새끼야, 이 피똥을 싸고 뒈질 놈아, 네 에미 X할 놈아…."라고 욕하면서 소리를 질러대니까 남자가 아무 말도 못 하고 도망하는 걸 보았습니다. 나는 지나가면서 '야, 정말 대단하다. 어디서 저런 말이 쏟아져 나올까. 저런 아줌마한테 걸리면 이길 재간이 없겠구나.'라고 생각했습니다. 아마 국회에서도 저런 욕을 하고 덤비면 당할 장관이나 공무원이 없겠지요.

이재명 민주당 대표의 팬심 부대에 '개딸들'이 있습니다. '개딸들'이라고 했으니 여성 명사인 것 같고 '개'라는 말이 붙었으니 인격은 버리고 개처럼 덤벼드는 투사를 말하는 것 같습니다. 그러니 그런 사람들과 언쟁하여 이길 길이 없을 것입니다. 오래전에 친구들과 이야기하다가 공자님이 동대문의 떡 장사와 토론하면 이길까 하고 이야기했더니 모인 사람들이 '그야. 백전백패지.'라고 해서 웃은 일이 있습니다.

말은 우리의 영혼에서 나오는 것이고 우리 마음의 표현입니다. '화종구출(禍從口出)—말이 우리에게 복을 주기도 하지만 화도 준다.'라고 우리에게 경고합니다. 한마디 말로 인해 일생 돌이키기 힘든 과오를 범할 수가 있습니다. 자라나는 우리의 자손들 청소년들에게 올바른 대화법을 가르쳐서 앞으로의 사회가 평화롭고 아름다운 사회가 되게 하면 안 될까요?

냉혈한

어떤 은행가가 있는데 이 사람은 아주 사무 능력이 뛰어난 사람이었습니다. 그는 금전 출납에 1원의 착오도 허락하지 않았고 일체의 개인 사정으로 은행 업무의 차질도 허락하지 않았습니다. 그는 완전무결을 목표로 삼고 살아가는 사람이었습니다. 그는 일상생활에서 웃는 일이 없었고 항상 싸늘한 표정이었습니다. 그래서 직원들이 그의 옆에만 가도 감기에 걸린다는 사람이었습니다.

그런데 어떤 날 은행의 한 직원이 업무 중에 쓰러져 병원에 데리고 갔는데 의사가 응급으로 수혈이 필요하다는 했습니다. 피검사를 하니 그 은행가밖에 맞는 피가 없었습니다. 냉정한 그는 싫다고 버티었으나 의사와 간호사 그리고 은행직원들의 강권으로 채혈하게 되었습니다. 그리고 수혈했는데 환자가 사망해 버렸습니다. 환자 가족의 항의로 사인을 조사했는데 아무런 착오가 없었습니다. 나중에 알아본 결과 은행가의 피가 너무 차가워서 피가 들어가면서 환자가 얼어 죽었다는 이야기입니다.

세상에 살면서 차가운 사람들을 많이 봅니다. 늘 냉랭한 표정과 웃음기를 보이는 일이 없습니다.

항상 차가운 얼굴로 곁을 주지 않고 빙판에 얼음이 굴러가는 듯한 교수님도 있었습니다. 우리가 의과대학에 다닐 때 C라는 교수님이 계셨습니다. 아주 훌륭한 의사였는데 그 교수님이 웃는 걸 본 사람이 거의 없는 냉랭한 분이셨습니다. 그 교수님 밑에서 교육을 받은 전공의들조차 그의 웃는 얼굴을 일 년에 한 번 볼까 말까였습니다.

전공의가 아침에 늦으면 "그렇게 출근하기가 힘이 들면 집에서 쉬어."라고 한마디하고는 돌아서서 종일 한마디도 안 한다는 것입니다. 환자가 교수님의 지시를 어기는 일이 있으면 "말을 안 들으려면 병원에는 왜 와, 한약방에나 가보지." 하고는 일어나서 나가신다는 것입니다. 물론 학생들이나 전공의는 교수님 옆에만 가면 한기가 느껴지고 감기 걸린다고도 하고 실수가 있을까 전전긍긍한다고 합니다.

우리 졸업 사은회 때 그 교수님을 초대했습니다. 사은품으로는 그때 마침 상영 중이던 토니 커티스와 마릴린 먼로가 출연하는 ≪뜨거운 것이 좋아≫라는 영화관 입장권을 드렸습니다.

교수님 중에는 엄한 교수님들도 있었습니다. 그런 분 중에는 제자들의 실수에 무섭게 야단을 치셨지만 조금 후에는 친절히 가르쳐주는 온기가 느껴지는 그런 교수님들을 우리는 좋아했습니다.

내가 의예과에 다닐 때 W라는 수학 교수님이 계셨습니다. 그 교수님은 수학밖에는 다른 말씀을 하시는 것을 들어본 일이 없습니다. 아마 수학을 위하여 이 세상에 태어나신 분 같았습니다. 그때 연세대학교 의과대학에서는 의예과의 질을 높인다고 하여 1학년은 없애고 이공대학에서 1년을 공부한 후에 2학년에 올라갈 때 다시 성적순으로 선출하여 의예과를 구성했습니다. 그래서 이공대학 1학년은 그야말로 의과대학 입학 준비 과정이나 다름이 없었습니다. 그런데 제일 어려운 과목이 수학이었습니다. 수학에서 나쁜 점수를 받으면 그야말로 회생할 길이 없었습니다. 그런데 W 교수님과는 어떤 타협도 되지 않는 철벽이었습니다.

제 친구 하나가 수학 중간시험을 좀 잘못 보았습니다. 그는 고등학교 때 아주 공부를 잘한 수재였습니다. 그런데 어쩌다가 한번 시험을 잘못 본 것이었습니다. 그래서 W 교수님을 찾아갔다고 합니다. 그랬더니 교수님은 "학생, 우리가 같이 풀어 볼 수학 문제가 있던가."라고 하고는 이 친구가 시험에 대하여 말을 하니까 문을 열고는 나가달라고 하더라는 것입니다. 다음 해 이 친구는 S 대학으로 전학을 갔습니다.

오래전에 이름은 잊어버렸지만, 여학교 기숙사 사감에 관한 이야기를 읽은 것 같습니다. 이 기숙사 사감도 대리석으로 깎아 놓은 조각 같은 얼굴로 기숙사 학생들을 대해서 기숙사 학생들이 힘들었다는 이야기입니다.

몇 년 전 박근혜 대통령이 탄핵을 당했습니다. 좌파 정치인들이 없는 이야기로 모함하고 음모를 꾸미서 국회에서 탄핵되고 최종적으로 헌법재판소에서 탄핵되었습니다. 그런데 어찌 다수당의 대통령이 2/3의 표가 필요한 탄핵 투표에서 패배했을까요? 물론 좌파들의 선동과 음모 때문이었지만 나는 박근혜 대통령의 과오도 있었다고 생각합니다. 물론 그는 범죄한 일이 없습니다. 그러나 자기의 옳은 것과 많은 사람을 포용하는 것과는 다른 문제입니다.

여러 한나라당의 의원들이 박근혜 대통령을 얼음공주라고 불렀다고 합니다. 그가 선거 유세를 할 때는 부드럽고 웃는 모습이지만, 국무회의나 청와대의 사무실에서는 곁을 주지 않고 웃음을 보이지 않는 차가운 얼음공주였다고 합니다. 그러니 박근혜 대통령을 위해 몸을 던지려는 사람들이 별로 없었다는 말입니다. 한창 광화문에서 촛불 데모할 때 박근혜 대통령은 청와대에서 홀로 그 불길을 바라보고 있을 수밖에 없었습니다. 전두환 대통령을 보호하던 장세동 같은 인물이 없었던 것입니다.

제가 대학생 때 좀 아는 여학생이 있었습니다. 그 여학생은 인물도 이쁘고 공부도 잘했습니다. 그런데 얼음공주였습니다. 누구와 이야기도 별로 없었고 웃을 때도 그저 입술을 살짝 들었다 놓는 정도였습니다. 많은 남학생이 집적댔지만, 머리를 흔들며 나왔습니다. 나는 그녀가 무엇이 될까 하고 궁금했습니다. 그런데 학교를 졸업하고 결혼하고는 다시 그의 소식을 들은 일이 없습니다.

물론 성격이 곧은 사람이 좋습니다. 그러나 사람은 체온을 가진 동물입니다. 우리 몸속에서 따뜻한 체온이 풍겨 나와야 하고 웃음이 얼굴에 묻어나야 하고 사랑을 느낄 수 있어야 합니다. 예수님은 이런 따뜻한 웃음과 온기가 있는 분이셨습니다.

그는 시각 장애인을 고칠 때 침을 뱉어 진흙을 이겨서 소경의 눈에 바르고 실로암 연못에 가서 씻으라고 하셨습니다. 얼마나 장난기가 가득한 분입니까. 나사로가 죽었을 때는 울기도 하셨고, 세금을 달라고 하니까 베드로에게 낚시하여 처음 잡은 물고기 입에서 동전을 갖다가 세금으로 내라고 하시는 그 유머러스한 분입니다. 나는 예수님이 계신 천국이 그냥 엄숙하기만 하고 거룩하기만 한 곳이 아니라 유머러스한 곳일 거라고 생각합니다.

　예수님은 따뜻한 피가 흐르던 우리의 친구이고 인도자이지, 얼음 피가 흐르는 은행가나 얼음공주가 아니시기 때문입니다. 그래서 기독교에서는 사랑을 가장 중요하게 생각하는 종교라고 생각합니다. 곧은 것과 차가운 것은 구별이 되어야 하지 않을까 생각해 봅니다.

고집

'고집이 센 사람'은 다른 사람의 말은 듣지 않고 자기의 의견만을 주장하는 사람을 일컫는 말입니다. 대개 그런 사람은 남이 이야기가 틀리는 것을 좋아합니다. 그는 다른 사람이 이야기한 것을 일단 믿지 않고 '그게 아니다.'라는 말을 습관적으로 내뱉습니다. 자기는 도덕적으로 아무런 잘못이 없다고 생각하기에 내로남불의 경향이 있다고 교과서에서 이야기합니다.

그냥 웃음의 소리로 전해 내려오는 이야기는 안(安) 씨, 강(姜) 씨, 최(崔) 씨가 고집이 세다고 말합니다. 그래서 경상북도 경주 부근의 안강면에 사는 최 씨가 가장 고집에 세다는 농담도 있습니다. 어떤 이는 글을 풀어 안 씨는 뿔이 하나이고, 강 씨는 뿔이 둘이고, 최 씨는 뿔이 세 개라서 최 씨가 고집이 제일 세다고 합니다. 그런데 가만히 보니까 李 씨도 뿔이 하나 있고, 朴 씨도 뿔이 나와 있고, 林 씨는 뿔이 두 개나 있고, 金 씨는 뿔이 아니라 쇠로 된 덮개가 있으니 고집이 없는 사람이 없을 것 같습니다. 어떤 사람이 고집에 셀까요?

'최 씨가 고집이 제일 세다'는 말은 고려 말기 최영 장군이 이성계와

방원의 회유에도 고려 왕조를 지지하다가 끝내 죽임을 당합니다. 죽음의 자리에서도 최영 장군은 뜻을 굽히지 않았고 "만일 나의 뜻이 올바르다면 나의 무덤에 풀이 나지 않을 것이다."라고 했는데 정말 최영 장군의 묘에는 풀이 나지 않았다고 합니다. 그래서 고집이 센 최영 장군의 후손들에게 '앉았던 자리에는 풀도 나지 않는다.'라는 말이 나온 유래라고 합니다. 그런데 내가 사귄 최 씨는 모두 부드럽고 다른 사람을 이해하며 고집이 센 사람을 본 적이 없으니 근거가 희박합니다.

고집이 있는 사람은 대개 오만하여 다른 사람을 무시합니다. 그들은 상대가 자신만 못하다는 생각합니다. 나의 일생을 가만히 돌아보면 고집이 센 사람과 일할 때 힘들었습니다. 그런 사람은 무슨 일이든 자기만 옳다고 주장하고 남의 이야기에는 귀를 기울이지 않습니다. 그리고 일이 잘못되면 남에게 책임을 전가하는 사람을 여러 명 겪었습니다.

대학병원에서는 매일 아침 콘퍼런스를 합니다. 그리고 수술할 환자에 관하여 의논도 합니다. 그런데 어떤 의사는 자기의 의사를 조금도 굽히지 않고 고집합니다. 여러 명의 의사가 좋다고 하는 방법을 버리고 자기의 주장대로 수술합니다. 대개 이런 사람들은 다른 사람들과 어울리는 사람이 아니라 유아독존격인 사람입니다. 물론 자기주장을 하는 사람 중에는 실력이 출중하여 다른 많은 사람보다 훌륭한 사람도 많습니다.

현대의 정주영 회장 같은 분은 다른 사람의 생각을 뛰어넘는 아이디어를 내서 공사를 성공시켰습니다. 여울목에 배를 갖다대 물을 막고 공사를 한다든가, 열대 중동에서 낮에는 잠을 재우고 밤에 공사하는 아이디어는 누구도 생각해내지 못한 기발한 생각이었습니다.

'작전에 귀재'는 전쟁에서 보통 사람들이 생각지 못한 작전으로 적을 속이거나 유인하여 승리합니다. 삼국지에 나오는 제갈공명은 이런 사람이었습니다. 그는 보통 사람이 이렇게 할 것이라는 예상을 뛰어넘어 적을 유인하고 공격하여 승리했습니다.

그런데 그 반대인 경우도 있습니다. 지금 한국에서는 문재인 전 대통령이 원자력 발전소의 폐쇄를 고집하여서 나라에 큰 손해를 끼치고 한전에 수조 원의 빚을 지게 했습니다. 그가 원자력 발전소에 관하여 아는 것은 없습니다. 그는 다만 야당 시절 정부의 시책을 반대하며 원전 폐쇄하자는 주장을 했습니다. 결정적으로 원전 사고로 피해를 보는 내용의 영화를 한 편 보고서 마음을 굳힙니다. 그리고는 원전 폐쇄위원회를 만들어 원전 폐쇄를 찬성하는 사람만 골라 위원회를 만듭니다. 그리고 아직도 20년을 더 운영할 수 있는 월성원자력발전소를 폐쇄합니다.

이것이 고집입니다. 이 고집은 자기 혼자 망하는 것이 아니라 국가의 크나큰 운명이 걸린 일이었습니다. 나라는 수조 원의 손해를 보고 전기료는 올라가고 한국 전력은 수천억 원의 손해를 보게 했습니다. 그런데 외국에는 원전을 팔아먹겠다고 했습니다. 자기 나라에서 폐쇄하는 원전을 사갈 사람이 어디 있겠습니까. 이것이 고집불통의 바보짓입니다. 그가 한국에서 원전을 폐쇄하자 원전 수주를 취소한 나라에 자기의 오른팔인 비서실장을 보내어 원전을 팔아오라고 대표로 보냅니다. 이론에 맞지 않는 일을 고집으로 밀어붙이려고 합니다. 대개 고집쟁이들의 하는 일이 이렇게 앞뒤가 맞지 않습니다. 야당에서 원전 폐쇄가 잘못되었고 그것 때문에 손해가 난다고 하니까 박근혜 전 대통령에게 책임을 전가시켰습니다.

오래전에 친구와 같이 여행 중에 일어난 일입니다. 친구가 운전하는 차를 타고 여행하는데 친구의 부인이 "저 길로 가야 하지 않느냐?"고 하니까 친구가 "아니, 이 길로 가야 한다."고 우기면서 그냥 곧장 차를 몰았습니다. 부인은 "이 길은 방향이 틀리는 것 같다."라고 하니까 벌컥 화까지 내면서 "운전하는데 웬 잔소리가 많냐."고 신경질을 부렸습니다. 우리는 한두 시간 올라갔는데 목적지는 나오지 않고 영 방향이 틀린 것 같았습니다.

그러자 이 친구는 화가 나는지 혼자 지도를 보더니 방향을 틀더니 다시 달리기 시작했습니다. 우리가 저녁을 먹기로 한 시간은 지났고 이미 날이 저물었습니다. 이 친구는 주유소를 찾아가서 가스를 넣고, 사무실로 들어가서 길을 물어보고는 지금까지 왔던 길을 되돌아갔습니다. 우리는 한 시간 반이나 두 시간이면 될 길을 7~8시간을 돌아다니다가 밤늦게야 돌아왔습니다.

고집이 센 사람과 어울리면 이런 고생을 하게 마련입니다. 사람은 물론 자기주장이 있어야 합니다. 그런데 자기주장은 과연 옳은 건지 판단한 후에 다른 사람들의 의견도 수렴하여 비교 검토를 한 후에 결정해야 합니다. 그저 자기가 한 말이니 고집하여 밀고 나가면 자기뿐만 아니라 주위 사람들까지 고생합니다. 지위가 높아갈수록 고집으로 오는 손해는 커질 것입니다.

요새 여론에 떠도는 문재인 대통령의 고집을 보면서 이런 사람을 대통령으로 뽑은 국민의 불행을 생각합니다.

옷

옷은 우리의 몸을 가리는 가리개입니다. 창세기에 아담과 이브가 선악과를 따먹고 눈이 밝아져 자기의 벗은 모습이 부끄러워 나뭇잎으로 몸을 가렸다는 이야기가 인류 최초의 옷이었을 것입니다. 그런데 나뭇잎으로는 너무도 허술하니 가엾게 여긴 하나님이 가죽옷을 해 입혔다는 이야기가 나옵니다. 옷은 추위에서 우리를 보호해 주지만 더위를 가려주기도 하고 비가 올 때는 우리가 젖지 않게 가려주기도 합니다. 인간에게 털가죽이 없는 한 옷이 사치가 아니라 우리 생명을 보호하기 위한 필수품입니다. 우리는 영화에서 무인도에 표류한 사람이나 ≪람보≫라는 영화의 주인공이 거적으로 옷을 만들어 입거나 동물의 가죽으로 옷을 만들어 입는 장면을 보았습니다. 그 옷은 목숨을 보호하기 위한 필수품이었습니다.

옷은 그들이 속한 집단이나 직업을 알려주는 역할도 합니다. 군인과 경찰 공무원을 제복으로 구별하고, 항공사 승무원들도 그 입은 옷을 보고 어느 항공사에 근무하는지도 식별합니다. 옷은 또 신분을 나타냅니다. 옛날의 왕의 옷은 황금색이거나 붉은색이어서 평민은 그런 색깔의 옷을 입지 못하였습니다. 우리 민족이 백의민족이라고 합니다. 그 것은 옷을 염색하려면 돈이 드니 염색도 못 할 정도로 가난한 사람들이 많았다는 이야기입니다. 멕시코에서도, 지중해 지방에서도 돈이 없는 사람들은 하얀 옷을 입을 수밖에 없었습니다.

그저 가리기 위한 옷으로는 10불만 주어도 살 수 있겠지만 사치스러운 옷은 몇천 불을 주어야 만져 볼 수 있습니다. 소위 명품이라고 하는 옷은 정장 양복 한 벌에 몇천 불을 주어야 사 입을 수 있고 여자의 옷은 그보다도 훨씬 돈을 많이 주어야 하지만 블루진에다 셔츠만 걸치려면 20불이 안 되어도 입을 수 있습니다. 언젠가 싸구려 옷을 파는 데 가보았더니 청바지가 7불이고 2불짜리 셔츠가 걸려 있었습니다. 그래서 '야, 10불만 가져도 몸을 가리겠구나.' 하고 웃은 일이 있습니다.

보통 사람들은 잠을 잘 때 입는 옷, 집에서 아무렇게나 입는 옷, 외출할 때 입는 옷, 교회 갈 때, 면접할 때 입는 옷 그리고 파티할 때 입는 옷이 다릅니다. 옷은 내가 만나러 가는 상대에 따라 다릅니다. 집에 수도를 고치러 온 인부를 만나러 나갈 때는 아무 평상 옷을 입어도 되지만, 취업하려고 면접하러 갈 때는 깨끗한 정장을 입으려고 할 것이고, 파티에 가려면 화려한 옷을 입을 것입니다. 일반적으로 옷을 어떻게 입었는지에 따라 대접을 받는 정도가 달라집니다. "옛말에 입은 거지는 밥상에서 얻어먹고 못 입은 거지는 토방에서 얻어먹는다." 라는 말이 있습니다. 대개 일을 하면서 정장을 입는 사람들은 변호사, 의사, 목사들입니다.

나는 가난한 집에서 자라면서 옷을 잘못 입고 다니던 콤플렉스에 직업의식이 있어서 그런지 정장을 많이 입습니다. 심지어 영화관에 갈 때도 정장을 하고 물론 교회에 갈 때는 항상 정장을 입고 갑니다. 나는 정장을 입어야 마음이 흐트러지지 않고 긴장이 되기 때문입니다. 그리고 교회는 하나님을 만나러 가는 곳인데 아무렇게나 옷을 걸치고 가는 것은 아니라고 생각합니다.

1970년대만 해도 제가 나가던 미국교회에서는 블루진에 티셔츠만 입고 오는 교인을 목사님이 따로 불러서 주의를 주었습니다. 제가 어려서 학생 때에는 선생님들이 정장을 많이 입었고 단정하게 옷을 입곤 했습니다. 그러나 스승이기를 포기하고 교육 노동자가 되기로 한 현세대는 교사들의 옷차림이 환경미화원인지 학교 건물을 수리하는 노동자인지 구별을 못 할 정도로 자유롭습니다. 교사가 옷을 아무렇게나 입고 교단에 선다면 학생들의 존경심이 사라질 것 같다고 생각합니다.

옷은 나이에 따라 다르게 입기도 합니다. 어린이의 옷과 중년의 옷 그리고 노인의 옷이 다릅니다. 저는 키가 작아서 내게 맞는 옷을 찾기가 힘이 들었습니다. 미국에 처음 와서 어린애들이 입는 옷을 한번 사 입어본 일이 있습니다. 그리고 거울을 보니 이건 정말 신파극의 피에로였습니다. 그렇다고 어린애의 옷을 입을 수는 없었습니다. 지금은 은퇴해서 꼭 정장할 필요가 없는데도 나도 모르게 시장에 가면서도 넥타이를 매려고 할 때가 있습니다. 아내는 그런 저를 놀리느라고 "어디 선보러 가세요? 아니면 어떤 여자가 봐주기라도 할까 봐 그래요!" 하고 놀리곤 합니다.

오래전 박완서 선생님의 인터뷰 기사를 볼 기회가 있었습니다. 젊어서는 모양을 내기 위하여 몸에 꼭 조이는 옷을 입었지만 나이 들어서는 외출을 할 일이 없고 대중 앞에 설 기회가 없으니 모양을 낼 필요가 없어서 고무줄이 든 무릎이 나온 몸뻬 같은 바지를 입어도 되니 참 편하고 좋다고 이야기하여서 웃었습니다.

남자들보다 여자들이 옷이 더 많습니다. 12층짜리 백화점에도 한두 층만 빼놓고는 거의 여자들의 옷입니다. 그런데 여자들이 집에 있을 때 옷과 외출할 때의 옷은 천차만별입니다. 밖에 외출할 때는 백화점의 마네킹같이 차리고 나서지만, 집에 들어오면 가정부보다도 더 허름한 몸뻬에 헝클어진 머리에 화장도 안 한 얼굴로 있습니다. 그러니 밖에서 이쁜 여자들만 보고 온 남편들이 실망하고 바람이 나지 않을까 하고 생각합니다.

얼마 전 존경하는 은퇴 목사님을 찾아뵌 일이 있습니다. 젊어서는 참 깨끗하게 차려입은 모습의 목사님이셨습니다. 그런데 그날은 헝클어진 머리에 헐렁한 셔츠와 고쟁이를 입고 방에 서 계신 목사님을 뵙고는 마음이 아팠습니다. 솔직히 크게 실망하였습니다.

나는 이렇게 생각합니다. 옷은 남에게 보이기 위해서만 입는 것이 아니라 나 자신에게도 보이려고 입는 것입니다. 거울을 들여다보면서 오늘은 내가 얼마나 긴장하면서 살고 있나, 또 나 자신에게 얼마나 긴장을 주는가를 성찰합니다. 사실 몸에 꼭 맞는 정장을 하면 불편한 건 사실입니다. 거기에 목이 꼭 조이는 셔츠에 넥타이까지 맨다면 불편하지요. 그리고 항상 정장하고 넥타이를 매고 있을 수는 없지만 캐쥬얼 차림이라도 어디에 내놓아도 멋이 있다는 말을 들을 수 있는, 옷을 입고 있으면 안 될까요?

개 혐오증

요새는 개를 싫어한다면 확실히 마이너리티에 속할 것입니다. 또 많은 사람에게 환영받지 못할 성격일지도 모릅니다. 그런데 나는 개를 좋아하지 않습니다.

대구에서 피난 생활을 마치고 서울에 올라와 신문 배달을 한 일이 있습니다. 삼각지의 신문 보급소에서 신문 150부를 받아서 이태원과 북한남동 일대에 돌리는 일이었습니다. 그런데 개가 있는 집에 신문을 넣으려면 물 것처럼 사납게 짖어대는 개들이 있었습니다. 그래서 대문 앞에 놓으려고 하면 주인은 꼭 대문 안 마루 앞에까지 갖다 놓으라는 것입니다. 개가 너무 사나워서 그렇다고 하면 내 말을 듣지 않으면 신문값을 안 준다느니 보급소에 연락해서 신문을 못 돌리게 하겠다느니 하면서 요샛말로 갑질하는 사람들이 있었습니다. 더욱이 큰 셰퍼드여서 물리면 정말 크게 다칠 것 같은데도 개를 마당에 풀어 놓았습니다. 신문을 그 집에 가지고 들어가면 달려드는 개를 주인이 말리곤 했는데 마치도 네로 황제가 격투장에서 사자에게 물려 죽는 유대인을 보고 즐기는 것 같은 사람이 여럿 있었습니다. 이런 개들에게 여러 번 물릴 뻔했고 옷이 찢긴 적도 있었습니다.

그때부터 나는 개를 좋아하지 않습니다. 오래전 평양에 살 때 주인 집에 개가 있었습니다. 한집에 사니까 개도 우리를 알아보았고 우리 도 그 개를 쓰다듬으며 예뻐했습니다. 그런데 전쟁이 터지자 폭격이 오면서 개가 미쳐서 사람을 물지도 모른다고 정부에서 개를 언제까지 없애라고 하고는 인부들이 곡괭이 자루를 들고 개를 잡으러 동네를 뒤 지기 시작했습니다.

세 사람씩 떼를 지어 다니면 한 사람은 굽어진 꼬챙이로 개를 잡고 몇 사람이 달려들어 개를 때려죽였습니다. 그러면 개가 정말 미쳐서 사람에게 달려들기도 했습니다. 나는 독이 올라 눈이 빨개져서 사람에 게 달려드는 개를 보며 공포에 질리곤 했습니다. 그래서 지금도 개가 다가오면 겁이 나곤 합니다.

요새는 애완견으로 키우는 집들이 많아졌습니다. 일 년 전에 한국의 집에서 기르는 개가 800만이라는 기사를 보았는데 얼마 전 유튜브에 서는 1,200만 마리나 된다고 하니 폭발적으로 늘어나고 있습니다. 아 마 한국의 인구 절벽을 개로 메우려는 것인지, 아니면 젊은이들이 자 신이 늙어서 자식에게 효도 받지 못할 걸 미리 알아서 자식 대신 개를 키우는 건지는 아무튼 많은 젊은 여인들이 개를 안고 다닙니다.

내가 아는 젊은이가 개를 데리고 산책하다가 개를 끌고 나온 여자와 사귀게 되고 결혼까지 했습니다. 그들은 자식을 낳지 않기로 약속했다 고 하니 요새 젊은이들의 트랜드가 그리되는지도 모르겠습니다. 하기 는 우리 집도 아들네 집이나 딸의 집에 가면 내 자식들보다는 개가 먼 저 짖으면서 맞아줍니다. 나는 가끔 나의 아들과 딸이 우리 부부를 저

개가 반기는 만큼은 반기는 마음일까 생각하고는 피식 웃습니다. 친구의 집에 가도 개가 먼저 짖으며 마중 나오는 일이 많습니다. 꼭 그런 것은 아니지만 작은 개일수록 사납게 짖고 덩치가 큰 개는 옆에 오면 무섭습니다.

전에는 개를 마당에서 길렀습니다. 마당 한구석에 매어 기르거나 작은 개집을 만들어 키웠지만, 지금은 마당이 없는 집이 많아 집안에서 키웁니다. 그래서 아파트에서 개 짖는 소리가 들릴 때가 많습니다. 그리고 매일 운동을 시켜야 하는지 아파트의 좁은 엘리베이터 안으로 개를 끌고 들어오는 사람들이 있어 나는 마음이 불편합니다.

우리 동네에는 낮이나 밤이나 개를 끌고 나오는 사람들이 많습니다. 어떤 사람은 두세 마리를 끌고 나옵니다. 그런데 온순하게 지나가는 개도 있지만, 사람에게 으르렁대고 사납게 짖어대는 개도 있습니다.

얼마 전 아내와 같이 산책하러 나갔습니다. 젊은 여인이 데리고 나온 개가 갑자기 우리에게 짖으며 달려들었는데 순간 그 여인이 개의 끈을 놓쳐서 하마터면 개에게 물릴 뻔했습니다. 아내는 깜짝 놀라 넘어질 뻔했습니다. 주인도 겁이 났던지 달려와 끈을 잡고는 'I am really sorry.' 하고는 우리를 쳐다보지도 않고 도망을 가버렸습니다. 그 후로는 그 여인을 볼 수 없으니 어찌 되었는지 모릅니다.

우리 집에서 몇 집 건넛집에는 까만 개가 있는데 곰만큼 큰 개입니다. 순해서 사람이 옆으로 지나가도 돌아보지도 않고 앞만 보고 걷습니다. 주인이 'Ted Bear'라고 이름을 지었나 봅니다. 우리도 그렇게 부릅니다. 그런데 어떤 개는 사람의 발걸음 소리에도 사납게 짖어댑니다. 또 주인이 잡은 끈이 팽팽하도록 사람에게로 달려드는 개도 있습니다. 아내와 나는 지나가면서 "개도 주인을 닮는대요." 하고 지나갑니다.

그뿐이 아닙니다. 아침 산책길 잔디밭에는 치우지 않은 개의 배설물을 봅니다. 몇 번 밟을 뻔한 일도 있습니다. 몇 번 관리 사무실에서 개의 배설물에 관한 주의 통지가 오지만, 개를 사람보다 귀하게 여기는 개의 반려자는 개처럼 반사회적이 인사가 되어 가는가 봅니다. 사람이 있을 때는 배설물을 담아 가는 척하다가 사람이 없으면 그냥 지나치는 것 같습니다.

개의 지위가 달라졌습니다. 그전에는 개새끼였는데 '집의 개'가 되고 다시 '애완견'이 되더니 이제는 '반려견'이 되었습니다. 마치 자기의 남편이나 부인처럼 반려자라는 말입니다. 나는 개의 지위가 상승했는지 사람의 지위가 개처럼 하강했는지 모르겠습니다. 지금은 학교에서 윤리 도덕을 가르치지 않으니 그저 본능적인 인간으로 하강했는지도 모릅니다. 지식만 있고 도덕이 없는 사람들이 많으니까요.

개를 사랑하고 애완견이든 반려견이든 같이 사는 것은 내가 불평할 일이 못 됩니다. 그러나 나처럼 개를 싫어하는 사람에게 피해를 주지는 말아야 합니다. 요새 人權이 犬權보다도 무시되는 경우가 아주 많으니까요. 그래도 아직은 이 사회는 人間 社會이지 犬種社會가 아니기 때문입니다. 다른 사람에게 사납게 짖어대는 개를 사랑스럽게 보는 개 주인 처벌하는 법을 국회는 발의하여 통과시켜야 하지 않을까 생각합니다.

마음에 없는 말

옛날의 어머니들은 욕을 많이 했습니다. 어떤 어머니가 딸에게 "저런 망할 년!"하고 욕합니다. 옆에 있던 할머니가 "너는 왜 그렇게 마음에 없는 소리를 하냐 개가 망했으면 좋겠냐?"라면서 손녀의 편을 듭니다. 물론 어머니의 욕은 마음에 없는 소리입니다.

동창회에 나갔는데 평소에 좋아하지 않던 동창이 왔습니다. 자기 집에서는 남편에게 그 동창의 온갖 흉을 보고 욕을 했습니다. 그래도 막상 만나면 "아유 얘. 너 많이 이뻐졌다."라고 호들갑을 떱니다. 옆에 서 있던 남편이 "참 마음에 없는 말을 잘도 하네…."라고 혼자서 중얼거립니다. 이렇듯 마음에 없는 말을 우리는 '빈말'이라고도 하고 '허언'이라고 합니다. 저녁에 술에 취해 들어온 남편이 아내에게 미안하니까 공연히 '다음 달 월급을 타면 새 옷 한 벌 사줄게.'라고 큰소리를 치는 것도 마음에 없는 말입니다.

오래전 같은 병원에서 근무하던 후배와 같이 저녁을 먹고 나오는데 후배가 "선생님, 다음 복권이 맞으면 선생님 차 한 대 사드릴게요."라고 하여 웃었습니다. 저녁을 얻어먹고 나니 미안도 하고 어떻게 하면 나를 기쁘게 해줄까 하는 생각이 났겠지요. 그러나 복권이 맞을 확률도 천만분의 일이지만 복권이 맞아 돈이 생기면 다른 욕심이 생겨 이 말은 빈말로 돌아갈 것입니다.

이렇게 마음에 없는 말이라도 덕담이 되어 친구를 편하게 해줄 수 있으면 좋은 일입니다. 남녀 간에 '사랑해'라고 하는 말도 마음에 없는 말일 때가 많습니다. 남자는 조금 아까 다른 여자와 만나고 왔으면서 지금의 여자 친구에게 마음에 없는 말을 할 수도 있습니다.

가끔 듣는 농담이지만 목사님이 설교하고 온 날 저녁에 그의 아들이 "아버지, 아버지는 설교할 때는 이렇게 하라고 하면서 왜 집에서는 안 그래요?"라고 물었습니다. 목사님은 "그건 내가 말하는 대로 살라는 말이고, 나처럼 살라는 말은 아니잖아."라고 말을 했습니다. 이것도 마음에 없는 말입니다.

그런데 마음에 없는 말을 잘하는 사람은 정치인인 것 같습니다. 오래전 김대중 전 대통령은 "나는 일생에 거짓말을 한 일이 없다. 다만 약속을 못 지켰을 뿐이다."라는 말을 했습니다. 그는 그가 마음에 없는 말을 했다고 고백한 것입니다. 정치인은 그것이 이루어지지 않으리라는 것을 잘 알면서도 국민에게 약속을, 그 약속이 '公約'이 아닌 '空約'이라는 것은 압니다.

얼마 전 유튜브에는 지난 문재인 전 대통령의 공약 38개 중에 하나만을 지켰다는 글이 나왔습니다. '한 번도 경험해보지 못한 나라를 만들겠다.'라는 약속만을 지켰다는 것입니다. 그는 어눌하면서도 아주 좋은 말을 많이 했습니다. '기회는 평등하고, 과정은 공정하며, 결과는 정의로울 것'이라고 했습니다. 그런데 사실 문재인 대통령을 좋아하는 사람이라도 그가 그런 정치했다고는 믿지 않을 것입니다. 그는 자기 친구를 울산시장으로 당선시키기 위하여 선거에 개입했고, 자기가 미워하는 사람을 감옥에 보내기 위하여 사법부에 개입했고, 자기가 좋아하는 조국을 법무부 장관으로 만들었습니다. 그리고 말썽이 일어나자 "단지 혐의만으로 사람을 정죄하는 것은 옳지 않다."라고 반박했습니다.

나는 그가 어떻게 저렇듯 좋은 말을 할 수 있었을까 생각해 봤습니다. 그리고 '아하!'하고 무릎을 쳤습니다. 그는 노영민을 비서실장으로 두었습니다. 노영민은 연세대 영문학과를 나온 시인으로 시집도 출판하여 국회의원 사무실에 신용카드 결제기를 갖춰놓고 자기 시집을 판매한 사람입니다. 또 그는 시인 도종환을 비서로 두었습니다. 〈흔들리지 않고 피는 꽃이 어디 있으랴〉라는 유명한 시를 쓴 사람입니다. 그런 사람을 연설문 작성자로 두고 있으니 아름다운 말을 했을 것 같습니다. 더욱이 문재인 전 대통령은 원고 없이는 말을 못 해서 항상 A4용지에 쓴 연설문을 읽었고, 심지어 외국 수뇌와의 회담에서도 원고 없이는 말을 못 했습니다. 기자 회견장에서도 원고를 들고나와서 아름다운 시구의 말을 했을 것입니다. 그는 마음에 있는 말을 하지 않고 마음에 없는 말을 하고 다닌 것입니다.

그는 말과 행동이 너무나 달랐습니다. 그가 그렇게나 가까이하고 싶었던 김정은이 선물한 풍산개를 귀여워하는 사진을 찍어 그의 개사랑을 선전했습니다. 마치도 이 개가 남북한의 평화를 가져올 것같이 홍보했습니다. 그가 대통령직이 끝나고 양산 사저로 갈 때도 이 개를 마치 손자를 안고 가는 할아버지처럼 안고 입을 맞추며 사진을 찍었습니다. 양산에서도 개를 쓰다듬는 사진을 올려 자기가 개를 얼마나 사랑하는지 선전했습니다. 그런 지 몇 달 후 '돈이 없어 개를 못 기르겠다. 개 사육비를 매달 250만 원을 달라.'고 했습니다.

250만 원은 대학 졸업생이 기업에 취직하여 받는 초봉의 월급입니다. 한국에는 약 1천만 마리가 애완견으로 사육되고 있다고 합니다. 그럼 그 많은 개가 모두 250만 원의 사육비가 필요한 것일까요? 그의 딸은 그동안 개와 함께 찍은 사진을 모아 달력을 만들어 팔아 많은 돈을 벌었다고 합니다. 또다시 마음에 없는 말이 나왔습니다. 그 달력 판매 수입금을 유기견을 도와주는 협회에 기증한다는 것입니다.

나는 그의 마음을 알 수 없습니다. 자기가 가장 좋아하는 사람에게서 받은 선물을 그렇게 사랑한다고 선전하더니 그 개를 돈이 없어 기를 수 없다고 버린 사람이 아닙니까? 그 마음도 이해할 수 없는데 개들의 사진을 찍어 팔아 번 돈을 유기견협회에 기증한다니요? 그 마음이 시간대로 변합니까, 아니면 장소에 따라 변합니까. 이때까지 그가 한 말은 그의 말이 아니라 Speach Writer의 말이었습니까?

우리는 마음에 없는 말을 많이 합니다. 오랜만에 친구를 만나서 속으로는 '저 친구 별로야. 쟤 보기 싫게 늙어가네.'라고 생각하면서도 "야, 너 참 좋아 보인다. 조금도 늙지 않았어."라고 마음에 없는 거짓말을 합니다. 그래도 그 말이 '야, 인마. 왜 그리 팔싹 늙었냐?' 하는 진실보다는 낫습니다. '대깨문'들은 문 대통령이 재직 시에 '미운 놈이니 잡아 가두고 족쳐!'라는 속뜻은 감춘 채 시처럼 아름다운 말을 사용해서 좋아하는 것일까요?

가난하다는 것

지금 한국 사회에서는 가난하다는 것이 마치 미덕인 것처럼 생각하는 사람들이 더러 있습니다. 그러나 진실로 청렴하여 가난한 사람들보다는 가난을 가장하여 정치하고 뒷방에 자식들이나 친지에게 돈을 숨겨 놓고서 청렴을 가장한 정치인들도 있는 것 같습니다. 그래서 청문회 때 들통이 나고 집이 강남에 2개, 3개씩 가진 정치인들이 많이 있습니다.

사실 한국의 사회처럼 돈이 위력을 가진 사회도 없습니다. 백화점이나 고급식당에 가면 돈이 좀 있는 사람들의 오만함을 거의 매일 볼 수가 있습니다. 어떤 사람은 그 식당에서 일하는 종업원이나 주차장에서 일하는 사람은 사람이 아닌 것으로 취급합니다.

친구 중에는 돈이 아주 많은 친구가 있습니다. 몇 번 그의 차를 얻어 타 본 일이 있습니다. 그는 가사에게 '해라'를 하면서 길이 좀 막히면 "이 시간에 여기가 막힌다는 것을 몰라. 다른 길로 왔어야지."라며 싫은 소리를 했습니다. 중년의 기사는 그저 쩔쩔매고 머리만 긁었습니다. 왜 그럴까요? 얼마 되지 않은 월급의 끈을 친구가 쥐고 있기 때문입니다. 그리고 우리가 점심을 먹으러 들어가면서 "몇 시쯤 여기로 와." 하고는 우리만 식당에 들어갔는데 나는 마음이 몹시 불편했습니다. 그 기사에게 아무 말도 못 했지만, 그의 마음속에는 불만과 분노의 열기가 부글부글 끓는 듯했습니다.

미국은 세계의 대표적인 자본주의 국가입니다. 물론 돈이 많은 사람은 비행기를 타도 일등석을 타고 개인 비행기로 여행을 다니고 집도 여러 채 가지고 계절마다 옮겨 다녀도 불평하는 사람이 별로 없습니다. 그건 돈이 아무리 많아도 가난한 사람의 인권을 침해할 수 없기 때문입니다. 그런데 한국의 돈 많은 사람 중에는 없는 사람의 인권을 침해해도 된다고 생각하는 사람들 때문에 가난한 사람들의 불평이 있는 거로 생각합니다.

돈 많은 사람들의 갑질은 옛날부터 한국 어디에나 있었고 당연한 일로 알았습니다. 옛날의 지주들은 소작농들을 마치 말이나 소처럼 부렸습니다. 소설 ≪태백산맥≫에는 지주 밑의 마름이라는 놈이 소작농의 부인을 강제로 추행하는 장면도 나옵니다. 그것을 미끼로 한국의 좌파들은 국민은 선동하고 그들의 세력을 키웠습니다.

그러나 지금의 정치 권력을 가진 586 세력들은 자기들은 잘살면서도 돈이 많은 것은 죄악이라고 가르치고 있습니다. 얼마 전 대통령 후보의 캠프에 근무하는 사람이 음주 운전에 걸렸습니다. 이것이 사회의 화제가 되자 이상한 궤변으로 사람들을 웃겼습니다. "가난이 죄냐? 술을 먹고 대리운전할 돈이 없어 음주 운전을 했다."라고 변명했습니다. 돈이 없는 사람이 고급 카페에서 술을 마시고 몇 푼 안 되는 대리운전을 안 부르고 자기가 운전하다가 걸렸다고요.

지금 권력을 쥐고 있는 좌파들의 논리가 이런 식입니다. 만일 이것이 변명이 된다면 그야말로 우리 사회는 엉망이 될 것입니다. 만일 성추행을 한 사람이 "성추행이 무슨 죄냐? 돈을 주고 여자를 구할 수 없어서 그냥 성추행을 좀 했다."라고 항변하여도 용서가 될까요? 대통령 후보 캠프의 인사가 이런 말을 했다니 그들의 머릿속에 들어 있는 논리가 반사회적입니다.

"가난하게 태어나는 것은 죄가 아니다. 그러나 가난하게 늙어가는 것은 수치스러운 일이다."라고 말합니다. 물론 아무리 노력해도 가난에서 헤어날 수 없을 수 있습니다. 아무리 열심히 일해도 돈은 모이지 않고 재난이 계속 닥쳐와서 가난에서 벗어날 수 없었다고 하는 사람들도 많습니다.

오래전 대전역에서 택시를 탔습니다. 그리고 관저동 집까지 오는데 기사 아저씨가 이런 이야기를 했습니다. "우리 아들이 그 어렵다는 서울대학을 졸업했습니다. 또 어렵다는 대기업에 취직했지요. 대기업에 입사한 아들의 월급이 500만 원 정도인데 아파트의 월세가 100만 원입니다. 아파트의 유지비가 한 30만 원 됩니다. 생활비로 아무리 적게 잡아도 70만 원은 들어갑니다. 아들이 싸구려 차를 하나 샀는데 할부금이 한 달에 50만 원 정도입니다."라고 했습니다. 그 아들이 자동차에 기름도 넣어야 하니 대기업에 다닌다는 우리나라의 엘리트가 자기 삶을 꾸려 나갈 수가 없다는 이야기입니다.

기사는 "10억을 주어야 만져볼 수 있는 아파트를 언제 삽니까? 일 년에 500만 원을 저축할 수가 없는데. 일생 노력한다고 해도 집을 산다는 것은 불가능하지요."라고 했습니다.

그러니 3포 청년이 아니라 모포 청년세대들입니다. 연애도 결혼도 내 집도 물론 출산은 벌써 포기한 세대, 젊은 사람들이 즐긴다는 여행도 모두 포기하는 수밖에 없지요. 그러다가 50세가 좀 넘으면 명퇴를 하지요. 그런 다음 탑골공원밖에 갈 데가 없습니다. 물론 좀 허구가 섞이기는 했지만, 그 기사의 말이 사실일 것입니다.

"한국에서 개천에서 벗어나려면 사법고시에 합격하여 부잣집 딸과 결혼하는 방법이거나 50억짜리 로또에 당첨이 되거나 불법과 손을 잡는 수밖에 없지요."라면서 다소 흥분이 되어 말을 쏟아냈습니다.

길에 나오면 있는 게 돈밖에 없는 젊은이들이 거리에 꽉 차 있습니다. 그러니 눈이 뒤집히지요. 그래서 권력을 쥐거나 권력 주위의 사람들이 온갖 불법을 자행하며 돈을 거머쥐려고 하는지 모르겠습니다.

그런데 또 반대도 있습니다. 내가 살던 아파트의 이발사는 의자 3개를 놓고 혼자서 일합니다. 머리를 염색하는 사람이 있으면 시간이 걸리니까 여유 있게 의자를 준비한 모양입니다. 7시에 문을 여는 이발소는 없습니다. 일러야 9시나 10시에 문을 엽니다. 그리고 점심시간에도 문을 닫고 '1시간 후에 오겠습니다.'라는 표를 문 앞에 걸고 나가면 그뿐입니다. 그러면서도 한 달에 힘들지 않게 600만 원 이상을 번다고 큰소리를 칩니다.

먹자골목 입구에 종로 빈대떡이라는 작은 간판을 붙여놓고 빈대떡을 굽는 아저씨가 있습니다. 공무원을 30년 하다가 명퇴하고 빈대떡을 부치기 시작했다고 합니다. 그런데 시니컬한 웃음을 웃으면서 "옛날에 받던 월급보다야 훨씬 낫지요."라고 말합니다.

나는 어느 편에 서야 할지 모릅니다. 그러나 술을 마시고 돈이 없어

대리운전사를 안 부르고 음주 운전을 했다는 정치인의 말을 용납할 수 없습니다.

가난은 죄가 아닙니다. 그러나 자랑도 아닙니다. 더욱이 노력도 안 하고 가난을 자랑으로 떠드는 사람이 죄입니다.

샴페인 잔에 초를 쳤나요

지금 한국에서는 샴페인이 터지는 소리가 요란합니다. 윤 대통령이 외국을 방문하면서 수십 조의 수출을 예약받고 세계 경제 강국의 6위인 이탈리아를 제치고 앞섰다느니, 군사 강국의 서열에서도 10위 안에 들었다느니, 우크라이나와 폴란드와 유럽의 국가에서 한국 전차가 제일로 평가를 받았다느니, 축포 터지는 소리와 샴페인을 터트리는 소리가 여기저기에서 들립니다.

나도 마음이 들뜨고 기쁩니다. 나도 한국 사람인데 나를 칭찬해 주는데 싫어할 리가 있겠습니까. 저도 어깨가 으쓱하고 기분이 짱입니다. 이런 축제 분위기에서 쓴소리하거나 다 된 음식에 초를 쳐서 기분을 망가트릴 생각은 조금도 없습니다. 어떤 유튜브의 영상은 지나쳐서 가느다란 줄에 바구니를 달고 나무에 올라가는 것 같아 언젠가 끈이 끊어져 엉덩방아를 찧을 것 같은 불안한 마음이 드는 것도 사실입니다.

그런데 도대체 이해되지 않는 일들이 많이 있습니다. 세계 제9위의 군사력을 자랑하는 한국군이 등수에도 들지 못하는 북한군에게 쩔쩔

매고 관광 간 여인을 총으로 쏴 죽여도 말 한마디도 못 하고, 우리 돈 수백억을 들여서 지었다는 남북공동사무실을 사전에 예고도 없이 폭파하고, 대통령에게 '삶은 소대가리 같은 소리를 한다.'라고 욕하고, 밥을 먹는 한국의 사절단 인사들에게 등을 두드려 가며 '냉면이 목에 넘어가냐?'고 모욕하는 북한 관리에게 한마디도 못 하는 걸 보면서 과연 우리가 북한보다 강하다는 게 맞는지 의문이 듭니다.

물론 북한이 핵을 가지고 있어서라고 하겠지요. 그렇다면 북한이 서울에 핵을 오늘이라도 쏠까 봐 그리도 쩔쩔맨다는 말입니까? 그건 아니죠. 아마 초등학교 학생에게 물어보아도 김정은이 서울에 핵을 쏠 수 있는데도 안 쏘고 있냐면 그렇다고 할 사람은 없을 것입니다. 아마 북한에서 핵을 탑재한 미사일을 발사하면 한 시간 내에 북한도 황폐해 버릴 것이 무서워서겠지요. 그런데 왜 한국의 정치가들과 군인들은 북한과 대면만 하면 기가 죽어 말 한마디도 제대로 못 하는 것일까요?

몇 년 전 한국의 외무부 장관이던 강경화 씨는 미국의 바이든 대통령을 만나서 떳떳했습니다. 그 앞에 다리를 꼬고 앉아서 좀 지나치다 할 정도로 당당하게 어찌 보면 오만할 정도의 태도로 대담했습니다. 일본에서 열린 총리회담이나 외무부 장관회의에 참석한 한국의 대표는 일본의 대표들에게 조금도 기가 죽지 않고 회담에 임했으며, 일본의 대표들이 도리어 허리를 숙이는 일이 많았습니다. 그런데 북한에서 한국의 총리급인 서훈 씨가 자기 딸 나이의 김여정에게 고개와 허리를 깊이 숙여 인사를 하는 게 아닙니까. 그리고 남북정상회담에서 한국의 문재인 대통령은 자기의 아들보다도 나이가 어린 김정은에게 허리를 굽혀 인사했고, 김정은은 약간 허리를 숙이는 정도의 답인사를 했습니다. 또 공동합의문에 서명할 때 김정은은 책상에 앉아서 서명하고 문재인 대통령은 그 옆에서 기립한 비서 모양의 사진이 공개되어 우리를 아연하게 했습니다.

경제 대국의 서열 6위의 한국은 어디에 갔을까요? 북한은 경제 대국의 서열 2위라도 된다는 말인가요? 한국이 군사 강국 9위라고 하는데 북한은 도대체 군사 강국 몇 위가 되길래 말만 나왔다고 하면 군사력 불균형이라고 이야기를 하면서 쩔쩔맬까요? 도대체 앞뒤가 맞지 않는 말을 하면서 샴페인 축배를 들고 있는 한국, 나같이 머리가 나쁜 사람은 이해할 수 없습니다.

거리에는 현대차와 기아차가 도로에서 질주합니다. 그리고 소비자 보고에도 기아차와 현대차들의 평판이 높아지고 값도 많이 올랐습니다. 그런데 일설에 따르면 현대와 기아는 민주노총이 권력을 잡고 그들의 뜻에 따라 회사가 운영된다고 합니다. 심지어는 새 차의 출고도 민노총이 승인해야 하고 차의 디자인도 민노총에서 승인해야 한다고 하니 한국의 민노총에는 천재들만 모여 있어 세계에서 인정하는 차를 디자인하고 만든다는 말인지 잘 알 수가 없습니다.

스리랑카 일부를 한국에 귀속시킨다느니, 어떤 나라는 자기 나라의 통치권을 한국에 준다느니, 한국에서 세계 3위로 많은 희토류가 발견되어 세계가 놀랐다느니, 울릉도와 독도 사이에서 원유가 발견되어 앞으로 200년을 쓰고도 남을 양이라느니, 알젠친에 한국 땅이 있다느니 하는 뉴스가 나와 이것이 사실이라면 밥을 안 먹어도 배가 부를 것 같습니다. 그런데 유튜브에 나오는 부정적인 뉴스들이 있습니다.

지금 한국의 부채는 2,200조 원이라고 합니다. 나라의 빚이 1,700

조 원이고 공공기관 빚이 550조 원이라는 것입니다. 그냥 조라고 하니 돈을 만져보지 않은 우리는 그 돈이 얼마인지 실감이 가지 않은데 내가 일생을 벌어도 그런 돈을 보지 못할 것이고 나더러 돈을 세라고 해도 몇 년 동안 세어도 다 셀 수 없는 돈입니다. 그리고 국민 1인당 6,000만 원의 빚을 졌다는 소식입니다.

지난 5년 동안 좌파 정권 때 빚이야 지건 말건 돈을 펑펑 썼습니다. 공무원을 턱없이 늘려서 공무원들이 넘쳐흐르게 했습니다. 5·18 유족이라고 돈을 나누어주고 세월호 유족이라고 돈을 나누어 주었습니다. 직장이 없는 젊은이라고 돈을 나누어 주었습니다. 다른 나라에서는 볼 수 없는 권력을 행사하는 국회의원들의 월급을 올려 주고 혜택을 주었습니다. 코로나로 수입이 없다고 하여 자영업자들과 노동자들에게 돈을 나누어 주었습니다. 그럼 이 돈이 우리나라에서 번 돈으로 나누어 주었을까요? 아닙니다. 외국에서 빚을 얻어다가 나누어 준 것입니다.

그때 통치자는 어떤 생각으로 이렇게 마구 돈을 뿌렸을까요? 내가 물러나면 그다음 정부야 내가 걱정할 게 무어냐는 심사였겠지요. 그럼 이 돈이 모든 국민에게 공평하게 쓰였나요? 아닙니다. 문재인 대통령의 '내 사람이 먼저'라는 생각으로 자기 사람만을 위하여 쓴 것이겠지요. 세계 경제 강국 6위의 나라는 국민 1인당 부채 제일인 나라가 될는지도 모릅니다. 글쎄요 축포를 터트리고 샴페인을 마셔도 될까요? 내가 축하 파티의 음식에 초를 쳤나요?

독거 노인

'독거 노인'이라면 흔히 수입이 없어 구호대상이거나 반지하 쪽방에서 어렵게 사는 노인을 생각합니다. 머리는 덥수룩하고 허리는 굽어진 노인이 쪽방에서 라면이나 끓여 먹는 그런 형상으로 비추어지지만 그렇지 않은 독거 노인도 많습니다. 좋은 집에서 궁하지 않게 생활을 잘 꾸려 나가는 사람도 많습니다. 물론 독거 노인 중에는 남자도 많고 여자도 많습니다.

내 친구 중에도 남자가 먼저 가고 남아 있는 부인이 자식들의 집으로 들어가지 않고 혼자 살면서 대외활동도 하고 재미있는 삶을 영위하는 분도 많고, 부인을 잃고 정말 홀아비가 깨끗하게 집안 살림하면서 친구들과 어울리는 사람도 있습니다. 요즘은 나이가 든 사람만이 아닌 독거 청년도 많습니다. 제가 아는 교수 중에도 늦게까지 결혼을 하지 않고 혼자서 사는 중년 남녀 교수가 꽤 있습니다. 그래서 요새는 연애는 필수이지만 결혼은 선택이라는 말이 정설인가 봅니다.

요새 신문이나 방송 보도를 보면 혼자 사는 1인 가구가 30%가 넘는다고 합니다. 독거 노인과 독거 중년, 독거 청년이 많이 늘고 있습니다. 아파트를 지어도 지어도 부족한 것은 옛날에는 한집에서 여섯 식구, 열 식구가 살았고 어떤 집에서는 할아버지, 아버지, 손자들이 같이 살아서 한 집에 열 식구가 넘는 집이 많았는데 지금은 1인 가구들이 늘어나니 그 전의 열 배가 넘는 집이 필요하게 되었습니다.

그뿐이 아닙니다. 제가 대전에서 근무할 때 서울에 집을 가지고 있지만, 주말만 서울 집에 가고 주중에는 대전에 사는 교수님도 꽤 많이 있었습니다. 그러니 그들은 한 사람이 집을 두 채 가진 사람들이었습니다. 그렇게 계산하면 옛날보다 집이 스무 배가 있어야 한다는 이론이 나올 게 아닙니까. 하여간 그런 독거인들이 자꾸 늘어난다는 말입니다.

"혼자는 외롭고 둘은 괴롭다."라는 말이 유행어입니다. 그런데 외로운 것은 참아도 괴로운 것은 못 참는 법이니 혼자 살면서 혼자 즐기는 방법이 자꾸 늘어난다는 말입니다. 그리고 문화가 그런 방향으로 자꾸 발전합니다. 혼자 즐기는 법이 날마다 새로운 방식으로 우리를 리드해 가고 있습니다.

요새는 장을 보러 가면 혼자 만들어 먹기 좋게 포장되어 있어서 집에서 마이크로 오븐에 데워 먹거나 끓여 먹을 수 있는 음식들이 많고, '배달의 민족'이라고 하여 전화만 하면 30분 이내로 음식이 문 앞에 배달이 되는 시대입니다. 그래서 '혼자 사시기에 얼마나 불편하세요.'라는 말은 천만의 말씀 만만의 콩떡입니다. 또 가족이 모여 같이 이야기를 할 분위기가 아닙니다. 가족이 모여 앉으면 모두 각기 스마트폰을 들여다보고 있습니다. 아버지는 아버지대로, 어머니는 어머니대로, 큰놈은 큰놈대로, 작은놈은 작은놈대로 스마트폰을 들여다보느라고 대화를 하지 않습니다. 또 집에서도 각자 자기 방에 들어가면 자기만의 세계가 있습니다. TV도 보는 채널이 연령대마다 다르고, 꼰대와 오빠와 X세대가 듣는 음악도 다릅니다. 종일 혼자 있어도 간섭하지 말라는 분위기입니다.

몇 년 전 문재인 대통령이 중국으로 갔습니다. 그래도 국빈으로 갔는데 12끼 중 9끼를 혼밥, 혼술을 했다고 국내 신문들이 요란을 떨었습니다. 원래 중국인들이 예의가 없고 다른 나라 사람을 하대하는 습성이 있어 한국의 대통령이 눈에 보이지 않았던 모양입니다. 그런데 그런 대우를 받으면서 혼밥, 혼술한 문재인 대통령은 차라리 잘되었다는 투로 조금도 불편해하지 않았습니다.

사실 그렇습니다. 어느 회의에 초청을 받아 가면 매일 저녁 회식에 참석해야 하고 회식에서는 외교적인 인사와 점잔을 빼고 있어야 하고 음식도 격을 맞추어 가며 먹어야 합니다. 또 파티의 음식이 그리 맛이 있는 것은 아닙니다. 그러니 사실 귀찮고 불편합니다. 차라리 혼밥과 혼술이 낫습니다. 그러다가 보니 혼밥, 혼술, 혼숙이 몸에 배어서 혼자 먹고 혼자 자는 것이 편할 수도 있습니다. 아마 그래서 많은 젊은 사람들이 결혼하지 않고 혼자 사는지도 모르겠습니다.

지금은 식당에서 혼자 밥을 먹는 손님들이 눈에 뜨이게 많아졌습니다. 누구한테 들은 이야기이지만 일본의 어느 식당은 마치 도서관처럼 셋업을 해놓은 식당도 있다고 합니다. 칸칸이 막혀 누구에게도 방해받지 않고 혼자 노트북을 보면서 식사할 수가 있습니다. TV 광고에는 스파텔의 광고가 나옵니다. 마치도 상자곽 같은 잠자는 데가 있고 나머지는 스파가 있고 TV를 볼 수 있는 장소가 있습니다. 그리고 하루에 숙박비는 45불이라는 광고가 나옵니다. 여행 중 하룻밤을 자는데 구태여 큰 방을 차지하고 하루에 한 번 샤워하는데 샤워룸을 혼자 가질 필요가 없습니다. 그러니 비싼 돈을 내고 호텔에 들어가느니 스파텔이 편할 수도 있다는 말입니다.

더욱이 이제는 컴퓨터로도 된 로봇이 나온다고 합니다. 그러면 로봇에 입력만 잘해 놓으면 이상형의 파트너도 될 수 있습니다. 말대답하지 않고 내 말을 모두 들어 주는 로봇이 생기면 구태여 결혼하여 속을 썩일 필요도 없고 싸울 필요도 없고 비용도 훨씬 적게 들 것입니다. 잘못하여 이혼할 필요도 없고 위자료네 뭐네 하고 변호사를 찾을 필요도 없습니다. 정말 마음에 안 맞으면 반품을 하든가 프로그램을 바꾸면 그만일 것입니다.

앞으로 어떤 세상이 될까요? 그렇습니다, 정말 사랑이 없는 세상이 되겠지요. 사랑이 없는 사회 빛과 향기가 없는 사회가 되겠지요. 그리고 인간도 로봇처럼 무미건조한 세상이 되겠지요.

몇 살을 살아야 만족할까

　인간 역사 중에 가장 오래 산 사람이 누구일까요? 성경에는 므두셀라라는 사람인데 969세를 살았다고 기록이 되어 있습니다. 이 시기의 사람들이 오래 살았는데 아담은 930년, 야렛은 962년, 노아는 950년, 셋은 920년을 살았다고 합니다.

　거짓말로 세계의 기록을 가진 중국입니다. 중국에 서왕모의 천도(天桃) 복숭아를 훔쳐먹은 삼천갑자(동박삭이)라는 사람이 있었다고 합니다. 갑자년을 삼천 번 살았으니 18만 년을 살았다고 하고, 어떤 중국인은 그가 1만8천 년을 살았다고 합니다. 상제가 저승사자를 시켜 그를 데려오라고 했는데 그가 동쪽으로 도망을 와서 한국에서 살았다고 합니다. 그런데 도통 그를 찾아낼 수가 없었다고 합니다.

　동방삭이가 호기심이 많다는 소문을 듣고 저승사자가 한 꾀를 내었습니다. 그리고는 개천에서 숯을 씻었습니다. 동방삭이 그런 저승자사에게 "왜, 숯을 씻느냐."고 하니까 "숯을 하얗게 만들려고 한다."라고 대답했습니다. 동방삭이는 크게 웃으면서 "원, 내가 삼천갑자를 살아오면서 숯을 희게 만들려고 물에 씻는 사람은 처음 보네."라고 말을 하여 "요놈, 잘 되었다."라고 그를 드디어 잡아갔다고 합니다.

하여간 오래 사는 것이 복중의 제일 복이라고 오복 중에 수(壽)를 제일로 치는 게 사실입니다. 우리나라가 가난하던 1960년대 한국 남자의 기대수명은 60세였다고 하며, 한국의 생활환경이 좋아지고 의료 기술이 발전하여 1998년은 남자의 기대수명이 78세라고 하더니, 2020년에는 남자의 기대수명이 83.7세로 늘어났습니다. 요새는 백세 시대라고 하여 친구의 부모님들이 돌아가셨다고 하면 백 세가 넘거나 백 세에 가까운 나이의 어른들이 많이 있습니다.

유튜브나 이메일에는 건강 이야기들이 매일 쏟아져 나옵니다. 무엇을 먹어야 건강해지고, 무슨 운동을 해야 건강하고, 어떤 한약이 몸에 좋다는 정보들이 공짜로 쏟아져 나옵니다. 그런데 대부분 이야기는 오래 사는 것보다 사는 날 동안 건강하게 사는 게 중요하다고 합니다.

나는 한동안 John F Kennedy를 부러워했습니다. 젊고 잘생기고 말을 잘하여 모든 여자의 애인이었던 케네디 대통령은 아까운 나이 46세에 운명을 하였습니다. 그런데 그에 관한 이야기들을 읽어 보면 그는 허리가 아파서 진통제를 먹지 않고서는 일할 수 없을 만큼 괴로워했고, 국내 정치도 그에게는 불리하게 돌아갔고, 여자 문제도 복잡하여 잘못하면 불명예스러운 일을 당할 수도 있었다고 합니다. 그러나 불의의 사고로 그가 죽자 그는 불세출의 영웅이 되고 살아 있을 때보다도 더 인기 있는 사람이 되었습니다.

뉴욕의 비행장은 존 케네디 공항으로 명명이 되고 많은 학교가 John F Kennedy 학교로 이름을 바꾸고 길의 이름, 건물의 이름이 그의 이름으로 바뀌었습니다. 나는 은근히 내가 그 나이에 죽어 케네디처럼 유명해진다면 하고 생각한 일도 있습니다. 그의 동생 에드워드 케네디는 70이 넘도록 살았는데 나중에 그의 모습은 그리 아름답지 못했습니다. 그러나 John F Kennedy는 아직도 46세의 아름다운 중년으로 모든 사람의 가슴속에 남아 있습니다. 나는 그런 나이가 되어 그렇게 죽는 것이 축복이 아닐까 생각을 해보았습니다.

요새는 103세에 강의하러 다니시는 김형석 선생님이 화제가 되고 있습니다. 김형석 선생님은 어려서 몸이 병약하여 어머님이 "쟤가 20세까지 살았으면 좋겠다."라고 말씀을 하셨다니 어려서 몸이 약한 것과 장수와도 꼭 관계가 있는 것은 아닙니다. 저도 어려서는 너무 병약하여 어머님이 "쟤는 오래 살 애가 아니니 정을 붙이지 말자."라고 하셨다고 하니 꼭 튼튼한 어린애가 오래 사는 것도 아닌 것 같습니다.

사람은 오래 살고 싶어 합니다. 그리고 오래 사는 것이 우리의 생활, 먹는 것과 연관시켜서 생각하고 있습니다. 그러나 꼭 먹는 것과 오래 사는 것이 정비례하는 것은 아닙니다. Trade mill 을 발명한 사람은 54년을 살았고, Gym을 처음 개발한 사람은 57세를 살았고, 보디빌딩 챔피언은 41년밖에 못 살았고, 축구선수 마라도나는 60세를 살았습니다. 그런데 콜레스테롤 덩어리인 켄터키 후라이드 치킨의 창시자는 94세까지 살았고, 브랜디 술을 만든 사람은 88세까지 살았고, 담배회사의 주인인 윈스턴 씨는 102년을 살았고, 아편을 만들어 낸 사람은 118세를 살았고, 코냑을 만든 사람은 98세를 살았다고 합니다. 담배는 피우지만 술을 안 한 중국의 임표는 63세, 술은 좀 했지만 담배를 안 피운 주은래는 73세, 술도 마시고 담배도 피우던 모택동은 83세, 술 담배 도박을 모두 즐긴 등소평은 93세, 술 담배 도박도 모두 즐기고 여자관계도 난잡했던 장학량은 103년을 살았습니다. 그러니 지금 의학 상식으로 담배와 술을 크게 나쁘게 말을 하는 보통 의학 상식도 꼭 옳다고는 할 수 없습니다.

나의 장인은 폭주는 아니었지만 매일 와인 한 잔씩 하는 애주가셨고 젊었을 때는 담배도 좀 피우셨습니다. 음식에는 의사들이 건강에 나쁘다고 하는 미원을 한 숟가락씩 넣으라 하셨고 돼지고기나 소고기의 기름은 뜯어내지 말라고 주의를 주는 분이셨습니다. 커피도 좋아하고 음식은 짭짤해야 좋아하셨습니다. 70세가 지나서 혈압이 올라 수축기 혈압이 170이 넘어서 혈압이 높다고 말씀을 드리면 오래 살고 싶은 마음이 없다면서 웃곤 하셨습니다. 그런 장인은 100세를 2주일 앞두고 은행에 갔다 오다가 길에서 넘어지셔서 뇌출혈로 세상을 떠나셨습니다. 아마 사고가 없었으면 100세를 훨씬 더 사셨을 것입니다.

그런데 장수하는 분들에게 공통점이 있습니다. 마음이 느긋하다는 것입니다. 성질이 급하거나 너무 강직되었거나 남을 미워하는 사람이 오래 살지 못한다는 것입니다. 비교적 반항적이던 알베르 카뮈는 47세밖에 못 살았고, 중국의 순자는 60세밖에 못 살았지만, 노자의 사상을 받은 장자는 80세를 살았고, 무위자연을 이야기한 노자는 정확하지는 않지만 100세를 살았습니다. 예수님의 제자 중에도 성격이 온순한 요한은 100세가 넘게 살았다고 전해지고 있습니다. 김형석 교수님도 성격이 부드럽고 온화합니다. 자기를 욕한 젊은 변호사에 대해서도 한마디 대꾸도 하지 않고 웃어넘겼습니다. 마음의 평화가 장수의 비결이라고 나는 생각합니다. 내가 유튜브에 나가 마음의 평화가 장수의 비결이라고 한다면 사람들이 웃을까요.

김정기 선생님

'선생님~' 하고 조용히 불러보면 여러 가지 감회가 몰려옵니다. 제가 선생님을 처음 만난 것은 1996년 5월 후러싱의 뉴욕문인회의 모임에서였습니다.

시골 오하이오에서 문학 동호인들이 '영스타운 문인회'라는 것을 만들고는 한 달에 한 번씩 모여서 작품 발표회도 하고 문인들을 초청하여 말씀도 듣곤 하였습니다. 그때 마종기 선생, 조광동 선생, 육길원 선생, 배미순 선생, 이영주 선생 등등 여러분이 오셔서 우리에게 용기도 주고 좋은 말씀도 해주셨습니다.

그러다가 우리 모임의 서정익 선생님이 '뉴욕에서 문인회의 모임이 있으니 가보자.' 했는데 마침 선생님이 우리를 초청해 주셨습니다. 오하이오에서 여러 명이 탈 수 있는 큰 차를 빌려서 7시간을 운전해서 뉴욕까지 왔습니다. 후러싱에 있는 큰 식당에 가서 선생님을 처음 뵈었지요. 거기서 선생님이 나의 사촌 동생 정해와 친한 친구라는 것을 알게 되었고 그 후 여러 번 뵈었지요. 선생님을 통해 조경희 선생님도 만나 뵈었고, 두 분의 추천으로 〈한국수필〉로 신인 등단도 하게 되었지요.

　항상 단정하시고 말씀이 없으셨던 박제창 장로님과 김연걸 장로님, 이정해 동생과 제 식구와 함께 후러싱에서, 또 뉴저지에서 만나 식사도 하며 정을 나누던 그 시절이 아직도 마음에 지워지지 않습니다.

　제가 좀 나이는 많지만, 선생님은 항상 저를 포근하게 대해주셔서 마치도 누님을 대하는 것 같은 마음이 되곤 하였습니다.

　제가 책을 낼 때마다 나의 글보다도 더 아름답고 훌륭한 추천사를 써주셔서 친구들이 '그 추천사를 읽는 것이 네 글을 읽는 것보다 좋다.'고 평을 해주곤 하였습니다. 이제 나이도 들고 시골 사람이라 뉴욕 지구의 운전이 무서워 선생님을 찾아뵙지도 못하고 그저 카톡으로만 연락하는 저 자신이 부끄럽고 원망스럽습니다.

　이제 저의 수필집 17권째를 출판하려고 합니다. 나의 소망인 20권을 채울 수 있을는지는 모르겠습니다. 하나님이 도와주셔야 가능하겠지요. 선생님이 회복되어서 다음, 그 다음의 책에 서문을 써주십시오.

　봄과 더불어 새 생명의 기운이 선생님에게 내려서 공원의 큰 나무에 푸른 잎들이 다시 무성해지는 것처럼 선생님의 건강도 푸른 기운을 뻗어나시기를 기원합니다.

　　　　　　　　　　　　　　　　　　　　　　계묘년 봄에

작은 돌

이용해 열일곱 번째 수필집

작은 돌